著——林七年
Lin Qinian

别管我，闲事
Leave Me Alone

广东旅游出版社
GUANGDONG TRAVEL & TOURISM PRESS
悦读书·悦悠行·悦享人生

中国·广州

图书在版编目（CIP）数据

别管我闲事 / 林七年著. — 广州：广东旅游出版社，2023.2
　　ISBN 978-7-5570-2892-3

　　Ⅰ.①别… Ⅱ.①林… Ⅲ.①长篇小说 – 中国 – 当代 Ⅳ.① I247.5

中国版本图书馆 CIP 数据核字 (2022) 第 198536 号

别管我闲事
BIE GUAN WO XIAN SHI

出 版 人：刘志松
责任编辑：陈　吉
责任校对：李瑞苑
责任技编：冼志良

广东旅游出版社出版发行
地址：广东省广州市荔湾区沙面北街 71 号首、二层
邮编：510130
电话：020-87347732（总编室）　020-87348887（销售热线）
投稿邮箱：2026542779@qq.com
印刷：三河市兴博印务有限公司
（地址：河北省廊坊市三河市杨庄镇大窝头村西）
开本：880 毫米 ×1230 毫米　1/32
字数：248 千
印张：9
版次：2023 年 2 月第 1 版
印次：2023 年 2 月第 1 次
定价：49.80 元

【版权所有　侵权必究】

本书如有错页倒装等质量问题，请直接与印刷厂联系换书。印厂联系电话：15311915357

目录

CONTENTS

001 ▶▶	第1章 ▶	七月
010 ▶▶	第2章 ▶	挑衅
018 ▶▶	第3章 ▶	对门
028 ▶▶	第4章 ▶	生日
037 ▶▶	第5章 ▶	愿望
047 ▶▶	第6章 ▶	反差
057 ▶▶	第7章 ▶	任务
070 ▶▶	第8章 ▶	长谈
080 ▶▶	第9章 ▶	心疼
091 ▶▶	第10章 ▶	奶茶
101 ▶▶	第11章 ▶	子规
109 ▶▶	第12章 ▶	哥哥
117 ▶▶	第13章 ▶	撒娇
125 ▶▶	第14章 ▶	原谅

目录

CONTENTS

134 ▶▶	第 15 章 ▶	试试
140 ▶▶	第 16 章 ▶	变化
149 ▶▶	第 17 章 ▶	很帅
159 ▶▶	第 18 章 ▶	和好
167 ▶▶	第 19 章 ▶	不同
173 ▶▶	第 20 章 ▶	好感
182 ▶▶	第 21 章 ▶	味道
188 ▶▶	第 22 章 ▶	知识
199 ▶▶	第 23 章 ▶	比赛
213 ▶▶	第 24 章 ▶	脱靶
223 ▶▶	第 25 章 ▶	蔷薇
244 ▶▶	第 26 章 ▶	出国
256 ▶▶	第 27 章 ▶	考试
266 ▶▶	第 28 章 ▶	锦旗
275 ▶▶	第 29 章 ▶	双人

　　七月的傍晚，大抵又要下雨了。梧桐叶间的蝉鸣裹着燥热的空气一浪一浪地压下来，电风扇无力地悲鸣着。

　　教室里闷热得厉害。坐在靠门第二组最后一排的苟悠瘫在椅子上，擦了把眼镜上的水汽，语气多少有点绝望："衍哥，你说咱们班这个破空调到底什么时候才能修好啊？实在不行，让咱妈给换台新的吧，不然课还没补完，咱们都中暑了！"

　　坐在他旁边的少年微垂着眼，没说话，手指在手机屏幕上飞快地打了些什么。接着，指尖一压，屏幕瞬间变暗。

　　"盛衍，你给谁发信息呢？我们和你说话，你怎么都不应一句？"前排的朱鹏见盛衍不作声，扭着身子，抻着脖子，费劲儿地想窥探盛衍的手机屏幕。

　　苟悠"啧"了一声，道："衍哥，你是不是已经给阿姨发信息了，要解决空调问题？"

　　朱鹏翻了个白眼："怎么可能，你以为这空调说换就能换啊？"

　　"怎么不能？要知道，我们衍哥可是国家发了证的射击运动员，要不是志不在此，指不定下届奥运赛场上就有他帅气的身影呢！你想想，奥运会都能参加,更何况是换空调这件小事。你说对吧,衍哥?"苟悠朝盛衍抛了个媚眼,阿谀得很。

盛衍懒得看他,往后靠着椅背,翘起椅子,随手捋了把被汗水浸湿的额发,无所谓地说:"想换空调就直说,不用在这里吹'彩虹屁'。"

额发被撩起后,露出眉侧那道伤,暗红色的伤口,衬托他漂亮的五官颇为凌厉,加上那股凡事皆无所谓的态度,养尊处优惯了的气质就出来了个十成十。长得好、家世好、体育好,就连电竞也打得好。难怪同学们都喜欢他。

当然也包括苟悠,尤其是知道南雾市实验外国语学校的所有空调都是盛衍的妈妈赞助的后,这份崇拜之情就愈演愈烈。想到这里,苟悠嘿嘿一笑:"那就先谢谢咱妈。"

"瞧你那点儿出息。"盛衍看向朱鹏:"刚才可还有人埋怨我看手机呢吧?"

"我错了,衍哥,您大人别记小人过。"朱鹏生怕到手的空调没有了,被全班同学埋怨,忙笑嘻嘻地服软。

这两天期末考试刚考完,老师们忙着集中批卷,高二的学生们就自动组织了试卷解析小课堂。没有老师坐班,大家相互解答问题,学习氛围不错,但难免有人会想偷偷懒、聊聊天。

朱鹏顺势问苟悠:"你一直低着头,看什么呢?"

"看书呢。"苟悠敲了敲自己桌上那本黄色封皮的厚砖头。

盛衍顺势瞟了一眼——《得到许愿系统后我走上了人生巅峰》,好家伙,一看就不是什么正经玩意儿。他兴致不高地收回视线,调侃道:"这也叫书?"

"这怎么不叫书?你不要歧视我们网络文学好不好,"苟悠推了推眼镜,"而且,我觉得这本书特别适合你。"

盛衍懒得理他,连眼皮都没抬。

苟悠拉近椅子，压低脑袋，小声道："你知道这本书讲的是什么吗？"

盛衍受不了苟悠突然靠近，略微往后躲闪了一下，道："说。"

"讲的是一个处处被打压的差生在生日那天喝醉了，莫名其妙地绑定了一个许愿系统，然后开始超越学霸，碾压学生会会长，一路'开挂'，考上重点大学，走上人生巅峰的故事。"苟悠的声音虽小，却藏不住兴奋。

盛衍没忍住侧眸，问："这种书怎么就适合我了？"

苟悠挤眉弄眼地说："你难道就不想碾压那谁，彻底逆风翻盘吗？"

"什么那谁的，逆什么风，翻什么盘？"

"哎呀，还能是谁？都说了碾压学生会会长了，除了秦……"原本还兴冲冲的苟悠反问到一半，突然顿住。他觉得，刚才问他话的声音好像有哪里不太对。冷冷的、低低的、怪好听的……但不是盛衍的，而是从头顶上飘来的。有点像……

苟悠呆呆地抬头。

后门的门口果然多了个人。个子很高，身材比例极好，校服纽扣系到最上面一颗，裤子熨得没有一丝褶皱。眼型是狭长的内双，眸色黑沉，下颌轮廓锋利分明，唇线也直，皮肤在灯光下白得丝丝儿冒着凉气。

眼下，那个人戴着学生会会长的名牌，拿着笔和执勤本，面无表情地往后门口一站，整个高二（六）班连空调都不用换了。

于是，苟悠灵机一动，就变成了义正词严的一句："除了秦子规，没一个好东西！"

瞧这点儿出息。

盛衍听到声音的第一秒，就知道某个晦气的冰块脸又来了，头都懒得回，只是在心里轻轻嗤笑一声，然后，语气痞坏地应道："你说得对，那确实挺适合我。我要是真有这么一个系统，第一件事就是把世界上所有行动做派像人工智能的人都清理掉。"挑衅味儿十足。

秦子规却好像没听见似的，漠然地垂着视线，一边语气冰冷地陈述，一边在执勤本上自顾自地写着:"高二(六)班朱鹏、苟悠,晚自习违纪,操行分扣一分。高二(六)班盛衍,晚自习违纪扣一分,校服不合规扣一分,打架斗殴扣三分……"

"等等——"盛衍不满地打断,挑起眼尾,问道,"你哪只眼睛看见我打架斗殴了?"

秦子规的眼皮一耷,视线毫无阻碍地落在盛衍眉侧那道有四五厘米长的伤口上,说:"不然是猫挠的?"

盛衍被噎个正着,心想,你家猫能挠成这样啊?

"所以,这次又是为什么打架?"秦子规的语气冷淡,果然像是执法机器人。

盛衍试图从里面听出点公事公办之外的情绪,但失败了,心里莫名其妙地生出一股没来由的烦躁。刚打算恶狠狠地扔出一句"关你什么事",就被一声清脆的"盛衍"打断。他偏头一看,一个扎着丸子头的漂亮女生不知道什么时候出现在班级的后门口。

她似乎没在意旁边的秦子规,径直把手里一个印着机械猫图案的蓝色小盒子递到盛衍手上,说:"我才听说中午你因为我和职高那群人起冲突的事情,谢了。这是创可贴,快贴上吧,别留下疤。"

所以,盛衍中午溜出去是为了(一)班的班花?

后门附近原本纷纷装死的同学闻言瞬间活了过来,摩拳擦掌,跃跃欲试,准备来个"吃瓜"三连。然后,就听到秦子规冷冷地说了一句:"高二(一)班林缱,晚自习串班,扣一分。"

林缱猛然回头,露出难以置信的表情。

秦子规面不改色地继续说:"高二(六)班盛衍,午休时间寻衅滋事,扣三分。"

秦子规的笔尖机械地滑动:"高二(六)班晚自习私自闲聊者,各扣一分。"

似乎是感受不到周遭震惊愤慨的视线,秦子规的语气依旧不含任何情绪,道:"顺便提醒一句,浅表性伤口用碘伏消毒就行,这种卡通图案的创可贴透气性不好,现在是夏天,还不如不用。"说完,他就带着纪检部的两个干事转身离去,头也没回。

短暂的沉默后,林缱才回头问:"盛衍,我怎么觉得他好像看我有点不太顺眼?"

盛衍低头转着笔,过了一会儿才说:"他是看我不顺眼。"

好像是这么回事。

毕竟,在"实外"高中部,没人不知道高二那两棵最帅的草彼此之间非常不对付。

一个成绩年级第一,一个成绩年级倒数第一;一个在最好的(一)班,一个在"吊车尾"的(六)班;一个天天被贴上"明日之星"的专栏表彰,一个天天在国旗下被通报批评;一个一看就是根正苗红、遵纪守法的好学生,一个一看就是无法无天、惹是生非的不良学生。再加上,秦子规是学生会会长,主管学生纪律,而盛衍偏偏又是最不守纪律的"后进分子",这一来一去,二人的关系逐渐走向水火不容。

林缱随口安慰道:"算了,人家刚才没有收走你的手机已经挺给面儿了。这创可贴你用不上的话,我就拿走了,你自己去医务室处理一下吧。"

盛衍"嗯"了一声,明显没什么聊天的兴致。

林缱也就不再逗留,大手一挥:"明天再给你送生日礼物。"说完,她慢悠悠地晃回了自己的班级。

教室后排终于恢复宁静。差点被没收手机的朱鹏和说秦子规坏话被当场抓包的苟悠也松了口气。

朱鹏回头小声问:"盛衍,你中午出去打架是为了林缱?"

"没有。"盛衍随口应道,"前几天放学的时候,撞上那几个不学好的社会青年在后街堵林缱，今天出去又碰上了，就顺便教育了一番。"

林缱长得好、成绩好、人也好，经常被男生们戏称为"女神"。一听心中的"女神"居然被小混混欺负了，朱鹏顿时火冒三丈，怒道："什么人啊！居然敢欺负我们'实外'的女生？也不照照镜子看看自己是什么德行！"

盛衍倒没朱鹏这么义愤填膺，只是单纯地见不得女生被欺负。

盛衍正想着，手机屏幕亮了一下，掏出来一看。

冉哥：盛儿，那群小混混又来了，我听他们的意思是明天晚上还要去堵你那个朋友，你提防一下啊。

"实外"平时是封闭管理，这几天是因为期末考试结束后，其他年级都放假了，只剩下高二升高三的这些学生还留在学校听老师讲解试卷。学校的食堂也放假了，所以学生的午饭、晚饭允许到外面去吃。没承想，竟然出了小混混骚扰林缱的事儿。

盛衍简短地回了句：等我。收起手机，从桌肚里拎出书包："我先走了，有事叫我。"

朱鹏忙问："这还等着讲试卷呢，你去哪儿啊？"

盛衍把书包往肩上一甩，道："那群小混混在冉哥那儿。"

一听是这群人，朱鹏和苟悠立刻来了精神："这不得带我们一个？"

盛衍想都没想，直接拒绝："你俩好好在这儿听试卷解析，别瞎凑热闹。"说完，便单肩背着书包，转身出了教室。

快到晚上八点，天色已经彻底黑了下来。校园里，学生不多，保安也热得打盹儿。

盛衍熟门熟路地绕开走廊和生态园里的监控摄像头，走进教学楼后面处于监控盲区的小竹林，胳膊一抡，把书包扔过了围墙。

然后，他往后退了几步，正打算助跑一跃，身后突然传来火烧火燎的声音："衍哥！等等我们！"

盛衍停下脚步，回头一看，只见两个鬼鬼祟祟的熟悉身影正猫着腰往这边龟速前行，忍不住嫌弃地道："你俩干什么呢？"

两个人好不容易蹭到他面前，挺胸抬头，作标准敬礼状："担心他们人多，将军寡不敌众，所以前来助阵。"

呵呵，说得还挺仗义。但盛衍一个字都不信，拆穿道："想帮林缱出气就直说。"

"嘿嘿……"被戳破了心思，朱鹏也不辩解，"我们确实是有这个意思，总不能看着咱们学校的女生被欺负，然后什么事都不做吧？那多不爷们儿啊。"

"就是！"苟悠接过话茬，"不过，衍哥，你放心，我们不会抢你的风头的，等教育完那群家伙我们就撤，绝对不影响你在同学们心中独自发光发亮。"

"对！"朱鹏坚定地点头，看上去十分"忠诚"。

盛衍实在没忍住，无语地说："你俩没事吧？"

朱鹏也没忍住："快点吧，收拾完他们，我俩还得送林缱回家呢。护花护到底，送佛送到西。"

盛衍觉得这俩人简直是脑子有问题，翻了个白眼。

"那个……"苟悠欲言又止，却还是没忍住，"盛衍，我还有一件事儿想不通，你和秦子规到底是怎么闹掰的？"

盛衍一怔，问："你说什么？"

眼看盛衍的表情以肉眼可见的速度暴躁起来，苟悠连忙道："你俩之前好得跟亲兄弟似的，结果去年你生日一过就突然掰了，到底是因为什么？"

盛衍突然间就沉默了。他总不能说，他和秦子规闹掰的原因他自己都不清楚吧。只知道那天晚上，他兴致勃勃地去找秦子规要生日礼物时，换来了秦子规的一句"盛衍，我们不是一路人，以后还是保持距离比较好"。想到这些，盛衍的心里就憋闷得很，根本不想就这个话题继续讨论下去。他没好气地敷衍道："我就是单纯地讨厌秦子规一天到晚什么都管，膈应得很。"

"这倒也是。"苟悠回忆了一下晚自习时秦子规的所作所为，表示理解，"不过……"

"又不过什么？"盛衍已经很不耐烦了，问道。

苟悠推了推眼镜，镜片下的眯缝眼闪烁着看透一切的光："不过，衍哥该不会是单纯地不想听试卷分析吧？"

盛衍都被气笑了，问道："有这么明显吗？"

朱鹏闻言立刻睁大眼睛，点头如捣蒜。

盛衍一点儿都不想再和这俩笨蛋废话，直接起跳一跃，双手攀住围墙的上沿："拜托，只要我愿意，学习成绩分分钟超过秦子规那个没有感情的智能 AI（人工智能）……"

后半句话硬生生地卡在了盛衍的嗓子眼里，没能说出口。因为在他转身准备跃下的时候，在围墙那头看见了一个熟悉的身影。

高个子、大长腿、窄内双、冷白皮。

那个人正不偏不倚地站在盛衍预计落下的地方，拿着笔，翻着本子，低头写着什么。

似乎是感受到盛衍的目光，秦子规眼皮微掀，迎着他的视线，冷淡地看了他一眼，随即又重新垂下眼皮，在本子上写完了那行漂亮的行楷——

"高二（六）班盛衍同学，言语挑衅值日学生，当场抓获……"

　　盛衍并不知道自己已经被冠上"言语挑衅值日学生"的"可耻罪名",只是看着路灯下那个清瘦挺拔的身影,觉得真是出师不利。不过,他怎么在这儿?像是知道自己要逃课似的。

　　盛衍偏头看向墙内那两个脑子不太好的朋友。

　　墙内的朱鹏和苟悠连忙摇头,表明自己不是内鬼。

　　估计这俩人也没这胆子。盛衍收回视线,从墙头轻巧地跃下。落点比之前预计的近了一些,刚好落在秦子规面前。然后,当着秦子规的面,他弯腰抄起书包,调头就走,连个多余的眼神都没给。挑衅、蔑视的意味很足。

　　秦子规似乎习惯了盛衍这种态度,表情毫无变化,笔尖滑动,冷淡地说:"高二(六)班盛衍,无故旷课,翻墙离校,操行分扣五分。"

　　盛衍完全不在意,秦子规爱扣分就让他去扣,依旧头也不回。

　　秦子规也不拦他,慢条斯理地重新翻了一页,继续边写边说:"高二(六)班朱鹏、苟悠,帮助同学逃课并且私带手机……"

　　本来头也不回地走出几步的盛衍立刻停了下来。他回头看向秦子规,问:"你什么意思?"

"没什么意思,陈述事实而已。"

盛衍没好气地说:"我翻墙是我的事,跟他俩没关系。"

秦子规不否认:"你现在原路返回的话,就的确跟他俩没关系。"

"你!"威胁!这是赤裸裸的威胁!他一人做事一人当,被请家长、写检查,都不会逃避,但朱鹏和苟悠少不了要被家长一顿臭骂,因为自己连累了好兄弟,这种事儿盛衍做不出来,但要他向秦子规服软,他更做不出来。

盛衍一时半会儿没能做出抉择,又觉得不能输了气势,只能凶巴巴地瞪向秦子规,试图让对方感到害怕。

嗯,怕死了。简直跟一只三个月大的豹子一样吓人。

秦子规瞥了盛衍一眼,说:"明天早上执勤记录就送到教务处了,你们自己看着办。"

执勤记录送到教务处后就是记入学生档案,会作为部分高校自主招生的平时分数参考,就不只是被扣操行分再被骂几句那么简单了。

围墙里面的朱鹏和苟悠听到这句话,立刻开始哀号。

"衍哥!冷静!别冲动!为了兄弟们的性命考虑考虑!"

"是啊!衍哥!消消气,先回来,咱们从长计议!"

"我已经在地上趴好了,保证您尊贵的脚上不会沾上一粒土!"

"如果您翻墙手疼,还有我的苟氏独家按摩治疗!"

"回来吧!衍哥!"

"哥!"

本来还想和秦子规好好干一架的盛衍听着两个人的哀号,顿时泄了气。还有没有点骨气了?但是,再没骨气也是自己的兄弟,除了认下,还能怎么办呢?不过,面子不能丢。

盛衍抬起下巴,有些恶劣地挑眉道:"行,今天看在朱鹏和苟悠的面子上,不跟你计较,但没下次了,不然我让你知道谁才是真正的老大。"

他的个子有一米八,五官是具有攻击性的漂亮,挑眉看向秦子规时,眼尾上扬,带着张牙舞爪的挑衅意味。

秦子规刚好比他高七八厘米,垂眸迎上视线时,就带了些天然的压迫感。

盛衍不服气地偷偷踮了点儿脚跟,抬头挺胸,试图给自己长长气势。

四目相对,战争一触即发。

秦子规淡淡地开口:"嗯,你是老大。"

盛衍冷哼一声:"废……嗯?"

"你是老大,所以翻回去吧。"秦子规合上本子,单手插兜,冷眼看着盛衍,整个人毫无情绪的起伏。

轻松赢得了战役的盛衍没了章法,感觉更憋屈了是怎么回事?这种感觉就像是吵架,你慷慨激昂地打了一肚子草稿准备认认真真地理论一番,结果对方只是轻飘飘地扔出一句"你说得都对",就把你剩下的所有话结结实实地给堵了回去,态度还是肉眼可见的敷衍和冷淡。但从言语上看,对方在让步,自己如果再纠缠下去就会显得特别小心眼儿,蛮不讲理,所以只能硬生生地憋着。

盛衍快被憋死了。但他又不能直接甩手走人,毕竟还牵连着朱鹏和苟悠,他们脑子再不好,也是好兄弟啊。于是,沉默片刻后,他磨了下牙,冷笑一声:"行,认我当老大就行,乖弟弟。"最后三个字发音略重,显出内心的挑衅和嘲讽。然后,盛衍取下肩上的书包往墙里一掷,轻轻一跃,翻身而上,不给秦子规留下任何回击的余地。

宽松的黑色T恤下摆随着轻盈、敏捷的动作乘风荡起,露出腰上清晰可见的暗色瘀青,在路灯的光芒下显得格外打眼。

秦子规眯了眯眼睛,往后靠在路灯灯柱上,看着人影消失的地方,像是在想着什么。过了一会儿,他撕下那页纸,揉成一团,随手扔进垃圾桶,朝着与校门相反的方向缓步离去。

盛衍翻回去后,情绪显而易见地郁闷起来。他抿着嘴唇,冷着脸,一言不发,快步走回教室,然后椅子一拉,往椅子上一坐,靠着椅背,长腿一支:"苟悠。"

冷冷的两个字把苟悠吓得打了一个激灵:"怎……怎么了,衍哥?"

"拿来。"盛衍靠在椅背上,没偏头,只是左手一抬,伸到苟悠眼前,勾了两下手指。

苟悠一愣,问道:"什么?"

盛衍面无表情地说:"你那本差生逆袭的网络文学。"

苟悠在心里叹了口气,看来,终究还是走到了这一步啊……

他把那本厚厚的黄色封皮的书放到盛衍的手里,介绍道:"文笔拙劣,没有逻辑,但特别上头。"

上不上头不重要,学生会会长的下场够惨就行。盛衍冷着脸,接过书,开始翻看起来。的确如苟悠所说,文笔拙劣,没有逻辑。主角前期特别惨,作为差生,被人模狗样、城府极深的学生会会长花式欺负。

盛衍越看越生气,好不容易看到主角捡到许愿系统后马上要开始翻身逆袭的时候,身后突然有人叫他:"盛衍。"

盛衍回头一看,是高二(一)班的副班长兼现任学生会纪检部部长——陈逾白。

陈逾白把一个袋子递给他:"给你的。"

打开袋子,里面装着一瓶碘伏、一袋棉签、一盒活血化瘀的药。

盛衍挑了挑眉,问:"谁给的?"

陈逾白倚着门框,想了想说:"你就当学生会送关爱吧。"

学生会什么时候还有这项业务了?盛衍心中狐疑,正打算问,眼角的余光瞥到陈逾白另一只手里捏着的牛皮本,封面上四个红色字:执勤记录。

盛衍奇怪地问:"这玩意儿怎么在你这儿?"

陈逾白顺着盛衍的视线一看，举了举本子，觉得莫名其妙，说道："你说这个？一直在我这儿啊。"

"啊？"盛衍愣住了，执勤记录本刚刚不是还在秦子规那儿吗？

"秦子规查完你们班晚自习就交给我了，其他班级是我帮他查的，所以就在我手里了。怎么，有什么问题吗？"陈逾白不知道盛衍为什么突然问这个问题，却注意到"后门三人组"脸上的神情都变得微妙起来。

盛衍平静了一下心情，问道："这个执勤本，你们有几本？"

"就一本啊，马上交到教务处去。"

盛衍心里涌起一股被人耍的愤慨和懊恼。刚才，秦子规站在围墙外面装模作样地写了半天，到底在写什么？还说明天要把执勤记录交到教务处？

结果是拿本假的执勤本唬他呢！

这是把他当傻瓜吗？

盛衍气得一拍桌子，起身便往外走去。

陈逾白问："你去哪儿？"

"去（一）班，找秦子规。"盛衍头也不回地说。

陈逾白靠在门框上徐徐地说："他不在学校。"

盛衍回过头一脸质疑地看着陈逾白，陈逾白解释道："他去上信息竞赛培训班，所以主任给他开了假条。"

盛衍一听更生气了，教导主任黄书良平时抓纪律抓得可严了，尤其是见到盛衍，恨不得直接开启生气模式，对秦子规倒是宽容得很。而秦子规更是过分，不让盛衍逃课，自己却不上课，出去潇洒去了！

盛衍快气炸了，握紧拳头就往外冲。

吓得苟悠连忙把盛衍拦腰截住，劝道："冷静，衍哥，咱们得冷静，武力解决不了任何问题！想想明天就是你的生日，再等半个月就放假了，为了美好的青春和暑假生活，咱得忍一忍！"

盛衍松开拳头深吸一口气。这时候不忍，被秦子规抓到把柄，告个黑状，到时候许女士再给他制订个暑假学习计划，这日子就没法过了。所以要忍，忍到暑假，夜深人静，月黑风高，他再去"报仇雪恨"。想到这儿，盛衍冷静下来，重新坐回位子，翻开那本黄色封皮的小说，继续看起书来。苟悠说得没错，退一步海阔天空，忍一时风平浪静。

陈逾白则眉梢一挑，似乎明白了什么，慢悠悠地离开了（六）班的后门口。

教室再次恢复宁静，只剩下唰唰的翻书声。

一页，两页，三页……

不行，忍不了！今天不找秦子规把账算清楚，这口气他就咽不下！退一步越想越亏，忍一时越想越气。气到最后，盛衍把桌上的东西胡乱地往书包里一塞，带子一甩，转身直接出了教室。

苟悠和朱鹏甚至都没来得及拦，就眼睁睁地看着他飞快地消失在走廊的尽头。

盛衍熟练地翻过围墙，穿过一条林荫街，径直进入某个高档小区。他从小娇生惯养，没什么自理能力，母亲许轻容许女士很不放心，就闲置了江对面那套老宅，在学校旁边的楼盘买了个大复式，给他办了走读，方便就近照顾。

秦子规的母亲去世得早，是跟着小姨秦茹和小姨夫江平长大的。秦茹和许轻容是手帕之交，当惯了邻居，秦子规和盛衍也一直在同一所学校就读，干脆也买下一套房子，搬了过来。

一梯两户，门对着门，如果打掉承重墙，就和一家人没什么区别了。

盛衍以前觉得方便，俩人闹掰后觉得很烦。

现在这种情况下，他又觉得还是方便多一些，比如他可以提前回家，在楼道里堵秦子规，让秦子规逃无可逃。

秦子规为什么知道他会逃课，为什么知道他何时会从何处开溜，又为什么非要在学校外面堵他、威胁他，甚至骗他，就是不准他逃课。反正今天不问清楚，他就把"盛衍"两个字倒过来写！

　　站在电梯里，盛衍越想越窝火，越想越觉得今天这场对峙自己不能输。于是，对着光可鉴人的电梯门，他抬着下巴，眯着眼睛，各种调换角度，尝试着找出一个看上去最凶、最有气势的表情。

　　盛衍把左脸斜侧二十度，下巴上抬三十度，眉尾上挑，轻扯唇角，似笑非笑，眸子沾染上三分凉薄、三分讥笑和四分漫不经心，还装模作样地捏住领子，假装那里有条领带，松了一下，轻哂一声："呵，男人……"

　　就在此时，"叮"的一声，电梯门开了。

　　门外，秦子规正站在他的对面，双手插兜，眉梢微抬。二人对望，四目相接。五秒钟后，电梯门缓缓地合上。抬着下巴僵在原地的盛衍心想，如果现在揍秦子规，能算正当防卫吗？

秦子规不死,他就会羞愧而死。

所以,理论上来说算正当防卫,但法律可能不允许。

盛衍心如死灰,目光悲凉。

电梯门开了,他抬手按关。

电梯门又开了,他再抬手按关。

电梯门再次开了,他又……

这次没关上,因为秦子规伸手挡住了电梯门。他低声说:"电梯里闷,先出来。"

盛衍目不斜视,冷哼一声,道:"要你管!"

秦子规又说:"我刚才什么都没看见。"

盛衍转动了一下眼珠,问:"真的?"

"嗯,真的。"秦子规的脸上没什么表情,似乎真不打算拿这件事嘲笑他。

哼,勉强还算懂点事儿。

盛衍这才收回视线,板着脸,不情不愿地以一个成熟、稳重的不良学生形象帅气地走出电梯,试图假装无事发生过。然而,他刚走两步,就觉得不对，回过头奇怪地问："你怎么在这儿？你不是去上竞赛培训班了吗？"

秦子规松开手，转过身淡淡地说："今天身体不舒服，就没去。"

电梯门在秦子规的身后缓缓合上。

"那你站在电梯门口干什么？"

秦子规说："小姨让我下去买点饮料。"

从语气到神情，都挑不出半点毛病，可盛衍就是觉得哪儿不太对。他一时也忘了自己怒气冲冲逃课回来的目的，只觉得眼前的秦子规很奇怪，余光一瞥，正好看到秦子规的右手，蹙眉问道："你的手怎么了？"

"没怎么。"秦子规收回右手，重新插进裤兜，"不小心碰了一下。"

"你糊弄谁呢？我刚才都看见了，你的指关节那儿有好几处擦伤，绝对不可能是不小心！"盛衍明显着急起来，上前一步，不管不顾地就把手往秦子规的裤兜里伸，试图把那只受伤的手拽出来。

过近的距离，秦子规连忙侧身一避。

盛衍的手就硬生生地落了空。少年细长白皙的手孤单地僵在半空，显出一些落寞和尴尬。

秦子规的眼睫毛微动，像是想说什么，但是到了最后，只有淡淡的一句："和你没关系。"

本来已经气了一晚上的盛衍，此时终于被气笑了。他收回手，冷笑一声："对，你说得对，确实和我没关系，是我多管闲事了。"说着，就朝左边的二六○一号房径直走去。

秦子规本能地伸手拉他，却被盛衍反身一巴掌直接拍开："你别碰我！说了没关系听不懂啊？"

秦子规垂下手，站在原地："盛衍，我不是那个意思。"

"我管你是哪个意思！"盛衍看着秦子规这副样子就来气，好像世界上所有事情对秦子规来说都无关紧要，显得别人的真情实感就像个笑话，他继续说,"反正是你说的,咱俩不是一路人,所以以后我不管你的事,你也少管我的事,我逃课、打架、打游戏、带手机,都和你没关系!咱俩以后就各走各的路,谁也甭搭理谁,谁也别管谁,谁说话不算数,谁就是狗!"

盛衍憋了许久的火气此时此刻一个劲儿地往脑门上涌,气得脑子都已经跟不上嘴巴,只知道噼里啪啦地撂出狠话,心里总算痛快了。说完,他转身输入密码,打算来个摔门而入,让秦子规那个冰块脸知道自己这次是真生气了。然而,就在他即将完成摔门而入、恩断义绝的帅气之举的前一秒,身后二六〇二号的门先一步打开了。

紧接着,许轻容女士利落直爽的声音就从身后响了起来:"盛衍,你跟谁在这儿乱发脾气呢?礼貌吗?快给子规道歉,然后过来吃饭!"

"许姨,是我的问题,不关盛衍的事。"秦子规倒是自觉,抢先解释起来。

盛衍毫不感激,头也没回地说:"妈,我自己在家吃。"

"想得美!明天一早妈妈就要飞国外了,今天晚上我先不跟你计较没听试卷分析就跑回家的事儿,但是你必须现在、立刻、马上,麻溜地给我过来吃饭!"

许轻容说完,秦子规的小姨秦茹又温婉地劝道:"小衍啊,快过来,你妈妈说今晚提前给你过生日,你江叔做了一大桌子菜,全是你爱吃的。"

得,两尊菩萨压下来,盛衍没了辙。他虽然在外面吊儿郎当,但在家时一向乖觉,鲜少忤逆这两位当家的"皇太后",两道懿旨一下,再不情愿也只能转过身,装作看不见秦子规一样,板着脸往对门走去。

二百八十平方米的大复式,两面采光,环幕落地玻璃,位于南雾最好的学区,直通市中心商务区,户型浮夸,物业费奇贵,没点家底的人还真住不起这里。所以,与之相应地,许轻容这位单身母亲一年到头都忙得满世界乱飞,没法儿按点给儿子过生日已经成了常态。

比如，盛衍的生日其实是明天，七月七日，但因为许轻容明天要出差，所以就只能挪到今天过了。

盛衍对此倒不介意，只是看着秦子规依着老规矩在自己对面坐下时，觉得这个生日过得跟忌日没什么区别，晦气得很！不过，他不愿意在长辈面前挂脸，怕驳了长辈的心意。看着满满一桌子丰盛的菜肴和一看就很贵的精致的蛋糕，还是乖巧地说："谢谢秦姨，谢谢妈妈。"然后高声冲着厨房喊了一句："谢谢江叔。"

"谢什么啊，和秦姨还客气？老规矩，先许愿，再吃饭。"秦茹也反身喊了一句，"江平，蜡烛和打火机呢？"

厨房里立刻传来一声："来了来了！"

江平是秦茹的丈夫、秦子规的小姨夫，也是一家上市科技公司的一把手。长得威严，很有"霸道总裁"的气势，在家却只是个没地位的"耙耳朵"。听到秦茹叫他，围着围裙的江平拿着蜡烛和打火机跑了出来。

把蜡烛在蛋糕正中间插好后，江平也不禁感慨道："时间过得真快，这一眨眼的工夫，小衍都要十八岁了。我记得第一次给他过生日时，他才三岁吧。那时候，他许愿非要把愿望说出来，我就吓唬他说，愿望说出来就不灵了。结果他不信，年年许愿年年说，结果还年年都实现了，你说神奇不神奇？"

说到这事儿，盛衍自己都觉得挺神奇的。

三岁的时候，盛衍还跟着姥姥、姥爷住在老宅，那年是秦茹和江平第一次带秦子规回南雾，也是两家人第一次一起过生日。他年纪小，不懂事，就许愿说希望子规哥哥可以一直和他玩，不要走，结果秦子规后来就真的没有走。

四岁的时候，他许愿想拿幼儿园画画比赛第一名，结果就真拿了。

五岁的时候，特别讨厌单位大院里那个大他两岁的胖虎，就许愿胖虎倒大霉，结果胖虎第二天就哭着叫他大哥。

就这样一直到了十六岁的生日，年年许愿，年年应验。要说是多得了的事，也不至于，但的确还挺灵。

"也不全灵，去年的就没实现。"盛衍点蜡烛的时候，随口说道。

许轻容在盛衍的另一边坐下，问："你去年许的什么愿望来着？"

盛衍想了一下："好像是心想事成，有求必应。"

"那肯定不行。"许轻容以一副过来人的姿态说，"这种愿望太抽象、太贪心了，观音娘娘也帮不了你，要许那种具体的、适可而止的才有用。所以今年许个靠谱的，比如过两天出期末成绩，你能离开年级倒数十名。"

"妈，过生日呢，能不能别提不高兴的事啊。"盛衍小声嘟哝道。

许轻容忍不住笑出来，说："哟，你也知道年级倒数十名是不高兴的事啊，那你能不能争口气，哪怕考个倒数第十一也行啊？"

眼看盛衍的脸上要挂不住了，秦茹连忙打岔道："行了，许轻容，你少说两句。来，小衍，快许愿，许完我们开饭。"说完，她关上客厅的灯，黑暗中只剩下蜡烛暖黄色的火焰轻轻跳跃。

盛衍的视野里也只剩下烛光映衬的蛋糕和对面秦子规冷淡垂下的眉眼——看样子是在剥弄着什么，反正心思一点都没在吹蜡烛的仪式上。

明明以往这个时候，秦子规应该把精心准备的礼物送到盛衍的手上，然后认认真真地听他许愿。现在直接翻脸不认人，绝情得很。

盛衍心里那股子火气又"噌"地一下冒出来，闭上眼睛，没几秒钟就睁开眼睛，然后"呼"地一下吹灭蜡烛："好了。"

许轻容打开灯，有些奇怪："这么快？"

盛衍点了点头："嗯。"

许轻容又问："许的什么愿？"

盛衍不自觉地瞟了一眼秦子规，然后没好气地说："希望所有我讨厌的人都离我越远越好。"

秦子规正在剥着什么的指尖微顿，很快又恢复如常。

桌上也没人发现不对，只有许轻容轻嗔一声，道："你这倒霉孩子，说好的许愿摆脱倒数十名呢？"

"学习成绩这种事情，随缘吧。"盛衍拿起筷子，满不在意地准备开吃。

许轻容白了他一眼："你就不能跟子规学学。对了，子规，信息竞赛你准备得怎么样了？"

秦子规还没回答，江平就一脸骄傲地抢着说："那必须没问题啊！他在这方面是真有天赋，现在已经可以搞定很复杂的程序设计了。上次来我们公司技术部学习，小程序研发部的同事都夸他是天才，我现在就等着他大学毕业来我们公司发光发热呢！"自豪之情，溢于言表。

许轻容十分羡慕地叹了口气。"真好。你说都是一起养大的，怎么我们家盛衍就跟长不大似的，一天到晚就知道玩。"说完，眼珠一转，正好看到秦子规剥完了七八只虾后，不动声色地把小碟子往桌子那头推了一下，于是得出答案，"都怪子规。"

秦子规一头雾水地愣住了。

许轻容也不理秦子规，偏头看向秦茹，说："你还记得吧，他俩七八岁的时候，有次暑假咱们几个大人都出差，没人管他们。开学头一天晚上，咱们回来了，到家都大半夜了，在卧室找不到人，吓得要死。跑到书房一看，就看见大的坐在那边板着一张小脸奋笔疾书，小的就坐在旁边哭得直打嗝儿。我还以为怎么了，走过去一看，呵呵，居然是盛衍暑假作业没做，秦子规在那儿帮他赶……所以，盛衍现在成绩这样，你们家秦子规'功不可没'啊。"

江平也想起当时的情景，笑道："确实，子规从小就惯着小衍，不说别的，这虾都剥了有十来年了吧。"

话音刚落，盛衍夹虾的手便停住了。他完全没注意虾是秦子规剥的，只是发现自己眼前多了一碟剥好的虾，加上多年来养成的习惯，自然而然地就顺手夹了。结果现在被江平这么一说，这虾吃也不是，不吃也不是。

不吃吧，显得自己特别小气。吃吧，以他和秦子规现在的关系，又会显得特别没有尊严。

于是，短暂的僵持后，盛衍机智地把那只虾放进了许轻容的碗里，乖巧地说："儿的生日，母亲的受难日，妈，您吃。"

许女士更觉得奇怪，臭小子什么德行当妈的能不知道吗？怎么这么懂事了？她瞥了一眼低头不说话的秦子规，心中了然，没有动盛衍夹到碗里的虾，反而自己夹了只没剥的虾："说吧，又和子规闹什么脾气了？"

盛衍有些心虚，低头夹了块剁椒鱼头，嘟囔着道："谁跟他闹脾气了，我又不是小学生。"

呵呵，这话说得比小学生还像小学生。

许女士也懒得拆穿："行，没闹脾气就行。你马上就要在子规家住几个月，低头不见抬头见的，真闹脾气了多尴尬啊！"

盛衍刚刚送到嘴边的筷子立刻停住："妈，你说什么？"

许女士淡定自若地剥着虾："今天本来买了好多菜，打算自己做给你吃。"

盛衍："然后呢？"

"然后，高压锅爆炸了，厨房炸了。"许女士把虾放进嘴里，云淡风轻地道。

盛衍一脸震惊的表情，这是做饭还是拆家？

许女士安慰道："没事，正好我要去国外几个月，家里趁机重新装修一下，这段时间你就住在你秦姨家。东西我都帮你搬过来了。"

许女士随手一指，指向走廊尽头那扇敞着的房门。

从盛衍的角度，透过敞开的房门，依稀可以看见他那把电竞椅炫酷的一角。

想起自己十分钟前刚刚立下的"以后各走各的路"的 flag（网络流行词，英文单词原意为旗帜，后来指故事中让人能够预测到之后发展的事件），盛衍感到有些绝望。喉头不自觉地一滚。下一秒钟，火辣辣的感觉立刻充斥整个喉咙和口腔。嘴里还没来得及咽下去的细碎的小米辣就随着这绝望一滚，呛进了气管。

本来还在震惊绝望中的盛衍立刻开始弯腰猛咳："妈……咳咳……水……"

不等许轻容和秦茹反应过来，秦子规已经第一时间迅速起身，飞快地走到饮水机前，放好杯子接起了水，然后一把拉开冰箱门，皱着眉翻找起什么。

然而盛衍实在辣得难受，不等秦子规回来，就在咳嗽之余捕捉到了许轻容手边那个她还完全没有动过的装满水的玻璃杯，于是顺手一端。

许轻容立刻睁大眼睛："崽！这是白——"

盛衍仰头一灌。

"——酒啊！"

"酒"字落下的那一刻，这辈子从来没碰过任何一丁点儿烟酒的盛衍立刻疼出了泪花，刺痛和灼烫感顺着他的喉咙一路灼烧到五脏六腑。

盛衍向来怕疼，这一下直接疼得趴在桌子上，紧紧地攥着拳头，掐着掌心，咳得像是下一秒钟就能咳出血来。

许轻容看见盛衍的耳朵、脸蛋、眼角都通红通红的样子，心疼得不得了，好在一转身就瞧见秦子规已经一手端着水杯，一手端着冰雪梨快步走了回来，连忙招呼："子规，快来快来，小衍好像难受得不行，你看看怎么办呀？"

确实很难受。

少年伏在桌沿，脸埋在臂弯里，单薄的肩胛骨剧烈起伏着，掌心掐出血印，看样子是想强忍住不让旁人担心，却又实在难受得忍不住。

秦子规沉着眉眼，快步走到盛衍旁边，一手揽住他的肩，扶他直起身，让他靠着自己，一手拿着水杯送到他嘴边："慢点喝。"

盛衍却皱着眉，把头一偏："走开，不……喀喀……喀喀喀……"

五脏六腑都快咳出来了，眼睫毛上也已经挂上泪花。

许轻容看盛衍难受成这样了，还不愿意喝水，以为是支气管出了什么大问题，着急得不行："怎么了，儿子？是还有哪里难受吗？要不要打急救电话？你别吓妈妈啊！"

盛衍只是艰难地摇了摇头，然后抬头看向秦子规，竖起食指，指向他，艰难地说："你，不行。"

大人们都着急了："到底怎么了呀？小衍？"

盛衍睁大眼睛，看着秦子规，目眦欲裂，满眼通红，表情壮烈得如同义士即将捐躯。

三个大人紧张得一动也不敢动。

然后，就听见盛衍咬紧牙关，强忍着嗓子剧烈的灼痛，艰难无比，一字一顿地说："说好的，谁先管谁，谁是狗。"

那一瞬间，整间大复式里除了倔强少年盛衍同学那撼天震地、撕心裂肺的咳嗽声以外，只剩下三个大人无尽的沉默。

他们一时不知道该说盛衍幼稚，还是夸他烈性。

只有秦子规依旧冷淡自若，重新递上水杯："嗯。"

"嗯？"盛衍眨着眼睛有点没懂。

秦子规顺手抽出一张纸巾，揩掉盛衍眼尾的泪珠："汪——"

　　低而沉冷的音色，带着天生的疏离感，却"汪"得无比自然。自然得周围的三个家长和当事人盛衍都没反应过来。

　　秦子规刚才是"汪"了一声吗？他承认自己是小狗了？

　　盛衍一时不知该作何反应，感觉自己的大脑神经元开始消极怠工，运转得十分缓慢。他看着秦子规，不敢置信地眨了下眼睛。下一秒钟，嗓子里抑制不住的刺痛就把他的意识强行召回，忍不住再次弯腰猛咳起来。

　　秦子规的眼神里似乎有无奈，蹲下身，顺着他的背，递过杯子，轻声道："我是小狗，你把水喝了。"

　　大概是幼稚儿童终于取得了胜利，盛衍这次没有继续悲壮地抵抗，而是顺从地接过水杯，咕咚咕咚地灌了起来。然后，就是吃下切好的冰雪梨，用淡盐水漱口。最后，张开嘴，任凭秦子规给他喷上咽喉喷雾剂。一套流程下来，盛衍明显好了不少，而且越来越配合，到了最后，甚至可以用"乖巧"来形容。

　　感受到周围三个大人又震惊又崇拜的视线，秦子规剥了颗咽喉糖放进盛衍的嘴里，起身解释道："他小时候就爱偷吃辣条，但气管细，容易被呛到。"

许轻容是单身母亲,又管着一家大公司,有多忙自然不用多说。秦茹和江平也是自己创业起家,年轻时忙得脚不沾地,到现在都没有自己的孩子。这两个小孩儿基本上是被保姆带大的。

而秦子规比盛衍大了一岁,又懂事得早,对盛衍的起居极为熟悉,照顾他已经成为一种刻在骨子里的习惯。

因此,到了这种时候,三个大人竟然还比不上一个孩子。

再想起刚才自家儿子誓死不从,非要秦子规自认是小狗,而秦子规还真的就"汪"了一声的场景,许轻容的心里感到很是愧疚。

"那什么,子规,小衍你也是知道的,他这儿……"许轻容指着脑袋,转了转,"有点异于常人,你千万别跟他计较。"

盛衍的脑回路的确打小就很清奇,总是冒出一些旁人意想不到的奇怪想法,但通常都让人觉得可爱,并不会觉得厌烦。

"放心吧,许姨。"秦子规看向许轻容,答得平淡却让人安心。

许轻容的心里又感慨又欣慰。这就是"别人家的孩子"啊,又懂事,又优秀,脾气又好,还会照顾人。不像自家这位祖宗,除了长了一张漂亮脸蛋能祸害人以外,其他方面都让人头疼死了。

许轻容正想着,秦茹戳了戳她:"你看看小衍,我怎么觉得有点不对劲……"

秦子规和许轻容闻言偏头一看,果然看见盛衍不知道什么时候已经重新趴回了桌子上,下巴垫在手背上,长长的眼睫毛一下一下地缓缓扇着,眼神迷迷瞪瞪的,看上去有点呆。

经过短暂的观察,许轻容试探着道:"这是酒的后劲上来了?"

秦茹瞪了许轻容一眼:"你儿子,你问我?"

江平眯着眼睛打量半晌:"目光涣散,行动迟缓,看样子是有点上头,你的白酒很地道嘛。"

秦茹有点发愁:"可是明天他们还要上课呢。"

江平伸手摸了摸盛衍的额头,有些烫,沉默了一下,说:"我去给他们老师打电话,今天外面本来就热,屋子里空调开得又低,一冷一热,再加上这碗白酒的刺激就发烧了,明天估计上不了课了。"

"那我先带盛衍回房间休息吧。"秦子规觉得这是此刻最稳妥的办法,一手拎起盛衍的书包,一手扶起盛衍,然后回头问许轻容:"许姨,他的洗漱用品和换洗衣服都拿过来了吗?"

许轻容连忙点头:"拿了拿了,牙膏、牙刷、毛巾、浴巾、沐浴露、洗发露都放在你的浴室了,睡衣在第一个柜子里挂着,贴身衣物在下面的抽屉里。"

"嗯,好。许姨、小姨、小姨夫,你们先慢慢吃,留些清淡软和的放在冰箱里,等盛衍缓过来了我给他热热。"

"好,小姨待会儿给你们煲点粥,就放在灶上,有什么事叫我们。"秦茹温和地应道。她和许轻容也不是不想亲自照顾,但毕竟盛衍已经是十几岁的大男孩儿了,许多事就和小时候不一样了。

"你说我们家盛衍,个子也长得这么高,怎么心性儿还跟小孩儿似的。"许轻容看着秦子规扶着盛衍回房的背影,叹了口气,"而且,你说你们家子规怎么就不是个闺女呢?不然给我家当儿媳妇多好,我们家这么大的产业也算有人可以继承了!"

许轻容边说边摇着头叹气,这简直是她一生中最遗憾的事情。这份遗憾,她和秦茹已经说了很多年。要是秦子规和盛衍当中真有一个女孩儿,可能现在连订婚酒都已经摆过了。

秦子规听到了这番话,却无动于衷地把盛衍带回自己的房间,关了门,让盛衍坐到床上。看到盛衍的额头上因为剧烈猛咳又裂开来的伤口:"坐好,别动,给你上点药。"

说完,转身拉开抽屉。

本来端端正正地坐在床边的盛衍却像是突然回过神似的,一只手高高地往上举，一只手直直地往下伸，比画出一整个臂展的距离后，认真地说："这么多。"

秦子规拿出碘伏，一回头，看见盛衍这样，不解地问："什么这么多？"

盛衍勾勾手指头："你过来。"

秦子规依言靠近。

盛衍又勾勾手指头。

秦子规弯下了腰。

然后，盛衍神秘兮兮地吐出了三个字："老——婆——本。"

秦子规这下可以确信盛衍是真的喝大了。你成年了吗，就老婆本，还这么多老婆本？想到此，他轻哂一声："你以后要娶哪家天仙啊？"

盛衍嗫嚅地哼道："我以后要娶那种又好看又聪明的天仙，最好上学时次次都考年级第一的那种。"

盛衍眯着眼睛，突然张牙舞爪起来："这样，我们家也有年级第一了，就可以打死你！"

秦子规心想，这是对自己有多大的怨念啊？不过，他还不至于和一个喝醉了的人计较，用棉签蘸碘伏，敷衍地说："嗯，行。"

盛衍没反抗挣扎，只是抬着脑袋，看着秦子规，又眯了下眼睛，神神秘秘地说："我再告诉你一个秘密。"

秦子规边给盛衍上药边应和道："你说。"

"就是那个，我刚才说的希望所有我讨厌的人都离我远一点的愿望，是假的，骗你的。"盛衍坐在床边，双手撑着床沿，摇头晃脑地道，"我真正的愿望可不是这个。"

秦子规的手微微用力，摁住盛衍的脑袋，不让他乱动，继续涂药，没说话。

盛衍见他没反应，不甘心地问："你就不想知道我真正的愿望是什么吗？"

秦子规随口道:"想。"

盛衍却说:"我不告诉你。"

秦子规摁着盛衍的脑袋想,这人怎么就这么欠收拾?欠到想把他的小脑袋拧下来看看里面到底装了什么的程度。

盛衍却像是感觉不到似的,继续哼哼着:"你说过的,我们要划清界限,保持距离,所以我才不要告诉你!"

盛衍说着,脑袋在秦子规的手掌底下开始自主地左右晃动,表情显得又傲娇又认真。

秦子规看着盛衍,看了三秒钟,到底没忍住,低头笑了一下。像薄冰见暖阳,乍然消融,只剩春水般温柔。

本来还在摇头晃脑的盛衍突然顿住,眨巴了一下眼睛。

秦子规唇角的笑意微敛,轻声问:"怎么了?"

盛衍眨着眼睛,怔怔地说:"你笑了。"

他又蔫蔫地耷下脑袋,嘟囔道:"你讨厌我以后,都好久没对我笑过了。"

秦子规捏着棉签的手指一顿,正想着该怎么回答,盛衍却突然"噌"地一下站起来,非常严肃地说:"我要学习!"

饶是秦子规再清楚盛衍的脑回路异于常人,也觉得有点猝不及防,莫名其妙。这又是唱哪一出啊?

盛衍看着秦子规,肯定地说:"我知道你为什么不理我了,肯定是觉得我学习不好,还爱打架,所以才不跟我一起玩。那我也要好好学习,等我学习好了,你就不讨厌我了,就跟我玩了。"

说着,就要去拿东西,结果头重脚轻,同手同脚地刚走两步,就一个趔趄。

眼看盛衍就要栽下去,秦子规忙一把扶住他,把他拎回床上,认命地说:"你别乱动,要什么我给你拿。"

"我要书包,我要学习!"盛衍坐回床上,眼睛都有点睁不开了,却还是倔强地求知若渴。

还行,都这种情况了还想着学习,秦子规略感欣慰,就把那个死沉死沉的书包送到盛衍的怀里。

盛衍接过来,放在大腿上,拉开拉链,郑重地打开。一个充电宝,一个小型乐高,一台平板电脑,一瓶冰镇可乐,三盒猫罐头,两袋威化饼干……鼓鼓囊囊的书包,翻到最后,竟然只有一本书。

一本黄色的、厚得如同砖头一般的书,封面上还写着一行大字——"得到许愿系统后我走上了人生巅峰。"

秦子规突然觉得,是他草率了,欣慰得太早了。

盛衍也对于自己的书包里的东西有点意外,干脆整个翻过来,抖了抖,愣是没再抖出一张纸,或者一支笔。

于是,他尴尬地停顿了三秒钟,之后便若无其事地拿起那本唯一的书,拍了拍,一本正经地说:"就是这本,嗯,是……哪本来着,哦,《得到许愿系统后我走上了人生巅峰》,写得真好,真解气!"盛衍越说越确信。

秦子规在心里长叹口气,他怎么还会对盛衍抱什么期望呢?这种没良心的幼稚鬼,有一个算一个,全都该直接踢出去,越远越好,再也不管才对,免得被气死。

秦子规板着脸,正打算把想法付诸行动时,盛衍却抱着那本书突然脑袋一耷拉,闭上眼睛,一动不动。看上去,像是突然睡着了。

秦子规伸出手想摸摸盛衍的额头,看看还烧不烧。然而刚伸到一半,盛衍就又忽然睁开眼睛,看着秦子规,没头没脑地问出一句:"你说我为什么没有许愿系统?"

秦子规愣住了,他有点听不太懂,但似乎又明白了。

"就是这个……他都有许愿系统,为什么我没有呢?"盛衍仿佛很委屈,拍了拍那本书,无精打采地垂下眼,"我去年许愿都说了想要心想事成的，这都过了一年了，怎么还没灵验啊？明明以前都很灵的。是不是因为观音娘娘和你一样，不喜欢我了啊？"

盛衍向来是少爷脾气，好面子又爱逞能，最讨厌矫情，也从来不缺朋友和热闹。所以秦子规对他说要保持距离后，盛衍除了撂过几次脸子以外，并没有流露出任何难过的情绪。或者说相比于难过，他表现得更多的像是丢了面子后的赌气和暴躁。

所以，秦子规从来都没有想过盛衍会有这样的想法。

原来，人见人爱的盛衍也会担心别人不喜欢自己啊。

那一刻，秦子规突然觉得自己一年前的决定似乎做错了。可是他以为那会是最好的抉定。他看着盛衍，半晌，拍了拍盛衍的肩膀："没有，观音娘娘很喜欢你，只是有的愿望实现起来会慢一点，比如去年许的，可能今年才能实现，所以等一等就好。"

盛衍眨了眨眼睛，问道："真的？"

秦子规点了点头，承诺道："嗯，真的。"

盛衍像是被安抚到了，耷下眼皮，把下巴搁到那本厚厚的书上。突然，又不确定地问："那我去年许的心想事成的愿望还会实现吗？"

秦子规垂着眼，用棉签蹭掉盛衍额角多余的碘伏，轻声说："会的。你好好睡一觉，明天起来就实现了。"

"那我今年许的愿望也会实现吗？"

"也会的。不过，你要说出来，观音娘娘才听得到，才能想办法帮你实现。"

盛衍已经困得不行，眼神飘忽，大脑也变得迟钝，听完秦子规的话后，思考了许久，才慢吞吞地点头，说："那观音娘娘注意听，我许的生日愿望是希望秦子规不要再和我吵架了，我想跟他和以前一样好……一辈子，都那么好。"

语速越来越慢，声音越来越小，等到最后一个"好"字说完，盛衍已经抱着那本厚厚的书,歪倒在床上,彻底闭上了眼睛。均匀平缓的呼吸声安然响起,放在床头的老式闹钟,时针和分针也在不知不觉中同时指向"12",发出了郑重的"咔哒"一声。

秦子规伸手帮盛衍盖好被子,声音在夜色里压得低而沉缓:"生日快乐,小衍。"

你的愿望都会实现。

第 5 章
愿望

盛衍是在第二天中午被苟悠的电话叫醒的。

"喂，衍哥，你没事吧？我听班主任说你请病假了？好端端的，怎么突然病了？不会是被秦子规气的吧？"

盛衍还没睡醒，整个人都是蒙的。他不太舒服地翻了个身，问："什么病假？"说完，才发现自己的嗓子哑得厉害，还有点疼，习惯性地想搂过床上巨大的猫形抱枕时，却扑了个空。

盛衍缓缓睁开眼睛，看见了床对面那面墙上摆了满满一书架的书、奖杯和奖状，以及极简风格的房间装修。

这不是秦子规的房间吗？

盛衍愣住了，等看到放在床头的咽喉含片时，才缓慢地回想起昨天发生的事情。所有记忆都卡在了秦子规的那声"汪"上，没有不情不愿，也没有嘲讽戏弄，自然而然，平淡无奇。虽然没有那种让死对头出丑、认栽后大仇得报的快感，但也没有丝毫的不悦，就像是……无理取闹发脾气后被安抚了一样。

可秦子规为什么要安抚他？如果换作一年前，这才是正常的，可现在他俩不是闹掰了，要老死不相往来吗？

盛衍看着那面满满当当的书架,想得出了神。

电话那头苟悠听他这边没有反应,"喂"了几声:"喂?喂喂?衍哥,你还在听吗?不会真出事了吧?你别吓我啊!"

"听着呢。"盛衍没好气地说,"今天我生日,你别乌鸦嘴!"

"呸呸呸,敲敲木头不当真。"苟悠说,"我昨天晚上特意卡着点给你发了生日祝福,结果一直到中午你都没回,还没来上课,这不是有点担心嘛……"

已经中午了?

盛衍忙把手机拿到眼前一看,屏幕上显示:二零二零年七月七日十二时十一分。

消息提示栏里充满了微信、短信等的消息,认识的亲朋好友基本上都已经送来了生日祝福。

除了某人。

盛衍反复点开、退出好几回,确定没有收到任何秦子规的消息后,赌气般地骂了句:"垃圾!"

电话那头的苟悠还在絮絮叨叨地表达着关心,突然听到盛衍骂人,还以为是在骂自己,便问:"衍哥,你骂我干什么?我又做错了什么吗?"

"没骂你。"盛衍懒得解释,"你送的游戏皮肤我看到了,谢了,回头请你吃饭。我这边没什么事,下午就能去上课。"

说完,两个人又聊了些有的没的,便挂了电话。

盛衍点开许女士的微信头像,有好几条未读消息,都是凌晨五点钟发的。

估计是许女士早起离家的时间。

太后娘娘:这么娇气以后出去别说是我儿子啊。

太后娘娘:你放心,帮你请了病假,你就在家安心睡,醒了再去上课。

太后娘娘:不过,妈妈临走前没有看到你,没有亲口对你说一声十七岁生日快乐，还是有点遗憾。

　　太后娘娘：但是你要相信，妈妈永远爱你，也没有其他贪心的要求，就希望我的儿子新的一年依然能够善良、勇敢、开心快乐地成长下去。

　　太后娘娘：晚上下了飞机给你报平安，在秦姨家好好的，多听子规的话，别让妈妈担心。

　　太后娘娘：爱你。

　　盛衍趴在床上，抿着嘴，手指飞快地移动：母后放心。戴好口罩，早点回来，注意安全。咱们家钱已经够多了，你出国可以多看看帅哥，少忙点工作。儿臣跪安。

　　发完，把手机一扔，翻了个身准备再躺一会儿，结果脚一蹬，碰到一个很硬的东西，起身掀开被子一看，是那本《得到许愿系统后我走上了人生巅峰》。

　　看着这本书，盛衍好像依稀想起昨天晚上做的一个梦。

　　大概是观音娘娘对他说，他去年生日许的愿望等睡一觉起来就可以实现了。

　　呵呵，笑话！怎么实现？难不成也给他一个许愿系统吗？

　　不过，怎么隐约记得好像还梦到了秦子规？

　　一年一次的生日，竟然做这种梦，晦气死了。

　　而且，秦子规怎么这么小气，连句走过场的生日祝福都不给……

　　正想着，手机"叮咚"一声，是消息提示音。

　　盛衍瞬间来了精神，飞快地拿过手机，紧接着，又叹了口气，不是秦子规发来的祝福信息，而是一个小程序发来的横幅消息：祝小主人盛衍，生日快乐！

　　盛衍颇为失望地将手机扔到一边。

　　想了想，又重新捡回来一看。"心想事成"小程序？这是什么东西？自己什么时候下载这个小程序了？

手指上滑,解锁屏幕,果然在主界面看到了一个以前从来没有见过的小程序标志。灰粉色的底,奶白色的一笔竖向弧线,像画家随手画出的半边心,标志底下写着四个字:心想事成。

点开一看。屏幕瞬间变暗,紧接着,小程序机械般地打出一行白字:你好,盛衍,恭喜你已被"心想事成"小程序选定为现任宿主,点击绑定,即可开始心愿之旅。

啧,这个套路怎么好像在哪里看过?难道是什么新型诈骗软件吗?盛衍想看看诈骗小程序到底还能有什么奇怪套路,点击了绑定。

页面弹出:《小程序用户协议和使用须知》

1. 小程序须与用户达成严格双向保密,即小程序与用户皆不得向第三方透露任何关于小程序的具体使用内容。

2. 用户在使用过程中,不得提出任何违背中华人民共和国法律法规及公序良俗的愿望请求,不得要求强行粗暴绑定他人感情,不得以任何伤害他人或谋取不正当利益为目的。

3. 为遵循物质守恒定律,任一愿望皆需用户完成相应任务,但不得要求用户支付任何金钱,同理,用户许下愿望后,不得拒绝履行完成任务的义务(任务范围,同条例2)。

4. 小程序最终解释权归"心想事成"小程序开发者所有,感谢使用。

想不到这个诈骗小程序的开发者还挺遵纪守法?呵呵,骗子的素质真是越来越高了。

盛衍虽然不太理解,但是大受震撼。他点击"阅读并同意"。

画面再次切换。

这次不是简单粗暴的界面切换,而是渲染渐入的一段动画。

一个长着一对小翅膀的小胖天使,撅着小圆屁股,抱着只受伤的小奶猫,跌跌撞撞地从月亮上摔了下来。

"扑通"一声,落在了厚厚软软的草地上,疼得眼泪汪汪的,却还是紧紧地护着怀里的小奶猫,坚强地爬了起来。

然后,他仰着脑袋,环视了荒芜破败的花园一圈,发出了一声"耶"。

画面定格,出现文字:

每个被主神选中的小孩都是拯救过其他灵魂的天使,主神为了奖励这些天使,决定实现他们的愿望,点击确认,即可接受主神的奖励。

嗯,确认。

人间的一切皆需经受考验,世间万物都有因有果,不同阶段可许下不同程度的愿望,也需要完成不同的任务,点击宿主扫描,即可确认当前等级。

好,扫描。

宿主目前心愿等级为 Level 1;可许愿望等级:初级;任务难度:简单;频率:每周两次(周一刷新);升级需求:完成十次初级任务,实现十次初级愿望,即可升为 Level 2。扫描完毕,点击下一步,进入许愿教程。

下一步。

许愿教程:第一步,领取十粒小雏菊种子;第二步,在花园邮箱放入愿望,如获批准,即可收到花盆一个;第三步,将种子种入花盆,即可收到任务信笺一封;第四步,点击完成任务,等待审核;第五步,审核完成,静待愿望实现,雏菊花开。

盛衍对这个充斥着文艺浪漫气息的诈骗小程序越来越感兴趣,还真的点击领取小雏菊种子。

结果除了种子之外,屏幕上还出现了三盆雏菊花,并且伴随着一封信:系统检测到宿主此时信任情绪为零,因此,为了提高宿主的信任度,系统决定赠送三盆已开小雏菊作为试用,免任务实现三个初级愿望,以建立宿主与系统间的信任,敬请笑纳。

盛衍心想,这十有八九就是商场里那种先中奖免费试用体验一次,再开始逐渐引导你进行其他消费的常见骗术。整得花里胡哨,内核倒是万变不离其宗。想用这种劣质手段骗他上当?

盛衍觉得自己真是聪明极了。

随手输了个愿望:午饭想吃糖醋排骨。

页面出现一个转动的白圈。

五秒钟后:愿望批准。

一分钟后,厨房传来秦茹的声音:"阿姨,子规中午要回来吃饭,再做道糖醋排骨可以吗?"

做饭阿姨爽快地说:"没问题,十分钟就好!"

本来漫不经心地戳着屏幕的盛衍突然愣住,感到难以置信。

这是巧合吧?

这必须是巧合!

不行,再试试。

盛衍双手打字,飞快地输入:希望可以提前知道下期彩票头奖号码。

白圈转动。

三秒钟后:愿望越级,予以驳回。

这种愿望就越级了?

盛衍不屑地"哼"了一声。正在思考该许个什么不越级的愿望时,屋外传来有人进门的动静,紧接着,是秦子规清冷的声音:"小姨,我回来了。"

盛衍立时心生一计:许愿让秦子规立马摔一跤。

白圈再次转动。

五秒钟后:愿望批准。

这四个字出现的同时,屋外传来一声闷响,伴随着秦茹和做饭阿姨惊慌的声音:"子规,怎么摔着了?小心点,疼不疼啊?有没有磕到哪儿?"

"没事，就是不小心滑了一下。"听声音，秦子规倒是一如既往地淡定。

反而是房间里的始作俑者盛衍同学不淡定了。

盛衍愣了一下，然后喊道："天啊！太不可思议了！"像秦子规这种自带一切调控系统的机器人居然也会摔跤？还是在愿望刚获批准的下一秒钟就摔了？作为一个生长在社会主义国家，接受着马列主义教育长大的纯正唯物主义者，他肯定不能相信。是的，这一定是巧合！

盛衍抿紧唇角，再次飞快地输入：希望秦子规喝凉水都能呛到。

"咳咳咳——"秦子规猝不及防的低咳声和玻璃杯重重放回茶几的撞击声如约而至。

盛衍愣住了，猛然间，他似乎想起什么，一下子坐起来，抄起那本厚厚的《得到许愿系统后我走上了人生巅峰》，开始猛翻。

处处被打压的差生。

生日那天睡醒之后。

得到名叫"心想事成"的许愿系统。

然后开始拳打学霸，脚踢学生会会长……

难道，小说照进现实了？

盛衍觉得自己应该是还没睡醒，不等他反应过来，手机屏幕再次弹出提示消息：三次试用机会已用完，周一将正式刷新任务周期，请主人届时亲临体验。

今天七月七日，周日，也就是说，明天就可以开始正式做任务许愿了。

盛衍咬着嘴唇，指尖点了点屏幕。短暂思考后，决定先不卸载这款小程序，看到时候会让自己做什么任务再说。如果是什么转钱、推销、出卖个人隐私等违法乱纪、伤天害理的任务，那就反手一个举报，让警察叔叔教教这群骗子怎么做人。

但如果是正常任务，而且愿望还实现了的话……

到那时，自己一手年级第一，一手射击冠军，脚踩秦小狗，拳打秦大喵,指使教导主任黄书良每天通报批评秦子规,勒令秦子规每天必须写完五千字检讨,再让秦子规天天跟在自己屁股后头帮自己写作业……想着想着,盛衍就忍不住笑出了声。

"你笑什么呢?"

正美滋滋地"脑补"着秦子规拽着袖子叫自己衍哥的盛衍,猛然听到门口传来冷淡的声音,条件反射般地直接从床上弹起来,心虚地凶道:"你进别人的房间怎么都不敲门啊?"

秦子规倚着门框,抱着胸,看着还穿着自己的睡衣,在自己的房间踩着被子,冲自己张牙舞爪的盛衍,冷淡地强调:"这是我的房间。"

被撑了个正着的盛衍愣住,只好悻悻地爬下床,嘟囔着:"我又不是没房间、没睡衣,求你让我睡这儿了啊……"

"嗯,你求的。"秦子规点点头,"你说我的房间大,床又软,离浴室近,不肯走……需要我叫小姨过来证明吗?"

盛衍觉得自己在这儿多待一秒钟都嫌晦气,臭着脸,拿起书和手机,抱着书包,抬着骄傲的头颅,目不斜视地路过秦子规身旁,打算回到自己的房间。

结果刚踏出房门一步,就被秦子规抬手捏住睡衣后领提溜回来。

盛衍气得一巴掌打掉他的手,问道:"干什么?"

秦子规没回答,只是弯腰从门边捡起一只拖鞋,再从桌子下面捡出另一只拖鞋,放到盛衍跟前:"穿上。"

盛衍愤愤不平地穿上拖鞋:"你可真是个老妈子。"

秦子规不否认:"我不是老妈子的话,你昨天晚上就只能臭烘烘地在厕所里睡一宿了。"

盛衍寄人篱下,吃人嘴软,又吵不过秦子规,只能恶狠狠地瞪了他一眼,然后气哼哼地回到对面自己的房间。把门一关,书包一甩,正准备翻出自己特意定制的"被秦子规气到的时候专用的飞镖靶子",衣兜里的手机突然一震。

掏出一看,是"心想事成"小程序:检测到宿主当前信任情绪为百分之三十,而且今天为宿主生日,系统决定临时赠送初级愿望一次,时效截至二零二零年七月八日零点。

哟,竟然还有这种好事?

盛衍现在对于这个小程序的态度是信了,但又没有完全相信,不过,看到这条消息时,还是灵机一动,直接打字:希望秦子规今天老老实实地给我当小弟。

愿望批准。

然后,盛衍打开房门,冲着对面房间里正低头收拾桌子的秦子规大喊一声:"秦子规,你给我过来!"

秦子规停下来,走到对面房门前,斜靠着门框,隔着一条过道,垂眸看着他:"有事就说。"

还挺嚣张。

盛衍冷哼一声,理所应当地说:"叫衍哥。"

秦子规挑了下眉,神情看上去不算友善。秦子规本身就是有些冷淡和疏离的长相,这会儿眉梢微挑,居高临下,看上去就不好惹。盛衍从来都不怕他。只是……这和想象中的不太一样啊。难道那个许愿小程序是个诈骗小程序?正想着,脑袋顶上传来了一声冷淡的"衍哥"。

秦子规微蹙着眉,看上去应该是非常不乐意,但又好像在冥冥中被一股无形的力量迫使着不得不开口一般,喉头一滚,双唇轻启,不情不愿地再次喊出两个字:"衍哥。"

那一刻,天晴了,雨停了,盛衍觉得自己又行了。

盛衍仰着脸,眉眼舒展,粲然一笑,露出一个少年得意张扬的笑容:"欸,小跟班。"

第6章 反差

盛衍此时此刻对"心想事成"小程序的信任度已经从百分之三十飙升到了百分之六十。

之所以不是百分百，是因为以前两个人还没闹掰的时候，秦子规也由着盛衍说什么就是什么。现在也不一定全是小程序的功劳。至于到底是怎么回事，还是要等明天再看。

不过，盛衍打小就属于那种特别容易满足也特别好哄的人，心情变差得快，变好得也快，一丁点儿甜头就能让他身心舒畅。

于是，在和秦子规的持久战中取得了阶段性胜利的喜悦，已经冲刷掉了他对许愿小程序的所有纠结。

心满意足地又听了三声"衍哥"后，盛衍就无视掉秦子规冷冰冰的眼神，嘚瑟地趿着拖鞋去洗漱更衣了。

家里一共有三个卫生间，一个在客厅旁，供客人和保姆阿姨公用，不带浴室和私人洗漱用品；剩下两个，一个在二楼主卧，一个在秦子规的次卧，都是自带浴缸，干湿两用。

盛衍自然不可能跑到二楼去用秦茹夫妇的，只能去秦子规房间蹭他的。

别的不说，秦子规的浴室很大，两个人的牙膏、牙刷、毛巾、梳子泾渭分明地摆在洗漱台的两侧，互不干扰。

"也不知道是谁嫌弃谁。"盛衍不满地嘟哝了一句，拿起牙膏正准备挤，突然觉得自己好像落了什么事没解决。

不是误喝白酒后的，而是之前就要和秦子规清算的事情。并且隐隐能感觉到是一件让他非常气愤的事情。

可到底是什么事呢？

盛衍想了半天也没想起来，索性丢下不管，懒得再想。

反正他现在已经有百分之六十的概率拥有了一个许愿系统，到时候想让秦子规怎么样就能怎么样，一两件小事根本不用放在心上。

想到这里，盛衍使劲儿挤了一大坨牙膏……

当着秦茹的面，这顿午饭吃得还算顺畅。但吃完饭离开家，盛衍就原形毕露，拎着书包带子，举到秦子规面前："重。"

秦子规接过书包，单肩背上。

进了电梯，盛衍下巴一抬。

秦子规便按下一楼的按钮。

到了学校门口，盛衍双手插兜纹丝不动。

秦子规单肩背着书包，弯腰登记。

一路到了高二（六）班后门，盛衍甩手掌柜似的往座位上一坐。

秦子规帮他放好书包，顺便拿出一瓶冰镇饮料放到桌上，问："还有其他事吗？"

"没了。"盛衍慵懒地靠着椅背，右手微抬了两下，"忙你的去吧。"

盛衍的表情非常嚣张，而秦子规还真的就只是淡淡地"嗯"了一声，转身往（一）班走去，像是没觉得盛衍嚣张的言行有什么不妥。

平日里被秦子规高冷无情的气场威慑得不敢轻易靠近一步的（六）

班众人，都目瞪口呆地看着这一幕。

这是什么情况？秦子规什么时候这么平易近人、和蔼可亲、团结友爱了？

"衍哥，你是不是抓到秦子规的把柄了？"苟悠凭借自己出色的头脑，做出逻辑缜密的推断，觉得这是唯一的可能性。

盛衍靠着椅背，拧开饮料瓶，故作平常地说："没什么把柄，常态而已。"

回想起昨天晚上盛衍被秦子规气得想拿刀砍人的样子，苟悠觉得，他可能是对"常态"这个词有什么误解。

当然，苟悠是肯定不敢说出真实想法的，只能委婉地试探道："或许……昨天晚上你们是不是发生了什么特别的事情？"

比如，凶残至极的差生终于忍受不了高冷学霸，把他摁在墙角暴揍了一顿，一直揍到他红着眼睛说把命都给你为止。虽然大家平时都有点怵秦子规，但那只是单纯因为秦子规的气场问题。实际上，从来没有人看过秦子规和别人红脸或者动粗，甚至连违反校规的人他都没抓到过一次。这就是一个标准的好好学习、遵纪守法、品学兼优且不食烟火的学霸。相比之下，天天逃课、打游戏，额头上还带着伤的盛衍就显得特别像个叱咤风云的乱世巨星。所以，苟悠越想越觉得盛衍想要收服秦子规，就只有使用暴力这一手段。

盛衍当然不知道苟悠的想法，他想到的是其他事情，指尖点了点饮料瓶身，并不否认："是发生了点特别的事。"

比如，那个突然出现的许愿小程序，不过这个得保密，否则会显得他像有病似的。

苟悠还以为是自己猜中了，一拍桌子，一副果然如此的样子说："我就知道！"

然后，他凑到盛衍面前，压低声音说："不过，衍哥，咱得悠着点儿，秦子规那种好学生可和外面那些不良职高生不一样，你要是把他欺负出个三长两短来，主任不得把你生吞活剥了？对了，你问出来了吗？"

盛衍灌了口饮料，问："什么？"

"昨天晚上秦子规是怎么知道你要翻墙逃课的啊？而且还用假的执勤本来糊弄你，他图什么啊？"

苟悠问完，盛衍握着饮料瓶的手顿住了。难怪总觉得像是忘了什么事，原来是把这茬儿忘了。不提还好，一提，盛衍就想起昨天晚上秦子规一本正经地骗他的样子。一股火气立刻就冒了上来，冷着眉眼把饮料瓶往桌上一拍，闷声道："放学去问。"

盛衍不跟秦子规算清楚这笔账是不可能的。于是，下午一放学，盛衍就背着书包杀气腾腾地往（一）班走去。朱鹏和苟悠抱着看热闹的想法，连忙跟上去。

走到（一）班的后门口，正好碰到林缱。盛衍往教室里面看了看，问："秦子规呢？"

林缱正在收拾书包，说："他早走了，你找他有事？"

又走了？这人是不是害怕了？

盛衍一下子就泄了气，正准备离开，突然想起来什么，转回身，问林缱："你是要去后街吃饭？"

林缱低头拉上书包的拉链："对。"

盛衍随口说："那你跟我们一起吧。"

林缱警觉地抬起头，问道："你不会是后知后觉地暗恋上我了吧？"

盛衍感到有些无语，这个想法也是够无厘头的。为了不让林缱误会，他只好耐着性子解释："我是听冉哥说，职高那群人晚上打算来堵你，你跟我们一起，少点麻烦。"

本来以为林缱或多或少会有些担心，朱鹏和苟悠想了一肚子安慰的话，打算当回"护花使者"。

没想到的是，林缱冷笑一声："这群小混混，还真以为姐姐怕他们？走，堵他们去。姐姐今天不教教他们什么叫'"色"字头上一把刀'，他们就不知道'花儿为什么这么红'！"

说完，林缱把书包往肩上一甩，和盛衍一起往后街走去，身后还跟着朱鹏、苟悠两大护法。

后街是"实外"和职高之间一条还没来得及被拆的老街，再往前走，拐过一个弯，就是另一所"吊车尾"的中学——南雾三中。

一条老街里有三所高中，街边两侧遍布着网吧、小吃店、小超市，随处可见堆满杂物的岔路，没人管也没监控，道路情况仿若迷宫，可以说是打架、约会的圣地。

要从职高到"实外"，必须经过其中一个窄小的巷子口，那里有个哑巴女人支了个小推车，卖着据说是整条老街最好吃的小面和狼牙土豆。

几个人就面色不善地往这儿一坐，一人端着一碗加麻加辣加臊子的小面，开始等人出来。

盛衍打小娇生惯养，虽然并不嫌弃路边摊，但也习惯性地保持良好的坐姿和吃相，懒洋洋地坐在椅子上，支着两条大长腿，吃得慢条斯理的。

头一次参与这项活动的朱鹏和苟悠则踩着台阶边缘，端着碗，叉着腿，蹲下身，抖着腿，吸溜着面条，企图让自己看起来像个身经百战的不良少年，显得有些威慑力。

林缱觉得效果很不错，也有样学样，蹲在他俩旁边，模仿得分毫不差。

三个人就穿着"实外"的校服整整齐齐地蹲成一排。等到路人都数不清第几次投来异样的眼光时，盛衍拉着小凳子冷漠地往后退了些距离，试图和他们划清界限。

朱鹏一看，悲痛地控诉道："衍哥，你怎么能嫌弃我们呢？我们俩可是来给你撑场子的！"

他因为蹲得太久，腿都已经打哆嗦了，却依然不肯放弃这个"造型"：

"他们到底什么时候来啊?这都蹲了半个小时了,我的腿都麻了。"

林缱也累了,边捶腿边抱怨:"就是,盛衍,你该不会是为了想约我吃饭,随口编的吧?我可得说明白,现在我已经对你已经没有崇拜的感觉啦,你就算后悔失去了我这个粉丝也晚了,我们只能是最淳朴的请客与被请客的关系。"

"是啊,衍哥。"苟悠端着碗,说话声音都打哆嗦了,还不忘八卦,"虽然浪子回头金不换,但是好马不吃回头……"

"草"字没说出口,盛衍就冷冷地瞥了他一眼。

苟悠立刻噤声。

盛衍不再搭理他,只是皱着眉。

冉哥说话向来靠谱,有变故也会提前通知他,职高那群小混混更没有突然变得大度的道理。

晚饭时间都要结束了,他们怎么还没来?

直觉告诉盛衍,这里有些古怪。

隐约中,觉得像是有什么东西能串上,但就是一时半会儿找不到可以串起来的那条线。

不等他静下心来好好思索,眼角的余光突然瞥到了巷子尽头一个一闪而过的身影。盛衍眯起眼睛,站起身,把钱往桌上一拍,对其他三个人说:"你们吃完先回学校,我有点事。"

苟悠的反应最快:"发现敌人了?"

"嗯。一个很狡猾的敌人,不过我自己能应付,你们别过来。"盛衍拎起书包就准备走。不承想,动作太大,书包不小心撞到桌角,发出一声闷响。

苟悠本能地帮忙一兜,立刻呆住了:"衍哥,你带了什么大型杀伤武器?怎么这么沉?"说完,就准备拉开拉链看看。

盛衍却像是生怕被人发现什么似的,一把抢回来:"是你的包吗?

你就乱翻！"

"不是，衍哥，打架归打架，但就你包里这死沉死沉的凶器，真打起来不得出人命啊？再说了，老师马上就要来分析试卷了，你又被秦子规逮住了怎么办？"苟悠还真有点着急了。

林缱却看热闹不嫌事大，在旁边慢悠悠地喝着饮料，说道："放心吧，秦子规今天晚上不参与试卷分析。"

盛衍闻言回头看她，问道："主任又给他开假条了？"

"没有。"林缱解释道，"主任说为了方便他专心备战信息竞赛，以后可以不用假条直接出校，就算是缺了正课也没关系。"

盛衍很是愤慨。他每次去找黄书良开个假条都很费劲，不磨个几天都不可能成功。不然，他也不至于练就一身翻墙的好本领。

秦子规凭什么连假条都不用？

似乎是看出了盛衍的想法，朱鹏顾不上嘴里的面条还没咽下去，就拿着筷子对他比画着道："你们不一样。秦子规就算是逃课，肯定也是因为课堂上的知识已经跟不上他学习的步伐，所以自主学习去了。反正不可能去做什么违法犯罪的事情。"

盛衍无奈地说："说得就跟我会似的。"

林缱抱着瓶子，点头认同道："起码你看上去会。"

盛衍没听明白，满脸疑惑的表情。

"这么说吧。"语文课代表林缱主动替他答疑解惑，"你们俩的区别就是虽然都很帅，但一个长着纸醉金迷风流大少的脸，一个长着国泰民安高冷自律的脸，如果未来某一天，你们两个同时出现在了一家最低消费五十万元的餐厅里，那盛衍你肯定是去消费的，而秦子规肯定是去抓罪犯的。这么说，你明白了吗？"

明白什么？这都是哪儿来的偏见啊？还让他也认同？

盛衍简直要被这几个人给气死了。然而，最气愤的是，他发现自己竟然无法反驳。因为秦子规还真的没做过什么出格的事儿，简直就像把"模范学生"四个字刻进了基因里。真是又无趣又死板又没人情味，把他们放在一起比较，他都嫌晦气。

盛衍没好气地把书包往肩上一甩，说："我自己心中有数，反正你们别跟过来。"说完，就快步走到巷子那头的砖墙前，脚下一跃，攀住上沿，一撑，一翻，一跳，整个人就消失在了他们的视野范围之内。就这熟练度，他们想跟也跟不上啊。

苟悠幽幽地叹了口气，说："希望秦子规能把自己清清白白的好学生风气传染一点给衍哥吧，万一真走上违法犯罪的道路，那可怎么办啊……"

随时在违法犯罪边缘试探的盛衍翻过墙后，就开始沿着敌人消失的路线警惕地摸索着，像是生怕这个敌人跑了，又像是提防对方随时突袭一样。

好不容易摸索到巷子的另一头，左右环顾，观察半晌，确认没人，才把书包往地下一扔，蹲下身，拉开拉链，从里面郑重地掏出了一个锃光瓦亮又沉甸甸的——猫罐头。

几个月前，盛衍出来上网时被一只嗲声嗲气的猫给碰了瓷。猫的样子挺凶，身子却很瘦。

那是一只很瘦的橘猫，叫声听上去就知道它过得很凄惨，所以盛衍就勉为其难地被它"讹"上了。

然而，好吃好喝地喂了一段时间后，那只猫不见了。盛衍揣着猫罐头找了一个星期，愣是没找到，结果就在刚才，他无意间瞥到了这只忘恩负义的小逃犯的背影。

小逃犯看样子又瘦了，必须尽快捉拿归案。所以，盛衍一时也顾不上那群混子，只想先把猫抓回来。

但这事他又不能跟别人说，不然他堂堂一介冷酷无情、铁骨铮铮、令人闻风丧胆的"实外"不良学生，翻墙逃课居然只是为了找只猫，传出去多没面子啊。

盛衍一边想一边熟门熟路地打开一盒猫罐头，按以前的接头暗号敲了两下，小声喊："喵——"没反应。

"喵喵"是他给那只小橘猫起的名字，在它失踪前这么叫它，它都能回应，今天却没有收到回应。难道又跑了？

盛衍蹲下身，沿着巷子，在那些杂物堆里翻找起来，边找边喊："喵喵，喵喵……"

怕吓到这只嗲声嗲气的小逃犯，铁血硬汉的声音被迫变得温柔起来，尾音还拖得有些绵长，带着少年气的撒娇。

好在这条巷子没什么人，不然被第二个人听见他这种恶心做作的声音，盛衍怕是要羞愤而死了。顺势转过拐角，他继续叫着："喵……"

然后，就呆立当场。

视线里突然出现了一双熟悉的白色板鞋，没有一丝褶皱的"实外"校裤以及一只垂下来的好看至极的手。手很漂亮，细长匀称，指甲修剪得整齐干净，一如往常。只是手指关节处的擦伤旁边又多了一道新的划伤，还在渗血，像是刚打过架。视线平行之处更远一点的地方，几个职高生正哭丧着脸，蜷缩在对面的墙根下，瑟瑟发抖地抱头蹲成一排，看上去有点眼熟。

一时间，盛衍没反应过来，呆愣愣地抬起头，正好对上秦子规冷漠垂下的视线。出于惯性，他缓缓地发出了那声卡在喉咙里还没来得及完全收回的"喵"。尾音微扬，又软又娇。

秦子规的指尖一抖，像是被这一声吓得烫了手。

第7章 任务

"喵"的一声叫完,盛衍愣住了。

这是秦子规?

不可能吧。

这几个职高生?

看这样子被教训得很惨啊。

我刚才做了什么?

盛衍终于反应过来,一股强烈的羞耻感涌上脑门,耳郭以肉眼可见的速度变红。但是,多年来纵横南雾下城区的人生经验还是让他迅速地镇定下来,决定反客为主,先声夺人。盛衍站起身,挑眉质问秦子规:"你怎么在这儿?"

也不等秦子规回答,他转头看向墙角那排倒霉蛋,没好气地问:"你们怎么也在这儿?"

职高那几个人刚被秦子规教育了一顿,又碰到之前教训他们的人在学猫叫,这都什么跟什么啊……还没想明白是为了什么,又被问为什么会在这里?顿时更蒙了。其中一个职高生有些心虚地反问道:"这里……难道不是我们学校的后门吗?"

盛衍点了点头,恍然大悟道:"哦,好像是。"

那秦子规为什么会在职高的后门?他不是应该去上信息竞赛的训练班吗?

盛衍再次看向秦子规,眉梢高高地扬起,一副"看你怎么说"的神情。

秦子规不动声色地把受伤的右手插回裤兜,漫不经意地答道:"去培训班的路上,碰巧撞上,起了点冲突。"

原本要去找林缱,结果突然被这个人带到巷子里教育了一顿的职高生一脸震惊的表情,大哥你怎么能一本正经地胡说八道呢?

刚要质疑,就撞上秦子规看过来的冷淡目光。识时务者为俊杰,职高生忙抱着脑袋飞快地点头:"是的,是的!"

盛衍皱着眉又问:"那昨天晚上呢?"他没有具体说是什么事,但两个人都心知肚明。

秦子规依然面不改色地道:"昨天晚上路过网吧门口,听到他们几个嘴上不干不净的,就阻止了两句,也起了点冲突,没多大事。"

昨天晚上本来好好地上着网,结果突然被叫出去狠狠地教育了一顿的职高生更加怀疑人生了。然后,再次撞上秦子规投来的目光,只能再次飞快地点头:"是的,是的!"

听完职高生的话,盛衍根本没有怀疑是真是假,已经"脑补"出"秦子规昨晚不小心得罪了小混混又被他们三番两次找麻烦"的场景。

再想到秦子规手上的伤,霎时便冷下脸,蹲下身,冲着职高生的脑袋就拍了一下,骂道:"你们知道他是谁吗?敢找他的麻烦?是不是昨天没被教育好,今天还想再来一次啊?"

两天之内被教育了三顿的职高生瞬间蒙了,这是什么情况?明明是秦子规连续两天来教育他们好不好?怎么到盛衍口中变成自己去找秦子规的麻烦了?

职高小混混当了这么多年不良少年就没被人这么冤枉过,忍不住委屈地吼道："谁找他的麻烦了？我们兄弟几个被吓成这样，你还说是我们找他麻烦？你知不知道这个人……"

说到激动处，小混混就想站起来。然而，刚刚一动，就又一次撞上了盛衍身后那人投来的冷淡的目光。他愣了片刻，想起对方的狠厉模样，又默默地把双手放到后脑勺上，老老实实地蹲下："对不起，我错了，再也不敢了。所以他到底是你的谁啊？"还有半句没有说出口，他怎么会这么厉害？

盛衍并不清楚秦子规在背后做了什么，也不知道小混混心里的想法，还以为小混混是被他的正义之光吓住了，也没多想。反而被小混混的问题给噎了一下。

对啊，秦子规是他的谁啊？

邻居？同学？互相看不顺眼的死对头？

好像没有一个身份是可以让他说出这种话的。

盛衍突然想起今天在"心想事成"小程序里许下的愿望，急中生智，淡定地说："他是我的小弟。"

小混混抬头看向秦子规，眼神里充满了难以置信。心想，这么厉害的人居然给盛衍当小弟？

秦子规双手插兜，靠着墙，点了下头，淡淡地说："嗯，我是他的小弟。"

小混混瞪大眼睛，问道："真的假的？"

这么厉害的人都只是盛衍的小弟，那说明了什么？说明盛衍肯定有什么不为人知的过人之处，也就是说，盛衍之前对他们的种种行为都是留了余地的，实际上的实力可能远远地超出他们的想象。

职高生们看向盛衍的眼神顿时变得又敬畏又震惊。

本来还在担心秦子规不给他面子的盛衍也偷偷松了口气。还好，秦子规还算懂点儿事。

这么看来，那个许愿系统好像是真的？

盛衍满意地挑了下眉，站起身，钩着书包带子，垂着眼，俯视小混混，问："来，展开说说，具体错哪儿了？"

盛衍的双眼皮生得极深，垂下眼的时候，会延展出薄薄一道，衬着天生上挑的眼尾，就带了点天不怕地不怕的劲头。

再想到这还是对方隐藏了实力的状态，小混混二话不说，连忙答道："不该不尊重女生，不该骚扰女生，不该强迫女生，不该对女生说那些污言秽语，更不应该殃及无辜的人。"

"殃及无辜的人？"盛衍不禁重复了一句。前面几句都还能听懂，最后一句怎么觉得有点怪啊？

小混混还以为盛衍是对自己的回答不满意，赶紧解释："我这是听秦哥的话，他就是这么教育我的。"

"他教育的？"盛衍蹙着眉问。

小混混吓得立刻点头："对啊，秦哥的原话！'我今天来找你，没有别的原因，就是因为你骚扰女生，还殃及无辜的人'，昨天他教育我的时候就是这么说的。"

小混混一门心思都在给盛衍认错道歉上，答得又真诚又慌张，以至于忘记了秦子规刚才是怎么说的。

盛衍一听，眉头皱得更深，抓住关键的问题，问道："什么叫他来找你的时候？难道昨天他不是路过，是主动来找你们的？"

认错认得正积极的混混当场愣住。

盛衍转头看向秦子规。

秦子规垂下眼，看不清表情。

难道，这是默认了？要不是小混混说漏嘴的话，秦子规还打算糊弄他？如果昨天晚上秦子规主动去找小混混了就直说啊，又不是什么见不得人的事。为什么要瞒着他，他又不会……

等等。

电光石火间，盛衍突然觉得有什么东西"咻"地一下就串了起来。昨天晚上在执勤时，秦子规因为林缱给他送创可贴的事情甩了脸子。听到职高那群人找林缱的麻烦后，就直接离校，还逃了竞赛训练班的课。猜到以他的性格肯定会再去找职高生他们算账，所以就蹲在围墙外面蹲他，用假执勤本威胁他不准去找他们。而为了彻底让这群小混混死心，秦子规今天还特意来职高后门又教训了他们一次。

这一切的事情，如果想要变得合理，就只能是一个原因——

秦子规欣赏林缱。

所以才会看到她给自己送了创可贴就吃醋。

所以才会听说她被欺负了就来教训小混混。

所以才会想方设法不让他去帮林缱出头，因为他是秦子规最大的情敌。

秦子规可是从来不会违反校规校纪的模范生，居然逃课，还是两次，这不是爱是什么？

难怪去年生日林缱向他表白后秦子规就跟他翻脸了，看来还真被苟悠他们说中了，秦子规就是欣赏林缱。可是，欣赏的女生重要，自己这个从小一起长大的兄弟就不重要了吗？

这十几年的兄弟情谊喂狗了吗？

盛衍越想越生气，气得实在忍不了，攥住秦子规的领子，一把将他按到墙上，拎起拳头，想狠狠地给他一拳，让他清醒一下。可是拳头到了秦子规眼前，却硬生生地停了下来。盛衍的指节捏得泛白，手背青筋暴起，看得出来，他极力克制自己。最终，还是不甘地垂下，咬牙切齿地说："秦子规，我不喜欢林缱！我跟她什么关系都没有！"

秦子规也没躲避，只是看着他，淡淡地道："嗯，我知道。"

"你知道？"盛衍一愣，反而更不能理解了，"你知道我不喜欢她，还要跟我绝交？你有病吧？"

话音落下，旁边一直默默蹲着的小混混小心翼翼地开口："那个……"

"你闭嘴！"盛衍头也没回，继续愤怒地质问秦子规，"既然你知道我不喜欢她，那你还跟我翻脸，什么意思啊？好端端地，我招你惹你了啊？"

不等秦子规回答，小混混又小心翼翼地开口："那个，盛衍……"

"我都说了让你闭嘴，听不懂吗？"盛衍依旧头也不回，只是瞪着秦子规，气得声音都有点发抖，"秦子规，你今天就跟我说清楚，我盛衍到底哪儿对不起你，哪儿得罪你了啊？只要你说清楚，我保证从今往后再也不跟你多说一句话！"

"那个……"小混混再次开口。

盛衍终于彻底不耐烦了，回过头："没看见我们在说正事吗？哪儿凉快哪儿……"

盛衍骂到一半，突然愣住了。因为他看见这个方向的巷子尽头，一个圆润饱满的身影正在怒气冲冲地冲过来，还伴随着一声来自中年人气喘吁吁的怒吼："盛衍！我就知道！你又在这里打架！"

主任怎么来了？要是被他抓回去肯定得罚站，再加操场跑十圈！被主任抓个正着的恐惧一时压过了对秦子规的愤怒，盛衍愣在当场。而下一秒钟，他肩上的书包被人拽过来，紧接着，手腕也被拉住，又听到一个低沉的声音："快跑！"

于是，盛衍还没反应过来，就已经本能地、习惯性地跟着这个声音的主人头也不回地跑进了夏日暮色里又潮热又沉闷的小巷。裹着傍晚烟火味的热风从他的脸上掠过，不知道为什么，盛衍突然想起了小时候。

那时，秦子规刚刚跟着秦茹夫妇搬回南雾不久。他文静、聪明，长得好看，又爱干净，幼儿园的老师和小女孩们都喜欢他。可他偏偏不爱说话，总是板着一张脸，所以，小男生们都讨厌他。他们总是拉帮结派地欺负秦子规，弄脏他的衣服，藏起他的饭盒，对着他吐口水，说他是没有爹妈的野孩子，还是个不会说话的哑巴……面对这一切，秦子规从不反驳，也从不告状。那群小男生们毫不收敛，反而是得寸进尺，越来越过分。直到有一天，正好被盛衍撞见。谁都没想到的是，还差一天满五岁的盛衍竟然气得迈着小短腿一个疾跑冲上去，把为首的胖虎直接撞倒，又对着他的胳膊死命地乱啃一通。但那时，他只是个中班的小朋友，怎么可能打得过一群大班的同学呢？最后，还是秦子规冲上来把其他人全都推开，拎起盛衍就往外冲，这才把他救了出来。

那一天，他们也是在南雾夏日暮色中又潮热又沉闷的巷子里跑了很久，才终于把那群小孩子甩开了。于是，那一年盛衍的生日愿望就是希望为首的胖虎会倒大霉。结果，第二天胖虎真的就倒了大霉，哭得稀里哗啦地来向盛衍道歉，并且保证以后再也不会欺负他和秦子规了。也是从那以后，一直不愿意和人亲近的秦子规开始每天等着盛衍一起上学放学，几乎寸步不离。

上了小学，秦子规出于某些原因不得不休学一年。众人都怕他沮丧，秦子规却说没关系，这样可以和盛衍在一个班，能够保护他。

盛衍从小记性就很好，可是他也没有想到，小时候的事情竟然记得这么清楚。其实也不是全都清楚，关于他的父亲，关于那时候的许女士，关于其他许许多多的事，都是模糊的。能清楚地记得的，只有老宅爬满绿藤和蔷薇花的院子，姥姥姥爷做得很香的饭菜以及占据了他几乎整个童年时期的秦子规。

可现在，他记得又有什么用呢？秦子规就是个见色忘义的坏蛋！等盛衍从回忆的思绪中剥离时，两个人已经跑回了小区。

盛衍猛地甩开秦子规的手，气急败坏地说："别碰我，你不是不再管我了吗？"由于跑了很久，他说话的时候有点喘，头发也被吹得凌乱，面色隐隐泛起了潮红。

秦子规其实也有点累,但还是一眼就注意到了盛衍的黑色T恤已经被汗水浸湿了一大片,便说:"有什么事回家再说,你先回去把衣服换了,免得着凉。"

"要你管!"盛衍现在还是一肚子气,根本不听对方说了什么。

刚刚吼完,背后就传来了急切的声音:"秦子规,盛衍,你们两个给我站住!"

转头一看,是秦茹推开单元门走了出来。向来温婉的脸上罕见地显出愠怒的神情,长发草草地盘起来,一看就是匆匆忙忙赶来的。

盛衍站在原地,没敢再走一步,心虚地低下头,乖巧地说:"秦姨。"

秦茹一见盛衍这样,气就消了一半,只好无奈地睨了他们一眼,说:"过来,转一圈。"于是,"实外"最不近人情的优等生和最调皮捣蛋的差生一言不发地并肩在单元门口老老实实地转了一圈。

秦茹看了个周全,总算松了口气,说:"行,没受伤就行。"

说完,又觉得自己这样太纵容孩子了,没有威慑力,又立即板起脸,用最凶的语气说:"你们还知道回来啊!知不知道你们教导主任告状都告到我这儿来了?你们自己跟他说吧,到底是怎么回事?"

电话接通的瞬间,她就恢复了温婉得体的声音:"欸,黄主任,您好,我是秦子规和盛衍的家长……没什么事,就是跟你说一下,这俩孩子找到了。盛衍早上身体不适请了病假,其实没完全恢复。刚才看见您的时候,估计小孩儿心里慌了,这会儿又开始头疼想吐,子规就把他送回来了……闹事啊,我还没问,您亲自跟他们说吧。"然后,按下免提,把手机举到两个男孩面前,一挑眉毛,示意自己做家长的已经仁至义尽了。

紧接着,扬声器里就传来主任愤怒无比的咆哮:"盛衍!你自己平时惹是生非,不好好学习也就算了!你居然还带坏秦子规!你眼里还有没有校规了?"

"谁带坏他了……"盛衍不服气地嘟哝了一句。声音不大,但黄书良当了这么多年的教导主任,早就练出了一对堪比兔子的耳朵。听盛衍这么说,登时气不打一处来,说:"不是你带坏他的,还能是他带坏你?你知不知道这次期末考试你考了多少分?三百二十七!再创历史新低!比倒数第二低了一百四十七分!我在'实外'教书这么多年,就没看过这么低的分数!关键是,你知道秦子规考了多少分吗?七百二十三!年级第一!他要是能把你带坏,太阳都要从西边出来了!"

盛衍实在没想到,自己这么小的声音,主任也能听到。就在他还想着怎么"糊弄"主任呢,就听到秦子规说:"黄主任,确实是我带坏的盛衍。"

嗯?这人怎么不按常理出牌呢?

秦子规冷静地陈述道:"是我自己去找职高那群人的,盛衍只是出来吃晚饭的时候碰巧遇上了。"

盛衍心想,电话那头的黄书良肯定不会相信的。

秦子规的语气依旧淡然笃定:"如果您不相信的话,可以问问职高的那群人,或者联系一下他们的教导主任。"

电话那头变得异常安静。片刻之后,黄书良终于开口:"我去了解一下情况。"

等他再拨回电话的时候,语气已经变得和蔼可亲了:"秦子规啊,不是老师说你,见义勇为、惩恶扬善,是值得表扬的。但你是好学生,是状元苗子,是人才,是祖国未来的希望,一定要学会保护好自己,听到没有?"

一旁低头踢了半天小石子的盛衍忍不住插嘴道:"等等,主任,我以前见义勇为时你可不是这么说。"

"你还有理了!"黄书良立刻切换成愤慨模式,"你别以为今天你没有带头闹事就没事了!晚自习缺勤的是不是你?看见我就跑的是不是你?又不穿校服的是不是你?考场上睡觉考了年级倒数第一的是不是你？你自己数数校纪校规你犯了几条？这样下去，你极有可能成为社会上的闲散人员，你知不知道？"

怎么秦子规就是祖国未来的希望，他就成了社会的闲散人员了？

一句质问还没说出口，电话那头的黄书良就已经拍板了："看在你们的出发动机是好的，也没造成什么危害，今天就先放过你们。秦子规，你先去上竞赛训练班的课，明天交一份八百字的检讨。盛衍，你把'实外'的学生手册给我从头到尾抄一遍，如果抄不完，明天就到我办公室来继续抄，听到没？"

盛衍禁不住抱怨道："凭什么秦子规只写八百字的检讨，我就要抄一万多字的学生守则啊，明明闹事的是他啊。"

黄书良理直气壮地说："就凭秦子规是年级第一，你是年级倒数第一！"说完，便挂了电话。

随之挂掉的还有一颗被世间不公伤透了的少年心。

盛衍真是要被气死了。先是好不容易看到的小猫因为秦子规的突然出现又不见了。再是发现秦子规因为他喜欢的女生对自己表白，就把十几年的兄弟情谊全都喂了狗。然后是被教导主任当场抓住，还原地表演了一个绝世"双标"。

真是什么倒霉事都遇上了，全都是因为秦子规！

盛衍越想越生气，一把抢回自己的书包，直接推开单元门。

秦子规在后面叫他："盛衍。"

盛衍没好气地扔出一句"上你的竞赛训练班的课去，别来烦我"，就摔门而入，头也没回。

秦茹本来想好好劝劝这兄弟俩，但因为要和江平去参加一个应酬，还要回去收拾收拾，便低声对秦子规说："小姨知道你们都是好孩子，不会干坏事，但下次不能这样了啊，不然不帮你们在黄主任面前说话了。而且你是哥哥，要让着小衍。回来时记得带点好吃的，他心软，好哄。"

盛衍听到了最后一句，臭着脸进了电梯。

盛衍心想这次他可是真的生气了，再多的美食也安抚不了他！

再说秦子规现在毫无悔意，当然，就算秦子规现在跪在地上求着他，给他道歉，他也绝对不会原谅！他真心实意地把秦子规当成好兄弟，结果对方根本没把他当回事。而且，老师、同学还都处处偏心秦子规……

盛衍回到房间，顺手把门锁上。从衣柜里掏出巨大的猫猫抱枕，拿出马克笔，在它的屁股上写下"秦子规"三个大字，然后扔到床上，就是一顿狠捶。像是要把刚才没舍得揍的力气全部发泄出来一样，一下比一下揍得狠，直到揍到猫猫抱枕的屁股那块棉花都瘪下去了，才算勉强出了气。他拿出睡衣，走进秦子规房间的浴室……

等边泡澡边看视频，享受了自带按摩功能和观影功能的大浴缸后，盛衍的心情终于平复下来。他慢条斯理地擦着头发回了自己的房间。

盛衍拿起手机一看，已经快十点了。

秦子规怎么还没回来？竞赛训练班的课要上这么久吗？

正想着，房门被敲了两下："小衍。"

"走开！"

屋外的人停顿了一下，然后又低声说："我帮你抄学生手册。"

"不需要，我可不敢耽误我们秦大会长的学习时间，赶明儿'实外'少了个高考状元，主任还不得把我生吞活剥了。"

盛衍阴阳怪气地讽刺完，门外没有了动静。

这就放弃了？不是说要买好吃的回来哄他吗？

盛衍再次确定，他在秦子规的心里根本就不重要！他愤怒地从犄角旮旯里翻出一个破本子，打开"实外"的官网，下载学生手册的电子版文件，用力捏着笔，一边看着屏幕，一边狠狠地在本子上写起来。试图化悲愤为力量，让秦子规见识见识，什么叫男人的担当，他才不需要秦子规帮忙呢！

但他很快发现，他可能还只是个男孩，算不上男人。

盛衍飞快地写着狂草，写得手指抽筋，才抄完了百分之三十。盛衍把笔一扔，靠着椅背，仰天长叹。他到底造了什么孽啊，为什么好好的生日竟然过成这样？

盛衍绝望地闭上了眼睛。

等等，生日？

盛衍迅速拿起手机一看，果然刚过十二点，"心想事成"小程序就已经发来了系统消息：亲爱的小主人，本周许愿名额已刷新，快来许愿吧。

盛衍毫不犹豫地写道：希望一觉醒来学生手册已经全部抄完。

然后，就盯着转动的白圈，紧张地等待着。

一圈，两圈，三圈。

愿望批准。

盛衍松了口气。

管它是不是骗子，死马当成活马医吧，大不了明天去黄书良办公室一日游。

这么一想，他便领取花盆，种下小雏菊种子。

接下来就是等待任务。

一秒钟，两秒钟，三秒钟。

盛衍还是有些担心，如果系统真的给他布置了什么违法乱纪或者完成不了的任务，那这仅剩的希望也泡汤了。

等到花园旁的小邮箱响起"叮"的一声时，他不自觉地屏住了呼吸，抿着唇，伸出一根手指，小心翼翼地点住"领取任务"的按钮。

然而，下一秒钟他就愣住了。

这个小程序怎么还有这么不正经的任务呢？

第8章 长谈

心愿任务：和你最讨厌的人彻夜长谈，一起睡觉。

彻夜长谈能理解，但睡觉这个要求，怎么想怎么怪异啊！

这看上去不像是个正经的小程序！

盛衍飞快地在留言反馈板上敲出这行字。

仅仅过了三秒钟，系统回复：请宿主不要多虑，只是给你们一个了解对方的渠道。

好吧，也说得通，只是这也很尴尬啊！盛衍心想，现在他最讨厌的人肯定是秦子规了。今天两个人闹成这样，秦子规还曾经亲口说过要保持距离。难道自己还要屁颠屁颠地去找他，还要跟他彻夜长谈，这不是自取其辱吗？

可是如果不这么做的话，就完不成任务，自己还得再抄八千多字……

短暂的犹豫过后，盛衍毅然决然地站起身，拿起空调遥控器，调成制热模式，然后抠下电池，把一个废旧闹钟里的换上，再抱着枕头走出房间。站到对面秦子规的房门前，敲了两下。

门很快就开了。此时，秦子规已经换好睡衣，漆黑的头发自然柔顺地垂下来，鼻梁上架了副银边眼镜，整个人看上去显得比白天要柔和一些。

"什么事？"秦子规没什么表情，果然像个人工智能。

盛衍先是往房间里瞄了一眼，看见台灯还亮着，桌上还摊着一大堆书本、卷子，便问："还没睡呢？"

秦子规侧靠着门框，说："你不是也没睡吗？"

盛衍没好气地说："你被罚抄一万多字的学生手册试试？"然后，他理不直气也壮地说，"我卧室的空调坏了，在你这儿凑合一晚。"

秦子规看向对面的房间。

盛衍有点心虚。

好在秦子规很快就收回视线，让开门，说："自己戴好眼罩和耳塞。"

盛衍有点不乐意。

秦子规指了下书桌，道："我还要学到很晚，不戴眼罩和耳塞，你能睡着吗？"

盛衍勉为其难地点了点头："行吧。"说完，便准备以"懒得和你计较"的架势走进去。谁承想，刚走了一步，就听肚子"咕噜"一声。盛衍尴尬地立在原地。

秦子规看了他一眼，转身从房间的小冰箱里拿出一个蛋糕盒子，放到桌上。

盛衍偷瞄了一眼，竟然是他最喜欢的榴梿千层。而且这家蛋糕店的销量特别好，得排很长时间才能买到，秦子规是从哪儿买来的？

正想着，秦子规说："晚上下课，顺路买的。"

"哦。"虽然盛衍神情淡漠，心里却嘀咕着，秦子规不是一直都闻不惯榴梿味儿吗？

秦子规又补充了一句："给你买的。"

"啊？"盛衍愣了，一脸不可思议的表情。

秦子规低头打开蛋糕的包装，解释道："本来是怕你晚上吃不下，打算给你明天当早饭，既然你现在饿了，就现在吃吧。"

重点是什么时候吃吗？重点是秦子规为什么要给他买蛋糕！还是专门买的！无事献殷勤，非奸即盗。

盛衍警惕地问："秦子规，你又憋了什么坏呢？"

秦子规倒没否认："对，是憋了。"

盛衍毫不意外，正准备冷哼一声。

秦子规把已经拆完包装的甜点往他面前推了一下，说："为了哄你。"

"你说什么？"

秦子规一点不像是在开玩笑的样子，郑重地说："之前因为我包庇你逃课闹事，被黄主任骂了一顿，还被撤回了三好学生资格，再加上一些其他事，心情不好，所以说了些冲动难听的话，是我的问题。小衍，对不起。"

这就是秦子规和自己冷战一年的原因？

其他的事情肯定就是指林缱的事了。难道这种从小受追捧长大的天之骄子，自尊心都特别强？所以接受不了被撤回奖项和自己喜欢的女生喜欢别人？

不过秦子规好像真的挺欣赏林缱，毕竟，一个好学生能三番两次为她逃课，就说明已经彻底陷进去了，再加上被撤回三好学生资格的事，生气也可以理解。

难道只有他的自尊心强吗？当时冲动说了气话，冷静下来就不知道来和自己好好说嘛吗？如果不是今天自己把话挑明了，他是不是就真的不理自己了？真以为还跟小时候一样，给块蛋糕就能安抚好了？谁稀罕啊！

经过一番心理斗争，盛衍很有骨气地"呵呵"了一声，说："谢谢，不用。我说了，只要你把理由说清楚，我保证不跟你多费一句话，说到做到。所以也麻烦你自己把'不是一路人，还是保持距离各走各的路比较好'这句话刻进基因里，免得好像我多稀罕跟和你好似的。"说完，把枕头往床的最里面一扔，戴上耳塞，拉下眼罩，被子一裹，面对着墙，一言不发，开始睡觉。

秦子规有些沮丧。昨天晚上，盛衍还许愿说要和自己做一辈子的好兄弟，今天就冷酷地要一刀两断。

秦子规的心里明白，盛衍的确从小就心软好哄，即便生气了，也从不会往心里去。但也正因为盛衍比谁都重感情，要是真被伤了心就会难过很久。所以，自己当时才会说那么伤人的话。

想起去年盛衍生日的那天晚上，盛衍一脸嫌恶地对朱鹏和苟悠说："我最讨厌那种一天到晚就知道在老师面前表现，假正经、管东管西的人了，真是恶心。"听到那句话时，秦子规垂下了眼。

那一天，秦子规为了不让盛衍逃课闹事，忍不住凶了他一顿，还被老师听到，惹得盛衍写了检讨。

秦子规以为他是为了盛衍好，却没想到会让盛衍这么排斥。他从小就在意盛衍的看法，根本就没想过自己一厢情愿地想让盛衍变得更好，会让盛衍这么反感。那一刻，他想，如果和盛衍保持些距离，盛衍就会开心了，也不会觉得束缚了。现在看来，是他误会了盛衍，盛衍从来都没有嫌弃过他。不过，估计一时半会儿盛衍不会原谅他，只能再想更好的办法吧。

秦子规把那块榴梿千层仔细地重新包好，放回冰箱。他知道，某个嘴硬的人心里还是想吃，只是表现得不在意。不过今天太晚了，吃完不好消化，还是留到明天再拿给他吧……

盛衍戴好眼罩和耳塞，并没有睡着，而是等着秦子规继续哄自己。结果等了半天，对方一点反应都没有。他现在非常生气，这个秦子规到底会不会哄人啊？不知道别人没原谅就多道几次歉吗？死要面子活受罪的盛衍只能紧紧裹着被子，强行用睡眠战胜饥饿。不过，这么做的结果就是做了一个关于榴梿千层的梦，连秦子规什么时候休息的都不知道。

昨晚的任务算不算完成呢？虽然没有彻夜长谈，但知道了秦子规为什么会疏远自己，这算不算是好的进展？意识到自己可能没完成任务时，盛衍"噌"地一下从床上弹起来，匆匆穿上拖鞋，飞快地跑回自己的房间，抄起桌上的本子翻看。

一页，两页，三页。满满当当的，整整一万三千六百四十七字，连标点带内容，全都抄好了，还都是自己的字迹。

那个瞬间，盛衍被震惊得开始怀疑人生。不过是睡了一觉，八九千字的学生手册就真的抄完了，还是自己的字迹！这个小程序这么神奇？

盛衍还是觉得难以置信，掏出手机，点开"心想事成"小程序。缓存过后，看见花园里一盆白色的小雏菊已经迎风盛开，小天使正在撅着屁股给它浇水，小奶猫则围着他们团团打转。紧接着，响起推开花园门的音效。一人一猫一花仿佛听到了一般，都回头冲着他歪着脑袋，很可爱地笑，眉眼弯弯，十分温馨。

那一刻，盛衍被萌到了。紧接着，他就意识到，如果说之前的种种还可以用巧合来解释，那这一次就绝无可能了。只有一种解释，这个小程序是真的！这许愿系统也是真的！小说里拳打学霸，脚踩学生会会长，从此走上人生巅峰的未来也是真的！

也就是说，只要他好好地斟酌着许愿，好好地完成任务，好好地升级，从年级倒数第一变成年级第一，狠狠地打脸主任，让"双标"从此从这个世界上消失的梦想，就不再只是梦想。他的好日子就要来了！

想到这里，盛衍觉得自己热血翻涌，仿佛动漫里自带光环的主角，即将开启"金手指"模式！他想立刻冲出去把这个好消息分享给秦子规，刚跑出房间，就猛地意识到不能这么做。不是因为保密协议，而是因为他还在生秦子规的气。

他不能让秦子规觉得自己还像小时候那么好哄，要不秦子规就不会意识到，那番话错得有多离谱。而且，他现在是一个有原则的成熟男人，要稳重些,让秦子规意识到自己再也不是曾经那个被秦子规打压欺负的盛衍了。

于是,盛衍停下脚步,清了清嗓子,淡定地走进浴室,洗漱更衣。然后,以一种自以为非常成熟的姿态缓步走向了餐厅。

秦茹正在餐厅热牛奶,远远地就看见装模作样的盛衍,疑惑地问:"子规,小衍这是怎么了?兴致高得很,是遇上什么喜事了吗?"

"可能吧。"秦子规低头在盛衍的专属碟子上放好榴梿千层、圣女果和水煮鸡蛋。

听这语气,心情也不错。所以,这俩人和好了?可看盛衍那雄赳赳、气昂昂的模样,不像啊。秦茹感到有点疑惑,却也懒得多问。这俩小孩是她看着长大的,他俩待在一起的时间比和家长待在一起的时间都长,就算吵架也吵不出个什么花样来。既然如此,做家长的才懒得操心呢。

"子规,你的眼睛怎么这么红啊?还有黑眼圈,昨天晚上没睡好吗?"秦茹还以为秦子规是为了备战竞赛,很是心疼。

"没什么,就是昨天稍微复习得晚了一点,小姨,你别担心。"

"这样啊……"秦子规这么一说,秦茹也不知道该说什么了。

从小到大,秦子规都特别懂事,什么都能做到最好,也从来不让家长操心。她和江平的工作很忙,经常忽视他的事,小孩也从不吭声,更不会抱怨,只是自己想办法。以至于到了现在,秦茹总觉得秦子规并不像小孩子,太早熟了些。她只好轻声道:"那你今天晚上早点休息,学业再怎么繁重,也没有身体重要,听到没?"

"嗯,听到了。小……盛衍。"秦子规的话刚说了一半,就看到盛衍正偷偷摸摸地打开冰箱,拿出了一瓶冰镇可乐,便直接出言阻止,"早上别喝凉的。"

盛衍被抓个正着,愣在原地。他缓缓地转过头,对上二人视线,只好不情不愿地把可乐放了回去:"行了,知道了,小秦子规。"

第8章 长谈

呵呵，报复心还挺强。

秦子规把碟子放到盛衍面前，说："吃早饭吧。"

"不用你……嗯？"

榴梿千层？

盛衍看见碟子上放着榴梿千层时，心情有些复杂。他还以为，昨天晚上他都那么说了，秦子规会把蛋糕扔了。

原来没有，秦子规不仅没扔，还做了保鲜，一点儿都没串味。

本来就不错的心情又好了一点，盛衍表面嫌弃地拿起叉子吃了一口，然后高傲地点评："还凑合。"

"还凑合就快吃，不然迟到了黄书良又要骂你。"秦子规一边说一边熟练地把盛衍碟子里的鸡蛋壳剥干净。

盛衍非常满意地点了点头："看不出来，我们秦大少爷还是个鸡蛋杀手。"

秦子规面无表情地把鸡蛋放进盛衍的碟子："嗯，毕竟我也没看出来我们的盛小少爷还是只猫。"

盛衍本来已经忘了昨天晚上羞耻地喵喵叫着被抓包的事情，突然被提及才意识到，又被秦子规撑了。他立刻没了和秦子规斗嘴的心情，用力戳着叉子，把碟子里的东西全部想象成秦子规的脸，一口一个，狼吞虎咽，风卷残云，如猛"猫"过境。由于他早饭解决得过快，竟然没有因为起晚了迟到，而是卡着点进了教室。

"天啊，衍哥，你居然没有迟到？"朱鹏抬头看见盛衍时，震惊得连嘴里的包子都不嚼了。

盛衍白了朱鹏一眼，把书包放到桌上，拉开椅子坐下，说："别说得我天天迟到似的。"

"但是今天不一样啊。"朱鹏把嘴里的包子咽了下去，强调说，"你昨天晚上不是去追击敌人了吗？一般这种时候你第二天肯定得迟到，说要多睡一会儿，补充体力。"

不说还好，一说到昨天晚上追击敌人的事，盛衍就觉得那股不痛快又涌了上来。要不是秦子规，他昨天肯定已经把"小逃犯"捉拿归案了，也不至于今天晚上还要去后街碰运气，也不知道还能不能碰到。

朱鹏没发现盛衍心情的变化，自顾自地吃着包子八卦道："对了，衍哥，你听说了吗？"

"什么？"盛衍从书包里掏着东西，头也没抬。

朱鹏凑近了点儿："就是秦子规的那件事儿啊。"

盛衍抬头，微蹙着眉。

朱鹏压低声音："听说，昨天晚上秦子规去教育那群骚扰林缱的小混混了。职高那边有人看到了，还拍照发朋友圈了呢。"

"你一个大男人怎么这么八卦啊？"盛衍没好气地将书往桌上一拍，发出一声巨响。

朱鹏被吓得打了个激灵，纳闷地道："不是，你这么生气干什么？闹得这么大，秦子规肯定会被主任惩罚。这是好事啊，你不是最讨厌他了吗？"

"我是讨厌他，所以别在我面前提他，听到他的名字就烦，他是死是活，是好是歹，跟我有什么关系？"盛衍不耐烦地扔下一句，直接起身出了教室，往厕所走去。

秦子规这个人，一点小误会就要闹绝交，道歉还那么没诚意，早上还拿猫猫的事情嘲笑他，烦都烦死了。

所以，他才没有因为秦子规的事情生气，只是听到这个名字烦躁而已。

走到卫生间的门口，还没来得及进去，就听到里面传来两声刻薄的讥笑。

"你说那个秦子规，一天到晚板着个死人脸，天天只知道扣分，搞得自己跟个圣人似的，结果不也是个会去惹是生非的普通人吗？咱们就等着，看主任会不会因为他的学习成绩好就包庇他。"

"你可别这么说，他跟咱们一样吗？那可是主任的心肝宝贝，就算犯了错也要先担心他还能不能考第一。"

"你还别说，秦子规没爹没妈，搞不好，真有可能是主任的私生子。"

"这么一想，秦子规也怪可怜的，没爹没妈，寄人篱下，处处都要看别人的脸色……所以说啊，越自卑的人越那啥。"

"有道理啊……哎！盛衍，你想干什么？"

话还没说完，那人就被拽住领子用力甩到了墙上，发出一声沉闷的巨响。那个人疼得龇牙咧嘴的，忍不住怒骂。

盛衍又一把把他按到墙上，手臂的线条绷得极紧，眉眼却是冷漠的，声音也透着寒意："不干什么，就是教教你，不是谁的舌根子都可以乱嚼的。"

第9章 心疼

没有其他任何多余的动作，盛衍只是冷着脸把对方抵在墙上，攥着领子的手指一点一点收紧，衬衣领口就在对方的脖颈上越收越深。

那个人想要挣扎又动弹不得，只能无力地向旁人投去求助的眼神。

另一个人也被这突如其来的变故吓到了，只是呆呆地站在原地，眼神里充满了惊慌。

虽然他们或多或少都听说过关于盛衍的传闻，但从没见过平日里平易近人的不良少年发过脾气，更没见过他如此暴躁的一面。就像是平日里懒洋洋地趴着的豹子突然被踩了尾巴，然后瞬间苏醒过来捕猎一样。

可是，他们怎么招惹到盛衍了？

他们刚才不是一直在议论秦子规吗？

秦子规不是早就和盛衍闹掰了吗？

平时里，盛衍一口一个最讨厌的人就是秦子规了。按照"敌人的敌人就是朋友"的逻辑，盛衍怎么会生气呢？这算什么道理？

另一个人终于反应过来，想要上来劝架，却被盛衍冷冷地瞪了一眼，不敢上前。

盛衍收回视线，看了一眼脸色已经快涨成猪肝色的某人，松开手。

那个人就贴着墙壁无力地滑下来，一屁股坐在卫生间布满水渍的地上。他捂住脖子，大口大口地呼吸起来，满脸惊魂未定。

盛衍双手插兜，说："付赟，你忌妒秦子规忌妒了这么多年了，有意思吗？"

那个叫付赟的男生闻言抬起头，涨红着脸，气愤地道："谁忌妒他了？我刚才说的哪句话不是实话？他是不是没爹没妈？他是不是寄人篱下看人脸色？他是不是一天到晚假正经？他是不是自己在外面吃醋惹事？怎么，许他做还不许人说了？"

"嗯，你说得对。"盛衍点点头，"所以，你就是个小人。"

付赟一愣："什么意思？"

盛衍一挑眉，学着他的口吻道："怎么，许你在背后嚼舌根子还不许我说了？你小时候就天天跟着胖虎嘲笑秦子规没爹没妈，怎么嘲笑了这么多年，人家秦子规还是处处比你这个有爹有妈的强呢？是因为你爸你妈两个都是 Aa 的高智商知识分子不幸抽中四分之一的概率，生出了你这么个 aa 的傻瓜吗？"

盛衍的生物学得不怎么好，但拿来嘲讽付赟还是绰绰有余。

付赟也是和盛衍、秦子规在同一个单位的大院里长大的。打小成绩就不错，偏偏秦子规的学习成绩更好，他处处被碾压，却又喜欢模仿秦子规。就这样，一路从小学被碾压到了"实外"高中部。

"实外"是根据成绩进行分班的，秦子规年级第一去了（一）班，付赟因为成绩逐渐跟不上只能去了（四）班，秦子规成了白衬衣男神，付赟就成了爱穿白衬衣的男生。付赟也不觉得自己这么做是个笑话。

盛衍瞟了一眼付赟鼻梁上那副秦子规同款的银边眼镜，冷笑一声："有没有人告诉过你，鼻梁塌的人戴大眼镜框看上去会很像长江中下游平原。"

"你才长江中下游平原！"付赟实在忍不住了，"盛衍，你什么意思啊？

平时最讨厌秦子规的是你吧？天天找秦子规麻烦的是你吧？现在又在这儿装什么好人？"

"谁说我装好人了？我跟秦子规什么关系？你跟秦子规什么关系？能一样吗？你记住了，秦子规是我罩的人，我再讨厌他、再烦他也是我们俩的事，但你不行。所以，今天这种话，我以后听到一次就教训你一次，直到你老实为止。听明白了吗？"盛衍居高临下地审视着付赟，凌厉的五官显出极强的攻击性，看上去嚣张至极。

而本来被攥着领口瘫坐在墙角的付赟，神情突然变成了一副敢怒不敢言的委屈和不甘心："盛衍，你怎么一天到晚就知道欺负同学啊？我不过是说了几句你不爱听的话，你就非得打死我吗？"

盛衍莫名其妙地愣了一下。

付赟的表情更夸张了，鼻翼微张，好像下一秒钟就能哭出声来："我知道我说的话不太合适，可是我道歉了啊！还要见我一次打一次，有这个必要吗？你仗着你们家有钱就可以胡作非为，欺凌同学吗？"

盛衍一脸茫然，他刚说的明明是再听付赟这么说才会教训啊，什么时候变成见一次打一次了？而且付赟这是什么表情？一个大小伙子装什么我见犹怜？难道刚才那一下把付赟的脑子碰坏了？

再看一眼旁边那个人的表情，发现他看着自己身后一脸呆滞的表情，嘴巴还颤抖着，像是想叫"黄"什么。

盛衍这才反应过来，立刻回头。

果然，教导主任黄书良正站在厕所门口，胸口起伏着，似乎是气得不轻。看到盛衍回头，怒吼道："盛衍，你现在还敢欺负同学！你眼里到底还有没有校规了！付赟都道歉了，看他这么可怜，你还越来越过分啊！"

付赟哪里可怜？他刚才说的那些话不够刻薄恶毒吗？再说了，他这是在偷换概念啊！

盛衍刚要开口解释，付赟就扶着墙站了起来。只见他低着头，小声嗫嚅着道："老师，这事也不完全怪盛衍，是我刚才说话没注意……"

呵呵，真能装！盛衍冷眼看着付赟。

"说话不注意，他也不能欺负人！"黄书良怒不可遏，又对付赟这样粉饰太平的态度恨铁不成钢，"付赟，你这孩子就是太老实，所以才容易被人欺负！"

盛衍实在是听不下去了，无奈地开口解释："黄老师，根本不是他说的那样……"

"不是他说的那样，那是哪样啊？"不等盛衍说完，黄书良就打断道，"我都亲眼看到了，你把付赟堵到墙角，好端端的一个大男生被逼得都快哭了，你还要怎么狡辩？"

盛衍在心里说，你来之前付赟可没哭，不对，应该这么说，如果你不来，付赟肯定不会哭。

盛衍一向认为，男子汉大丈夫，向来是有事说事，只有阴险小人才在人背后玩阴谋诡计，这还是他第一次遇见大男生装可怜的情况呢。

再说了，黄书良本来就对他有偏见。卫生间里又没有监控，旁边那个男生明显也是帮着付赟的，眼下真是跳进黄河也洗不清了。

况且，盛衍也没兴趣跟这种人掰扯，简直是浪费时间，正准备扔下一句"随你怎么想"就甩手走人时，传来门框被敲了两下的"咚咚"声。

秦子规站在门口，看向黄书良，小声道："主任，这事不怪盛衍，是我的问题。"语气有些低落，神情也不太好。

黄书良还没见过秦子规这副模样，问："这事跟你又有什么关系？"

"也没什么，刚才我在外面背单词时听到厕所里面的动静了，但是出于……出于一些个人原因，没有及时出来阻止，所以是我的问题。"

一楼的卫生间在拐角处，一侧是走廊，正好是高三理科班的六个教室，也就是盛衍和黄书良来的方向，另一侧拐过去是一排梧桐树，很是僻静，经常有学生到这里背书、复习。

所以，秦子规说的情况倒也正常。

然而，不正常的是，究竟是什么个人原因才会让学生会会长秦子规放着里面有人欺负同学都不管呢？

黄书良察觉到问题的所在，皱着眉问："秦子规，到底你听到了什么？跟我说说。"

站在一旁的付赟不知道秦子规是不是真的听到了，紧张得掐紧掌心，屏住呼吸。

秦子规微微抬起眼睛看了付赟一眼，又收回视线，沉默不语。

黄书良是个急性子，看秦子规这副样子，急得不行，问："有什么事你倒是说呀！老师还不能秉公处理了？"

秦子规仍然低着头垂着眉眼，眼睛里不经意间露出些许受伤和脆弱，再加上他那副乖巧的模样，就连话都说得十分懂事："我……我是担心老师您听了会不高兴。"

"我会不高兴？"黄书良一愣。

秦子规张了张嘴，像是无比艰难地做出了决定一样，说："付赟他们说我没爹没妈，寄人篱下。您又偏心我，所以我可能是您的私生子……盛衍听到后气不过，觉得付赟不尊重您，就没忍住拽着付赟的领子……后面再发生了什么我也不知道，但是我没听到打架的动静，只听到盛衍好像一直在和付赟讲道理。"

黄书良根本就没想到付赟说的"没注意"的话，居然过分到这种程度！而且，这已经不是单纯的"孩子不懂事，相互调侃几句"的问题了，分明就是专门挑着别人最痛的地方诋毁和攻击！

黄书良立刻变了脸色，看向付赟二人，严肃地问："秦子规说的是真的吗？"

付赟连忙摆手否认："没有！主任，我们绝对没有这么说过，您相信……"

不等付赟说完,秦子规就解下手腕上的智能手环,递给了黄书良,补充说:"因为要纠正发音,所以我背单词的时候都会录音。可能录得不太清楚,但应该可以证明盛衍没有打他,也没有说见一次打一次这种话。"

手指一按,付赟和同伴那些不堪入耳的诋毁之言就随着噪音稀稀拉拉地响起……

听完录音,黄书良、付赟和那名同伴的脸色都十分难看。一个是被气的,另外两个是被吓的。而拿着手环再次听完那些伤人话语的秦子规,神情虽然依旧很平静,却依然能够感受到,在这份理智下的难过和悲伤。

黄书良自然是知道秦子规的坎坷身世的,更难能可贵的是还成长为这么优秀的好学生,所以作为师长才会格外心疼他。眼下,竟然被人无故地诋毁,心中的怒火又涌了上来。别说是盛衍这种血气方刚的小伙子了,就是他听了也按捺不住。他冲着付赟二人吼道:"你们两个,现在、立刻、马上给我去教务处!今天不教教你们'品德'二字怎么写,我就对不起'人民教师'这个称号!"说完,他又回头看向秦子规,想着怎么安慰一下才好。

秦子规垂着眼,似乎看出黄书良的意图,答道:"老师,我没事。您也别太生气,我相信他们也不是故意的,您好好说说就行了。"

秦子规越这么说,黄书良越心疼。果然,越懂事的孩子越容易受委屈。他还差点让(四)班那两个学生给骗了!必须严惩!想到这儿,黄书良再看到那两个磨磨蹭蹭、畏畏缩缩的人,就更生气了,直接大吼一声:"走快一点!"

待两个学生走后,黄书良稍微平复了一下情绪,又想起还有个盛衍呢。一直以来,他都看不上盛衍,惹是生非、慵懒散漫,没有半点学生该有的样子。可是这一次,他竟然开始认同起盛衍来。

黄书良轻咳了一声，对盛衍说："行了，虽然这次事出有因，但你的行为还是不可取。不要什么都想着用暴力解决，要用智慧，明白吗？"

盛衍已经愣在当场。

本来看着付赟装可怜已经叹为观止了，紧接着，又看到秦子规出神入化的表演。

这么乖巧脆弱的人是秦子规？是他表演的，还是真的难过了？

但不管是哪一种，盛衍都觉得很不舒服，怎么这番话还是被秦子规听到了呢……

盛衍一直都在思考这些事情，根本没听见黄书良说了些什么。

直到黄书良又说了一声："要用智慧！盛衍，你的智慧呢？脑子长来是干什么用的？听到对方的污言秽语，不知道来找老师吗？"

盛衍这才回过神来，不情不愿地点了下头，表示自己知道了。

黄书良的语气也稍微好转了一些，说道："不过，看得出来，你这孩子本性不错，分得清是非黑白。之前因为你多次不遵守校规校纪，但看在出发点是为了保护同学，所以，年级组开会一致决定，要给你一个奖励。"

盛衍感到有些吃惊。

今天太阳打西边出来了？

黄书良能给他奖励？

只见黄书良掏出了一张教室座位图，举到盛衍的面前，问："认识这个吧？"

盛衍点点头："认识啊，不就是座位表嘛。不对啊，怎么是(一)班的？"

黄书良拿出一支红笔，在靠窗那组倒数第二个位子上画了个圈，问："你知道这个位子是谁的吗？"

盛衍摇摇头。

"这次考试的年级第三、纪检部部长，陈逾白。"

黄书良又在靠窗第二组倒数第一个位置上画了个圈："你知道这个

位子是谁的吗？"

盛衍又摇摇头。

"这次考试的年级第二、（一）班的语文课代表，林缱。"

最后，黄书良在靠窗那组倒数第一个位置画了个圈："那你知道这个位子又是谁的吗？"

盛衍这次知道，说："秦子规。"

"对，这就是我们的年级第一、学生会会长秦子规的位子。"

盛衍没明白，一头雾水地问："所以呢？"

"所以，我们打算在秦子规的位子后面再加一张桌子，让秦子规坐到那儿去。"

盛衍有种不好的预感："然后呢？"

黄书良微微一笑："然后，我们打算把这个空出来的位子安排给你。"

盛衍目瞪口呆。如果他接受这种安排，那么，从现在开始，他前面是年级第三兼纪检部部长，左边是年级第二兼语文课代表，后面是年级第一兼学生会会长，右边是靠走廊的窗户，所有老师都可以随时经过而且无障碍地观察他在做什么。

我的天呀，这个位子可以说是"四面楚歌"啊！到底是谁想出来的，还要安排给他？

盛衍想都没想，就开口拒绝："老师，不行，真不行，（一）班的进度我肯定跟不上。"

黄书良笑得很和蔼："没关系，反正你在（六）班也跟不上。在哪里都跟不上的话，扔到这里起码能保证，上课时没人跟你说话，也无法打游戏，如果你逃课、玩手机，第一时间就有人汇报。长此以往，你不想学习也得学习了，就算学习成绩提高不了多少，至少能培养出良好的学习习惯。"

盛衍十分无语，心想，你怎么不说血压也能提上去呢？

见这么说，说不通，他只好另辟蹊径，道："黄老师，您看以我年级倒数第一的成绩，去（一）班、尖子班，其他同学肯定会觉得不公平……"

黄书良依旧笑得和蔼，见招拆招："不会的，如果你是（二）班、（三）班的学生，贸然被提到（一）班，这才叫不公平。但以你这个成绩，提到（一）班，全年级的同学都知道这叫折磨，他们只会同情你。"

盛衍还想再拒绝，绞尽脑汁地想着借口。

黄书良不容反驳地拍板决定，祭出大招："行了，你也别想什么其他理由了。实话告诉你，我们已经和你母亲电话沟通过了，她已经同意了。这可是年级组所有教师开会商量出来的特别待遇，你好好珍惜吧。而且，也不是以后都留在（一）班了，先就一个月的时间，观察观察，看看效果，具体的以后再说……那个，秦子规，你去帮他搬桌子，我先回去教育教育（四）班那两个学生。"

说完，黄书良就大摇大摆地离开了。

只剩下盛衍站在厕所门口一脸绝望的表情。

不过，现实可没有让他呆愣多久。很快，他转头看向秦子规，没好气地说："这个位子我才不搬！"

秦子规已经从刚才受尽委屈的模样恢复成了平日里那副生人勿近的样子，双手插兜，冷淡地问："为什么？"

盛衍挑了下眉，一副看破天机的模样，道："本来你和林缱是一排，我突然搬过去不就成了那个'小小的船票，你在这头，林缱在那头'，我天天夹在你们中间，你看着不别扭？"

秦子规停顿了一下，想了想，好像明白了他的想法。于是直视着他，半眯着眼睛，认真地问："你真觉得我欣赏林缱？"

盛衍对秦子规翻了个白眼："废话，现在全年级的同学估计都知道了，否则，你为什么要去教育职高那群小混混？"

秦子规这才恍然大悟。他还奇怪呢，怎么这一次把盛衍气成了这样呢。原来盛衍以为他跟盛衍冷战的原因是他喜欢林缱。所以，他在盛衍心里的形象估计已经变成重色轻友、背叛友谊的"垃圾"。

问题竟然是这个……

若是换了旁人，可能还得费尽心力地想怎么解释。但秦子规最擅长的事情就是对已有问题写出解答方案，而且是最简洁的答案。

于是，秦子规看着盛衍，淡淡地道："我去找职高那群人，不是为了林缱。"

盛衍有些怀疑地看向秦子规。

秦子规迎上盛衍的视线，轻声道："是为了你。"

第10章 奶茶

什么？为了谁？

盛衍觉得自己肯定是幻听了，更加怀疑地挑了下眉。

秦子规仍然是看着盛衍，轻描淡写地补了一句："起码有一部分原因是为了你。"

一部分？盛衍问道："那另一部分呢？"

秦子规面不改色地道："为了正义。"

呵呵，还挺有格局的。盛衍暗想。不过，为了正义勉强还可以理解，为了自己又是从何说起呢？

想起刚才秦子规出神入化的演技，盛衍猛地警惕起来，问："跟我有什么关系？"

"你不说我是你的跟班吗？"秦子规垂眸看向盛衍，"那我总不能看着你被欺负。"

看来刚才自己和付赟的对话，秦子规全都听到了。盛衍有些不悦，说道："我说那些话就是吓唬他们的，你别自作多情。再说了，职高那群人已经被我教训得服服帖帖了，你别瞎替我出头。"

盛衍停顿了一下，又有点别扭地说："付赟那个人你也知道，他忌妒你也不是一天两天了，那番话你就当没听见，省得脏了耳朵，更别往心里去。"

盛衍其实并不能确定，秦子规在黄书良面前是单纯的演戏，还是真的有那么难过。

但是，他刚才看到秦子规的样子，不知道为什么，就想起小时候秦子规独自坐在楼下的台阶上，什么都不做，只是看着远处发呆。盛衍也说不出来到底是什么感受，就是觉得心里堵得慌。

不过，看秦子规的样子，好像并不在意，还是像平时一样，说："他们也没说错，我确实没爹没妈，寄人篱下。"

盛衍立刻就急了，转回头没好气地冲他凶道："你寄谁篱下了？是秦姨、江叔对你不好，还是我姥姥、姥爷对你不好？就连我妈都是一天到晚地夸着你，骂着我。从小到大，我什么喜欢的东西没分给你？你这个秦家大少爷哪儿当得不舒坦了吗？看谁的脸色了？他们那番蠢话哪句说对了啊？"

看着盛衍真的急了，秦子规没忍住，低头笑了一下。

还在连环炮一般质问的盛衍突然看到秦子规笑了，顿时更加莫名其妙："你笑什么笑？不准笑！"

"好，不笑。"秦子规收敛了笑意，认真地看向盛衍，"我刚才说我去找职高那些小混混是为了你，就是因为小时候，我曾经答应过你的，谁欺负你了，我就帮你欺负回去。总不能说话不算话吧。"

秦子规的口吻很平淡，但盛衍迎上他的目光时，心里仿佛被闷着打了一拳似的。

原来，秦子规根本没有重色轻友。不仅没有轻友，而且还记着小时候的承诺，知道自己额头上的伤是那几个小混混干的后，就去找他们算账。可自己昨天晚上不分青红皂白地就发脾气⋯⋯

盛衍突然感到有些内疚，但又觉得不完全是自己的错误。去年他过生日那天，秦子规说的那些话确实很伤人。而且，过去的这一年时间里，他各种明着暗着主动示好，可是秦子规全当没看见，一律冷漠处理，今年生日的前一天，他还对自己极其冷淡。

这么一想，盛衍心里还是有点介意。当然，这和秦子规道不道歉没有关系，是他觉得秦子规肯定还有什么事情瞒着自己。如果这次长达一年时间的冷战就这么不明不白地过去了，他心里多少有点别扭。所以，他一边内疚一边又还真的生气。一时半会儿也不知道该说些什么，只能板着脸站在原地，一言不发。

秦子规好像能猜出来盛衍在想什么，说："一码事归一码事，之前冷战的事儿是我的错，你不愿意原谅我，也没关系。"语气和神情还是一如既往的万事不过心的冷淡。可不知道为什么，盛衍就是能看出那张平静的脸上不经意间流露出来的一点点失落和受伤。

盛衍心里更内疚了。他对秦子规是不是有点太凶了？他是不是太小气了？秦子规会不会真的难过？要不，先原谅他？

盛衍心里正在疯狂地天人交战，还没想出结果，尖锐刺耳的早自习预备铃就传进了他的耳朵。

秦子规直起身来，说："走吧，先回教室，我去帮你搬桌子。"

盛衍一愣，问道："搬什么桌子？"

盛衍这才猛然想起，刚才他想的那些根本不重要，眼下重要的是，他即将面临为期至少一个月的"四面楚歌"，像是长期囚禁！于是，他立刻反驳道："别，不用你帮我！我先回（六）班，给我一节早自习的时间，让我和朱鹏、苟悠他们告个别。"

说完，也不等秦子规回复，就急匆匆地往（六）班跑去……

教室里，朱鹏已经吃完了包子，又在啃小饼干。

只见盛衍急匆匆地跑进来，往座位上一坐，就开始疯狂地在桌肚里掏手机。

旁边的苟悠很是纳闷,问:"衍哥,你这慌里慌张的,找什么呢?"

盛衍头也不抬地说:"如果让你的前面坐着年级第三,旁边坐着年级第二,后面坐着年级第一,而且其中一个是纪检部部长,一个是学生会会长,另一边还是黄书良经常暗中观察的地方,就那么个地方得坐一个月,你会怎么样?"

苟悠毫不犹豫、斩钉截铁地说:"不是抑郁,就是死。"

盛衍深有同感:"彼此彼此。"

可是他还年轻,他还想好好活着,他还答应了许女士,要在新的一年里继续善良、勇敢、开心快乐地成长下去,所以他必须自救。

盛衍迅速掏出手机,点开"心想事成"小程序,许下心愿:**希望黄书良收回风水宝地的鬼才主意。**

不知道为什么,这一次白圈转动的时间格外长,一直也没回复。

盛衍抿着嘴唇,指尖不停地敲击着屏幕,紧张而焦灼地等待着。

苟悠看盛衍这个样子,不明所以地问:"到底是什么事呀?你是在等谁的消息吗?"

在等神的消息。当然,盛衍不可能对苟悠这么说,那会显得他很像有病。于是,他敷衍地说:"你相信这个世界上有许愿系统的存在吗?"

苟悠想都没想就说:"相信啊。"

前排朱鹏也回过头凑热闹:"我也信。"

盛衍抬头挑眉,心想,这两个"二货"是真的相信,还是随口胡说啊?

苟悠一脸认真地说:"只有相信许愿系统的存在,才能相信霍格沃兹的存在,明年我才可以不用参加高考。"

朱鹏则是一脸神圣地憧憬道:"而且我们要相信光。"

停顿了一下,他又补充道:"摘自《迪迦奥特曼》。"

盛衍一副"果然如此"的神情,笑着骂道:"有病。"

不过,被"二货"环绕也比陷入"四面楚歌"要强得多,一想到秦子规那张犹如人工智能的冰块脸整天在后面盯着自己,盛衍立刻觉得,这日子没法过了。

在不知道敲击了多少下手机屏幕后,界面一顿,白圈终于停止转动,出现四个大字:愿望批准。

盛衍在心里长出口气,暗自庆幸,还好,自己还有这个玩意儿可以自救。

盛衍整个人总算放松下来,他懒洋洋地点开任务,准备迎接新生活的曙光。然而,就在下一秒钟,放松到一半的身体突然顿住。

屏幕上赫然写着一行大字——心愿任务:下一次模拟考试,全科及格。

全科,及格?他要是有这个能耐,还至于被教导主任扔到那个根本不是人待的"四面楚歌"里吗?这是什么破系统?

盛衍气得要死,又在小程序里许了个下次考试全部及格的心愿,却被系统残忍地告知,本周的许愿额度已用完,请下周再来。这次是真没招了。

盛衍生气地把手机往桌肚里一扔,重重地靠上椅背,绝望地垂下手臂,目光麻木得如同即将奔赴远方刑场一般。

苟悠和朱鹏都觉得奇怪,便问:"衍哥,到底怎么了?你怎么上个厕所回来魂就没了?"

盛衍瘫在椅背上,板着脸说:"我刚在厕所碰到主任了。"

"然后呢?"

"然后,他说我这次考试创了五年来理科班历史新低。"

"所以呢?"

"所以,准备给我一个特别待遇。"

"什么?"

"就是刚才给你说的那个三边狠人一边暗哨的'四面楚歌'之地。"

话音刚落的那一刻，盛衍都能感觉到，音量所能波及的范围里的所有生物都向他投来"壮士一去兮不复还"的悲怆目光以及同情。那种赤裸裸的、无法掩饰的、深刻又悲伤的同情。

"衍哥，保重，来日方长，兄弟我也只能陪你走到这儿了。"朱鹏显得悲痛又郑重地把手里的小饼干双手捧着放到盛衍面前的语文书上。

还是苟悠勉强有点人性，安抚道："衍哥，没事，咱们也不用这么悲观，说不定没有想的那么恐怖，最起码林缱的性格还挺好吧？再说了，秦子规也不是那种完全不通情理的人，他还是挺有义气的……日子不一定像你想的那么难熬。"

"是啊，衍哥，想开点，他们几个都还挺不错的。"朱鹏也点头附和。

盛衍一愣，这俩人不是最怕秦子规了吗？天天把秦子规说得好似冷面阎罗，怎么今天突然开始帮着秦子规说话了？

盛衍皱着眉看向苟悠。

苟悠反应过来，问："衍哥，你是不是还没看秦子规去职高闹事那件事情的帖子啊？"

盛衍说："听朱鹏说过。"

"不是那个。"苟悠忙掏出手机，点开帖子，"有新进展了，林缱现身说法给秦子规正名，舆论已经向着咱们了。"

手机屏幕上出现了一个帖子。

《有关我校秦子规同学为何与你校黄某某等人发生冲突的事件通报》

发件人：林缱

帖子内容：

对于今日你校网上流传的我校秦子规因争风吃醋而对你校黄某某等人大打出手的事情，作为当事人，本人有话要说。

第一，我校秦子规并非无缘无故找茬，而是因为你校黄某某携其同党于七月一日晚和七月三日中午，于我校后门对我进行了言语和肢体上的恶意骚扰，七月六日中午和晚上还出言侮辱（皆有人证物证，见附件）。

所以，作为我的同班同学、我的后桌、我们（一）班最具正义感的男人——秦子规同学采取了一定措施，让你校人品低劣且随时在违法边缘试探的黄某某等人深刻意识到了自己的错误，并保证永不再犯。

此举实乃路见不平，拔刀相助，尊重女性，保护弱小，锄强扶弱的正义之举！绝非传言中所说的寻衅滋事（此处有黄某某等人的自述，见附件）。

第二，本人与秦子规只是最单纯的同学关系，诚然，本人貌美如花，对方也十分帅气，但是我们都一心只想考重点大学。所以，我们对彼此没有任何除了竞争对手以外的想法，聊天截图如下：

林缱："秦子规，听说你喜欢我？"

秦子规："不喜欢。"

秦子规："早自习玩手机，操行分扣三分。"

林缱："啥？"

谁看到这张图还能说出他喜欢我，麻烦你去看一下心理医生。

第三，综上所述，虽然我校秦子规同学热爱学习，遵纪守法，充满正义感，见义勇为，并无任何越界之举，但还是对以黄某某为首的几位学生造成了心灵上的伤害，经由双方学校教导主任一致决定，由于黄某某等人多次违反校规，特通报批评记大过一次；秦子规同学口头批评一次，并需提交一份不少于一千字的检查。

底下把黄某某他们老老实实供认不讳的聊天记录和录音都发了出来，职高的人再想据理力争也架不住既不占道理又没有优势。再加上，苟悠这群人还有几个小号，在帖子里跟帖，把秦子规吹得天花乱坠。于是，一场无聊至极的闹剧就以碾压式的胜利暂时告终。

林缱之所以发帖，肯定不是为了自己。好好的一个女孩子，犯不上暴露自己。

想来也是听到了些风言风语，为了表达对秦子规的感激，又替秦子规受的那些流言蜚语感到不平，所以才出来澄清。

这么看来，她的确是个很好相处的人。

至于秦子规……

盛衍正在思索，苟悠突然"啧"了一声："说实话，平时还真看不出来，秦子规还有这么仗义热血的一面，我以前还真以为他是冷血动物呢。"

"就是，你仔细想想，其实我们带手机经常被他发现，但他从来都不没收。"朱鹏在旁边附和着。

苟悠想了想，点头说："也是，他小打小闹的分是扣了不少，但好像从来没有去打小报告。"

"对啊，之前给衍哥送来的碘伏，也都是他买的。"

盛衍抬眼看向他，问："什么他买的？"

"就是陈逾白给你的碘伏和棉签啊，我昨天晚上和他八卦，他顺嘴说的。怎么，衍哥，你不知道？"

盛衍微微一怔，他真的不知道。所以，那天秦子规看见他受伤后并不是视而不见。秦子规不仅去替他出头了，还让人给他送药。只是因为冷战，才没有告诉他。

更何况，秦子规还特意买了榴梿千层，道了歉。

今天，还帮他说了话。

他却从头到尾都没有给秦子规一个好脸色……

这么一想，盛衍早已忘了自己一年前突然被告知绝交时有多委屈、多难过、多伤心，也忘了这一年屡次三番地放下自尊心主动示好，却热脸贴上冷屁股。此刻，他只觉得心里发酸发涩。

还没来得及想清楚这种酸涩是为了什么，身后就传来一声："早自习马上就要结束了，黄书良让我过来帮你搬桌子。"

盛衍回过头，就看见秦子规已经站在了后门。

情绪百转千回,他不知道该说什么,就"哦"了一声。

于是,秦子规动作娴熟地帮他从地上捡起掉落的书包,把桌上的东西一样样整整齐齐地收拾进去。

那只好看的细长的手就在盛衍的眼前晃来晃去,手背上那道暗红的伤口也一直刺着他的眼睛。

不算深,但很长,斜跨了整个手背,扎眼得很。

这可是秦子规用来拉小提琴、敲代码、考出全市第一的手。

盛衍抿了下嘴唇,问:"疼不疼?"

秦子规倒没什么表情,说:"还好。毕竟没什么经验,受点伤也正常。"

如果不是为了他,像秦子规这种好学生,肯定不会去闹事。而且秦子规从来没做过这种事儿,指不定还有其他看不见的地方受伤了。可是,昨天晚上他只顾着生气,根本没有好好关心一下。他真是过分,还十几年的好兄弟呢。

这么一想,盛衍心里更觉得不是滋味,纠结半晌,终于别扭地开口:"那个,你喝奶茶吗?"

秦子规停下手上的动作,看向盛衍。

盛衍不愿意被秦子规看出示弱和心虚,立刻挺直了背,理直气壮地说:"就是我觉得中午很有可能会多买一杯奶茶,如果你喝的话,就给你了。我绝对没有别的意思!"

秦子规对上盛衍亮晶晶却透着心虚的眼神,垂下眼继续收拾,忽地停顿了一下,说:"嗯,喝,我喜欢甜的。"

第11章

子规

秦子规什么时候喜欢甜的了?

盛衍明明记得,秦子规从来都不爱吃甜的,不过,管他爱不爱吃呢,反正自己多买一杯就是了。当然,他这么做并不代表就是原谅了秦子规。毕竟,哪有毫无征兆地提出绝交再冷战一年,敷衍地道个歉就算完的道理呢?

盛衍的确十分看重和秦子规这十几年的兄弟情,但不代表真的就任凭秦子规说什么是什么,更何况,秦子规明显还有许多事瞒着自己,如果稀里糊涂地被糊弄过去,未免也太没有底线和原则了。

但秦子规说得对,一码事归一码事。他不原谅秦子规之前的行为是一回事,秦子规昨天为了帮他,挨了罚、受了伤,又是另外一回事,所以,请人家喝一杯奶茶也算情理之中。不过,想要再多就没有了。他可是个很有骨气和原则的人,在秦子规拿出态度之前,绝不轻易服软。

这么想着,像是为了表明自己绝对没有对他搞特殊一样,盛衍站起身,对着朱鹏和苟悠说:"你们两个也有,中午自己过来拿。"

说完,便把椅子反扣在秦子规收拾干净的桌面上,双手合力,抬起桌椅,径直出门往走廊另一头的(一)班走去。

"实外"的全称是南雾市实验外国语学校,是南雾市数一数二的私立名校,一本率常年在百分之九十以上。

不是竞赛强校,也不搞苦熬战术,主打精品教学。每个年级最多招生三百人,全靠生源和教学质量提上去的升学率。

分班则是看学习成绩,分数越高越靠前。比如,(六)班就是理科垫底,基本都是稳二本冲一本,或者刚到一本要冲重点的。

(一)班则都是拔尖生,只有二十五个人,个个都是重点苗子。

对于盛衍这个打小就放荡不羁爱自由的差生来说,被黄书良突然塞进(一)班,就好像是小白兔突然被扔进狼群里一般。

一想到自己即将要在这群不玩手机、不打游戏、不吃零食、不开小差,只知道埋头苦读的书呆子之间待整整一个月,盛衍就觉得如坠地狱。

想着想着,脸就越来越臭。等走到(一)班后门时,就差把"我要去坐牢了"六个字写在脸上。

盛衍抬着桌子,站在(一)班紧闭的后门门前,冷着脸,始终不肯向前跨一步。

秦子规拎着盛衍的书包,在他身后停下,问:"怎么了?"

"没什么。"盛衍面无表情,深吸口气,"就是做下心理建设。"

秦子规像是觉得此时的盛衍很有意思,也不催他,静静地站在他的后面。眼见他越来越明显的臭脸,又忍不住逗逗他,问:"什么心理建设?说来听听。"

盛衍面无表情却十分认真地说:"你们(一)班的同学每天除了问问题、讲题,会说超过十句话吗?"

"你们下课的时候是不是连厕所都不去?"

"你们早饭、午饭和晚饭会一边看卷子一边吃吗?"

"你们是不是一天到晚除了睡觉,就是学习,连手机游戏都没下载过?"

秦子规并没有回答，像是无言以对。

盛衍坚信这就等同于默认了。于是，他又深吸口气，打算以此来对这个美好的世界做最后的道别。

然后，一只修长有力的手就越过他的肩头，轻轻一推。传说中的学霸的世界对着盛衍这个差生打开了大门。

教室内二十四颗脑袋齐刷刷地转了过来，目光如炬。盛衍抬着桌椅，憋着刚刚吸进去的那口气，僵在了门口。

（一）班众人：这就是传说中的不良学生？

盛衍：这就是传说中的学霸？

（一）班众人：他来找谁的麻烦？

盛衍：他们会不会用数学公式攻击我？

四目相对，彼此心怀敬畏，谁都不敢先动一步、先出一声。

直到秦子规若无其事地路过盛衍，走进教室，把自己的桌子往后一拉，再接过盛衍手里的桌椅摆好。秦子规看似漫不经心地解释道："黄书良把他扔到咱们班来感受一下学习氛围，其他没什么事，你们该干什么就干什么。"

"哦，那就行。"（一）班众人终于松了口气，继续抓紧早自习最后的时间，该补觉的补觉，该吃饭的吃饭，该放水的放水，该八卦的八卦，甚至还有两个女生在立着镜子梳头发。

盛衍两手空空地站在后门，嘟囔道："看来，学霸的世界和我们普通人的没什么两样啊。"

秦子规替他把书本杂物从书包里拿出来，再整整齐齐、分门别类地摆放好，头也不抬，说："放心吧，我们也玩手机，也会吃饭，也上厕所。暂时都是正常人，不会吃了你。"

"说得好像我怕了似的。"盛衍一时觉得有点别扭，磨磨蹭蹭地坐到那个堪比九五之尊之位的宝座，觉得浑身不自在。

刚准备掏出手机和朱鹏、苟悠吐槽两句，一只手就伸到盛衍跟前轻勾了两下手指。

盛衍抬头："干什么？"。

秦子规垂眸看向他："手机。"

盛衍被吓了一跳，问道："你刚才不是说你们班的人也玩手机吗？"

"嗯，但他们都是下课才玩，就算上课用，也是用来查学习资料和历届真题，你行吗？"

盛衍觉得自己是被赤裸裸地侮辱了。他冷笑一声，准备教教秦子规"大哥"两个字怎么写。

秦子规继续补刀："如果你交给我，下课时我还能还你。如若不然，一会儿黄老师来了，你就只能等着毕业才能领回来了。"

"他说得没错。"坐在前排的陈逾白慢条斯理地喝着豆浆，回头说，"我今天早上去年级办公室时听到了，黄老师正在筹谋着，怎么能没收了你的手机呢。相信我，骗你是小狗。"

盛衍满脸不可思议的表情。他又不是第一次考年级倒数第一了，这次黄书良怎么这么在意？还要筹谋没收他的手机？

盛衍倒并不担心手机被没收后没得用，许女士肯定会给他买新手机。但如果换了手机，就没有"心想事成"小程序了，那脚踩"秦小规"、拳打"秦大规"的好日子就彻底没了指望，人生还有什么意义？

正想着，走廊外已经传来了熟悉的脚步声，是黄书良。声音越来越近，眼看就要到（一）班门口了。

抉择刻不容缓。

盛衍一咬牙，把手机往秦子规的手里一塞，不情不愿地说："行了，你拿走，下课记得还我。要是被主任没收了，我跟你没完。"

秦子规顺势把盛衍的手机往兜里一揣。

刚揣好，黄书良和（一）班班主任梁洁一起从后门走了进来。他二话没说,直接突袭:"盛衍,起立!转身!双手掏兜!举起书包!倒拎三下!露出你的抽屉!"

盛衍老老实实地按着黄书良的指示把动作全做了一遍。

黄书良见一无所获,皱着眉,纳闷地道:"哎,怎么没有呢?不应该啊。"

但经过里里外外的全面检查,盛衍确实没带手机。难道,这孩子真的转性了?

黄书良虽然人到中年,却依然保有一颗相信童话的心,短暂的思考后,他欣慰地拍了拍盛衍的肩膀,表扬道:"好样的,继续保持。"

盛衍却想岔了,还以为看到了曙光,忙问:"那老师,我是不是可以回……"

"所以,看来(一)班的学习风气确实有效!那你就好好地待在这里!其他的都不用你担心!"黄书良极为少见地对盛衍露出了和蔼的笑容。

盛衍被兜头泼了盆冷水,只好在心里摇头叹气。

黄书良对梁洁嘱咐了下"针对盛衍十大注意事项"以及"对待盛衍绝不能心慈手软的处事方针"后,就潇洒地离去了。

只剩下梁洁叹了口气。片刻之后,认清了现实的梁洁拍了拍盛衍的肩膀,说:"黄主任这次是不让你脱胎换骨誓不罢休,所以,你好自为之吧。"

说完,拿出讲义,踩着高跟鞋走上讲台。

盛衍无奈了,只好认命地走回座位。

林缱毕竟是女孩子,站在盛衍的角度一想,有点于心不忍,问道:"你到底怎么得罪黄书良了,他居然能这么大动干戈地把你送到我们这个魔窟来?"

"没什么,就是这次期末考只考了三百二十七分而已。"盛衍生无可恋地说。

短暂的沉默后，林缱肯定地道："你值得。"

毕竟，不是谁都可以和年级第一考成轴对称的分数来。

陈逾白捏着豆浆袋子，回过头说："盛衍，我能冒昧地问一句吗？"

盛衍没多想，说："问呗。"

"你是怎么做到只考了三百二十七分的？"陈逾白不鸣则已，一鸣便直击灵魂。

盛衍无语地说："你觉得，这个问题礼貌吗？"

但陈逾白的表情没有丝毫嘲讽，而是非常认真地问询。

因为"实外"不准交白卷，所以，在能写的地方都写满了的情况下，是怎么做到只考三百二十七分的？陈逾白对这份超出他人生认知的答卷充满了好奇。

就在这时，班主任梁洁敲了两下桌子，说："行了，都别说话了，包子、油条、豆浆都赶快给我咽下去，把期末考试的卷子给我拿出来。陈逾白，盛衍长得再好看你也别上课盯着看，先看看你这次语文为什么只考了一百二十一分？"

陈逾白悻悻地转回了头。而盛衍则皱起眉来。

卷子？自己有期末考试的卷子吗？

还没等盛衍开始翻箱倒柜地找，身后的秦子规就低声说："刚才给你收起来了，期末卷子在左数第二个文件夹里，第一页就是语文。"

盛衍将信将疑地翻开，嘿，还真有。

秦子规什么时候替他收拾的？

正愣神的工夫，梁洁已经开始发问："盛衍，说到这个，我一直有个问题想问你。"

"啊？"盛衍茫然地抬头。怎么（一）班的老师和同学都这么喜欢问自己问题啊？

梁洁看着盛衍，平静地问道："因为你的卷子实在与众不同，所以即使封卷批改，我还是一眼就认了出来。所以，有个问题一直困惑着我到现在，你能解答一下吗？"

盛衍有了不祥的预感。

梁洁面不改色："请问你是秉持着怎样的心情在古诗词鉴赏'蜀国曾闻子规鸟，宣城还见杜鹃花'这一句的意象赏析题中，写出'子规这一意象，象征着极度惹人讨厌的玩意儿，杜鹃同上'这个答案的呢？"

盛衍目瞪口呆。

秦子规面无表情。

全班同学努力地憋笑。

感受到身后骤降的气压，盛衍连忙侧过头，小声说："那个，秦子规，你听我……"

然而，不等他说完，梁洁又慢条斯理地补了一刀："还有第二小问，'请问为何古代诗人常用子规鸟来表达哀伤之意'这个问题，你又是怎么回答的呢？"

盛衍僵在原地。他觉得他最好保持沉默，但很显然，秦子规不这么认为。

只见秦子规悄悄晃了晃盛衍的手机，那意思大概就是如果不从实招来，你的手机就没了。

于是，在短暂的犹豫后，盛衍低下头，涨红着耳朵，心虚无比地答出了八个字："因为子规不是好鸟。"

那一刻，全班同学都沉默着。

陈逾白也终于明白了盛衍为什么能考出三百二十七分的成绩。

因为别人的考试是考试，而盛衍的考试就是一场幼稚的吵架游戏。

第12章 哥哥

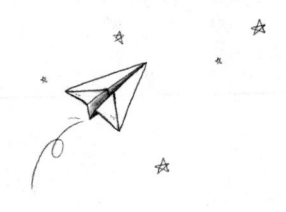

（一）班的同学大概都没见过这么神奇的操作。

沉默了半天之后，紧跟着的是一阵哄堂大笑。

倒也没有什么恶意，就是笑得盛衍的脸越来越红，秦子规的脸越来越黑。

盛衍虽然是个有点小脾气的人，但也是个讲道理的人。这件事他自知理亏，被秦子规麻木冷漠的视线盯得实在有些不好意思，只好尴尬地咳了一下，试图自救："那个……其实我不是那个意思，我就是想说，因为子规这种鸟类的寓意不好，所以诗人们才常用它表达哀伤之意，没有别的意思……"

盛衍的声音越来越小，秦子规的眼神越来越冷。

说到最后，连盛衍都不相信这个解释了，只能硬着头皮说："如果你没有什么别的意见，我就先好好听课了。"然后，就僵硬着脖子转回身，开始认真听课，埋头学习，企图用认真的学习态度来逃避眼前的尴尬境地。然而不到一上午，"子规不是好鸟"这句话还是以迅雷不及掩耳之势传遍了高二年级。

不仅传遍了高二年级，那些人还添油加醋、煽风点火，甚至说出"杜鹃可能是益鸟,但子规一定不是好鸟"这种挑拨离间的话。以至于平平无奇的语文小天才盛小衍同学整个上午都觉得自己背后凉飕飕的,像是一直被冰冷的眼神处以极刑,简直是如坐针毡、如芒刺背、如鲠在喉,一刻也不敢从知识的海洋里抬起头来。

等到中午下课铃声一响,盛衍立刻用生平最快的速度把帽子一扣,口罩一戴,迈开两条大长腿,"咻"地一下就掠过秦子规身边。趁他还没反应过来,从后门飞速逃离现场。

"不得不说,衍哥,你可真是个人才!你没看见,你溜了之后,秦子规跟在你身后看你的那个眼神。"苟悠一边喝着奶茶一边啧啧摇头。

盛衍现在听到"子规"两个字就烦,压低帽子,坐在学校门口的奶茶炸鸡店的最角落里,没好气地白了他一眼:"吃你的炸鸡,不然舌头给你拔了。"

苟悠立刻噤声。

旁边的朱鹏却用力掰了一只鸡腿,不怕死地接过了话茬:"衍哥,你这么躲着也不是事儿啊。你现在住他家里,座位又在他前面,每天低头不见抬头见的,躲也躲不过去呀。"

"废话,我不知道吗?"盛衍烦都快要烦死了。本来考语文那天他刚好和秦子规拌了几句嘴,心里憋着气,一看试卷正好出现"子规"两个字,就顺便临场发挥了一下。没想到,一不小心发挥过了头,被梁洁记下来了不说,还当着秦子规的面公开处了刑。

简直是太羞耻了,而且秦子规肯定会记在心里,随时等着报复回来呢。

一想到下午还要回去接受秦子规的死亡凝视,盛衍就觉得头疼,更别说接下来还有一两个月的时间朝夕相处了。

盛衍一身黑帽、黑衣、黑口罩,坐在角落里,整个人都散发着低气压。

作为盛衍的头号狗头军师,苟悠借机献言:"衍哥,要不你想个办法搬回来吧？"

"就是啊，你不在的日子，我和苟悠十分无聊。"朱鹏也搭腔道。

盛衍面无表情："办法倒是有，不过……"

"不过什么？"

"不过，前提是下次模拟考每科都要及格。"盛衍说的是"心想事成"小程序发布的任务。

苟悠和朱鹏沉默下来了。

距离下次模拟考，还有短短两个月的时间，让盛衍每科考试成绩都及格，那简直是天方夜谭。

不说别的，就冲他这个"子规不是好鸟"的语文水平，能考个百分制的及格分数已经是祖坟冒青烟了，更别说一百五十分制的。

于是，短暂的沉默后，朱鹏把另一只鸡腿掰下来递到了盛衍面前，一脸同情地说："来，衍哥，吃点好的。"

盛衍压根儿就不想搭理他。

倒是旁边的苟悠突然想起了什么，放下鸡腿，掏出手机，点了几下，递到盛衍面前，问："这个群你加过没？"

盛衍随意瞟了一眼，群名"法外之地"，然后就移开视线："我不作弊。"

"想什么呢，我是那种人吗？"苟悠对着屏幕划拉了几下，"你别看这个名字取得嚣张，其实就是一个南雾高中的学习资料分享群，里面有好多厉害的人无偿或者有偿分享资料，比如这个帅神，就是我们镇群之宝。"

"'帅神'？"

盛衍微挑了下眉。

苟悠点头道："对啊，'帅神'，就这个天下第一大帅哥，他的资料又全又精，抓考点和易错点那叫一个准，用过的没人不说好。不过天下没有不要钱的午餐，知识也是需要付费的，一本学习笔记换一本英文原版书，每期主题不同。"

有这么厉害吗？

盛衍看着那个'帅神'的头像，心里很是怀疑："我看他备注写的是高一啊。"

他马上都高二升高三了，高一的小孩能教他什么？

苟悠坦然地看着他说："衍哥，说实话啊，以你的真实水平，现在就算给你拿套'三年中考两年模拟'都不过分。"

盛衍一愣，竟然被好兄弟给撑了。不过，也不是没有道理，毕竟从初三开始，他就没怎么认真听过课，对高一的知识点确实也不太熟。而且，今天这句"子规不是好鸟"一出，秦子规估计也不会原谅他了。与其在秦子规面前憋死，还不如放手搏一搏，死马当活马医吧。

这么一想，盛衍点了点头，道："行，你把他的名片推给我吧。"

"好嘞。"苟悠答应得爽快，然后顺势滑了下手机，顿时变了脸色，"我的天！朱鹏，快别吃了！主任正在带人去咱们宿舍搞突击查寝！快回去把电火锅藏起来！"

说完，一手拎起书包，一手拽起还在啃鸡翅的朱鹏飞快地冲出店门，往学校跑去。

突击查寝，一周一次，是住校生的噩梦。

身为一名走读生，盛衍只能同情地摇了摇头，然后慢条斯理地站起身，走到柜台前，对柜台小姐姐说："一杯大杯珍珠奶茶，打包带走。"

讨厌秦子规是一回事，说好的请他喝奶茶还是要说到做到。

柜台小姐姐笑得甜美："好的，同学，去冰还是少冰，几分糖？"

盛衍记得秦子规早上说喜欢甜的，就说："少冰，全糖。"

还觉得不够，补充道："加个芝士奶盖。"

一想，又补充："加个烧仙草。"

再一想,继续补充:"芋圆椰果爆珠也一样一份。"

柜台小姐姐的笑容都有些僵住了,问:"同学,你确定吗?"

"嗯,确定。"

盛衍想,要请就请个大的,总不能让秦子规觉得自己请个客还抠抠搜搜的,顺便能堵住他的嘴就更好了。盛衍十分豪气地把手伸向裤兜,准备掏手机结账。紧接着,愣在当场。

手机呢?

换个口袋。

怎么还是没有?

直到这时,盛衍才想起来,上课之前,他把手机交给秦子规了,而放学的时候,他因为心虚而溜之大吉,就忘了要回手机。

所以,他们三个人刚才点的两只炸鸡、一斤锁骨、三根烤肠、三杯奶茶以及刚才这一杯超大全家福……

盛衍看着面前这位勤工俭学的小姐姐,有些心虚地避开眼神,低咳了两声,道:"那个,姐姐,如果我说忘了带手机,现在马上回学校去拿,然后回来结账,你信吗?"

小姐姐微笑看着他,拒绝得直接而不失礼貌。

盛衍的脸皮薄,直接红了脸,非常不好意思地说:"姐姐,你信我,我就是对面学校的学生,真的会回来付钱的。"

他人长得好,叫姐姐的时候还有点乖巧。小姐姐也有点心软了:"抱歉,同学,我也是打工的,所以这种情况下实在不好放你走。我可以把我的手机借给你,你看能不能叫个老师或同学先过来帮忙支付一下?"

微信等通讯软件在新设备上登录都需要手机验证,所以没法用,只能打电话。

可是,盛衍从小到大只记得两个人的手机号,一个是许女士的,一个是秦子规的。

许女士现在在国外，肯定联系不上。

至于秦子规……刚刚说完"子规不是好鸟"，现在就叫他来救场，是不是有点不道德？

盛衍看了看一脸善意的小姐姐，又看了看她身后拎着漏勺正在炸鸡的五大三粗的大哥以及满桌子的食物残骸，还准备再挣扎一下。

小姐姐又说："你们一共消费了一百四十二元，我们这里刷碗是八块钱一小时。"

"那还是算了。"盛衍也拒绝得干脆。刷碗是不可能的，这辈子都不可能。

他只能不情不愿地接过手机，拨出了那个烂熟于心的号码："喂，秦子规，是我。"

电话那头的人立刻就听出了他的声音，似乎对这通电话也毫不意外，问："嗯，怎么了？"

"那个，就是……"盛衍多少也会有些不好意思，低头敲着玻璃柜台，瓮声瓮气地说，"我的手机在你那儿，然后朱鹏和苟悠赶回寝室了，我现在一个人在大脸鸡排这儿，你能不能过来接一下我……"盛衍越说越没底气，越说越不好意思。

毕竟，三个小时前，他才当着全班同学的面说出了"子规不是好鸟"这种话，还传遍了全年级。所以，他实在不能确定，秦子规还会不会来接他。

如果换成自己，肯定是不乐意的，甚至还巴不得秦子规蹲在这里刷三天三夜的碗。

而秦子规也真的只是不咸不淡地"嗯"了一声，就不再说话，听上去十分冷漠，完全没有要来接他的意思。明显是还在生气。

可他身上什么也没带，连可以拿来抵押的东西都没有。如果秦子规真的不来接他，他就要蹲在这里刷将近十八个小时的碗。

丢人不说，关键是他根本不会啊。

眼看着店里其他人逐渐投来异样的目光，身后排队的人也越来越多，后厨那个炸鸡大哥看上去也要失去耐心了。

盛衍觉得，留给自己的时间不多了。

权衡过后，盛衍心一横，牙一咬，决定使出从小到大百试不爽的、可以让秦子规迅速消气的大招，掐着掌心，红着耳朵，飞快地扔出了七个字。

电话那头却像聋了似的："你说什么？没听清，再说一遍。"

这么羞耻的话，他就算是在这里刷碗也绝对不可能再说第二遍！

盛衍十分生气，十分羞耻，握紧拳头，咬紧牙关，涨红耳根，然后愤怒无比，咬牙切齿，用乖巧的口吻说出了七个字："子规哥哥，求你了。"

"嗯，好。"

话音落下的那一刻，身后传来一声清晰可闻的应答和玻璃门被推开的声音。

盛衍本能地回头，只见秦子规正握着手机，推门而入，迎着他的视线，面不改色地道："子规哥哥听到了。"

第13章
撒娇

虽然从小到大，秦子规都是大院里成绩最好、最省心、最懂事的孩子，但一直以来，盛衍才是最招人喜欢、受人宠爱的。

原因很简单，一是盛衍打小就长得好，唇红齿白，五官精致，笑起来眉眼弯弯的，没人不喜欢；二是机灵可爱，还特别嘴甜，会撒娇，哄得整个大院的爷爷奶奶、叔叔姨姨、哥哥姐姐全都围着他转。

就连当时刚刚被秦茹带回南雾的小酷哥秦子规也没能幸免，在到达开满蔷薇花的小院子的第一天，就被这个穿着背带裤，捧着小花花，嗲声嗲气地说要把蔷薇花送给他的漂亮小娃娃给迷惑了心智。

以至于此后的许多年里，盛衍想偷吃奶糖了，想养小动物了，想装病赖床了，不想做作业了，犯错惹秦子规生气了，只要眨着眼睛可怜兮兮地说一句"子规哥哥，求你了"，秦子规就没了办法。

即使长大后，这种撒娇的话越来越少讲，盛衍的潜意识里依旧本能地认为，只要他一开口，秦子规就愿意来帮忙，但不代表说这种话时他就不感到羞耻。

原本以为隔着电话，他说这句话就当是说给狗听，等把秦子规骗来后就翻脸不认人，没想到的是，秦子规居然这么快就来了。

不仅来了,还当着他的面慢条斯理地把"子规哥哥"又重复了一遍。这四个字灌进耳朵里时,盛衍的耳朵都烧得快要滴出血来。他压低帽檐,冲着已经走近的秦子规低声咬牙切齿道:"秦子规,你是不是故意的?"

秦子规淡定地结账:"如果'子规不是好鸟'不是故意的,那我现在也不是故意的。"

盛衍"哼"了一声,说:"小气!一件小事,至于这么记仇吗?"

到底还是有点心虚,不好太理直气壮,只能不自在地捏住帽檐又往下压了压,没好气地嘟囔:"大男人这么小气,都请你喝奶茶了,这事儿能不能就过去了?"

秦子规从柜员手里接过了那杯已经黏稠得快变成固体了的丰富液体,晃了晃,杯子里的东西几乎纹丝不动:"我以为你是请我喝粥。"

盛衍理直气壮地说:"这就叫大气。"

"嗯,大气,只是用我的钱。"秦子规面不改色地强调着。

"你好烦啊。"

盛衍向来是在外能撑人,对内纯耍横的类型,懒得和秦子规废话,直接耍起无赖:"谁让你帮我付了,手机给我,我把钱转给你,然后两不相干。"

上一分钟还在乖乖巧巧地说"子规哥哥,求你了",这一分钟就凶巴巴地说"两不相干"。

不过秦子规现在的心情还算不错,也不计较,拿出盛衍的手机,放在了他的掌心上。

盛衍往回一收,转身就走,顺势低头点开微信好友"秦臭蛋"的头像,修改备注"小肚鸡肠秦杜鹃",然后转账两百元。

"剩下的钱就当作给你的辛苦费了,免得你又说我欠你的。"

拿到手机后,盛衍点开苟悠推送给他的天下第一大帅哥的名片。

盛衍心想这人的名字取得这么嚣张,不知道到底靠不靠谱?

盛衍一边怀疑一边点击了申请添加好友。

对方很快通过，然后直接弹出一条长长的消息。

本期交换主题：一套英文原版《哈利波特》换购高一所有科目完整资料，即可赠送高二第一学期基础知识点一份（本人自习专用，限量供应），请将快递单号截图发到此号码上，备注邮箱，PDF文件和Word文件各发一份，排版合理美观，打印方便。如有需要，还可附赠三中校草绝美签名照一张，先到先得，走过路过不要错过。

盛衍心想，这可真是个"平平无奇"的经商小天才。不过，做好了死马当作活马医的准备，他光速订购了一套英文原版《哈利波特》并将快递信息截图，按对方的要求发到了指定的号码上，对方却突然发来了一个问号。

盛衍正准备问，但字还没打出去，脑袋就突然撞上了什么，疼得他倒吸一口冷气。皱着眉抬眼一看，他撞上的是秦子规的手。

还不等他开口，秦子规就已经若无其事地收回垫在玻璃门上被撞得发红的右手，低声提醒道："走路看路，别玩手机。"

"哦。"盛衍有点担心秦子规右手的伤口，但是又别扭地不好意思问，只能听话地把手机收了回去。

秦子规的手机却正好响了。他掏出手机一看。

Wild：盛衍学长受什么刺激了？

Q：嗯？

Wild：他的世界竟然出现了"学习"两个字，附[学习资料交换聊天截图.jpg]。

Q：……

给秦子规发微信的是初中时关系最好的一个学弟，叫夏枝野，比他低一届。当时，两个人分别承包了两个年级的年级第一，又和盛衍都是校篮球队的主力，所以关系还算不错。只不过后来出于一些特殊的原因，没有直升"实外"高中部，但也一直保持着联系。

没想到，盛衍要学习资料居然求到他那儿去了。

或者说，关键不在于要资料要到他那儿去了，而在于盛衍居然开始看学习资料了。

要知道，盛衍的学习成绩差绝对不是智力问题，而是因为他压根不学习。

在小学时，盛衍都还是出了名的聪明孩子，虽然不爱写作业，但是记忆力非常好，心算口算的速度也是全班最快的。

只不过越到后面，物质条件越好，可以玩的东西越多，练射击、玩游戏、装模型、打篮球……样样精通，再加上家长的娇惯纵容，盛衍的心思就越来越不在学习上，一年三百六十五天，三百六十天都不听课。而他突然开始学习，就只有两种可能。

第一，家道中落，不得不奋发图强。

第二，想下次模拟考全部及格，然后逃离（一）班这个被学霸包围的位子，重新回到（六）班这个他熟悉的大家庭里去。

答案显而易见。

秦子规想，看来盛衍是真的不愿意待在（一）班这个充满学霸的地方。当然也有可能是盛衍还在生自己的气，并不想和自己待在同一个班级。

想到小学的时候每次换座位盛衍都又哭又闹地非要和他坐在一起的样子，秦子规垂下眼睑，遮住眸底情绪，回复道：可能是因为在和我赌气吧。

对方也没多问，只是慢悠悠地回复：这样啊，行吧，我这儿还有一个叫"人间第一小可怜"的号，你如果需要的话就借你了。

Q：嗯？

Wild：知己知彼，百战百胜。

Wild：而且你记住，男人要学会撒娇，赌气什么的，小问题。

秦子规的指尖在"撒娇"这两个字上点了两下,若有所思。

不等秦子规想出结果,盛衍突然拍了他一下,急切地喊:"秦子规!快!帮我抓猫!别让它跑了!"说完,他直接跑向了炸鸡店对面一个堆满杂物的墙角前,踩着杂物,撑手一翻,瞬间没了踪影。

秦子规想起来,昨天晚上碰到盛衍时,他似乎也是在找一只猫。于是快步跟上去,干净利落地一翻,轻巧落地。

而墙那头的盛衍也终于抓到了那只嗲声嗲气的小逃犯,他双手高高地举起,冲它恶狠狠地凶道:"跑!再跑!再跑你就没有饭饭吃了知不知道?"然后偏头看向秦子规:"我能把它先带回教室吗?猫罐头还在书包里。"

秦子规确实在盛衍的书包里看到过几盒高档的猫罐头。他又看了看盛衍手里的那只猫,一只没有高贵血统的小橘猫,顶多也就是长得还算讨喜,有三四个月大。应该是只流浪猫,脏脏的,瘦瘦的。

秦子规突然问盛衍:"你打算养它吗?"

盛衍没太明白秦子规怎么突然这么问,随口答道:"暂时没有,许女士对猫毛过敏,我家不能养。"

"如果没有养它的计划,最好不要给它吃太好的猫罐头。"秦子规说。

盛衍挑了下眉,不太明白。

"很多猫吃过高档的猫罐头后,就不愿意吃其他食物了。你现在一时兴起对它好,把最好的都给了它,让它对你产生了依赖,可是万一哪天你不能再这么继续对待它了,它就很可能会厌食,或者抑郁,甚至觉得自己被二次抛弃了。你有想过这点吗?"秦子规不知道是在说猫,还是在说自己。

盛衍却根本没想到这么深远,他只是觉得自己遇见了这只猫,猫很喜欢他,他也很喜欢这只猫,这就是缘分。在他的观念里,如果他喜欢什么,自然是要把自己能给的最好的全部给出去,就像当初在家门口捡到秦子规时一样。只是因为一眼看上去就喜欢，所以对他好。至于其他的，并没有想那么多。可是现在被秦子规这么一说，倒像是他做了什么坏事一样。而且，他怎么就成二次抛弃了呢？

盛衍总觉得秦子规话里有话，心里顿时冒出一股无名怒火，怒道："秦子规，你什么意思啊？什么叫'一时兴起'和'二次抛弃'啊？你能不能别总觉得我都是做坏事？我遇上这只猫的时候它才那么点大，没有我，它根本活不下去。我虽然不能养它，但我带它打疫苗了，给它看病了，也在找有没有人可以收养它，你凭什么就觉得我只是一时兴起？凭什么认定以后不会对它负责啊？我在你眼里到底是什么人啊？"

盛衍越骂越气，越骂越委屈，骂到最后根本不想再理秦子规，抱着喵喵就往巷子外走。

然而走了没两步，到底还是没忍住，回头朝秦子规恶狠狠地凶道："而且我说了要照顾它就会一直照顾它，是它自己先跑了！不理我了！你别把什么锅都往我身上甩！"

盛衍说完转回头，低头抱着猫，飞快地朝巷子口走去，看上去是真的生气了。

不知道是不是错觉，那一瞬间，秦子规觉得盛衍的那句气话里，似乎藏了许多其他的委屈。

"是它自己先跑了，不理我了。"想到这句话，秦子规垂在身侧的指尖不自觉地颤抖了一下。

秦子规心里一直觉得盛衍就是一个被保护得太好所以什么都不懂的小朋友，但或许盛衍明白的比他以为的多。他突然不确定，这次是否能和盛衍毫无隔阂地和好如初。

秦子规在看到巷子外的斜坡上，一辆自行车失控般地快速俯冲下来时，十几年来形成的本能永远比理智更快，他想都没想就几步上前，一把将盛衍拽住，一个转身，把他和猫都紧紧地护在了怀里。那辆飞驰而下的失控的自行车，就连人带车直直地撞上了秦子规的腿。

强烈的撞击声后，盛衍的耳边响起一声低低的闷哼，护着他的秦子规不受控制地踉跄一下。

盛衍在一瞬间就反应过来发生了什么。他一把拽开秦子规的手，蹲下身，不管不顾地挽起了秦子规的裤腿。

自行车倒下的时候，车头上绑着的铁丝直接划破了校服裤子，小腿处也被割出一道又深又长的伤口，鲜血淋漓，看上去就疼得锥心。

盛衍抬起头，冲着秦子规大声喊道："秦子规，你脑子是不是不好啊？不知道叫我一声让我躲开吗？你以为你不会受伤吗？你以为这样我就不会生气了吗？做你的春秋大梦！我才不会原谅你！"

盛衍骂得很凶，只是骂着骂着就红了眼眶，凶得毫无威慑力，只让人觉得像只虚张声势的小豹子。

和小时候盛衍在胖虎面前护着他，不准他们骂他是没爹没妈的样子一模一样，像是这么多年来从没有变过。

而在那一刻，秦子规突然就明白了一个道理。

一直愿意给流浪猫喂最好的罐头的盛衍或许本身并没有错，错的是因为怕以后再也吃不到这么好的罐头，于是连现在的罐头也不愿意吃了的猫。

于是，在那一瞬间，他低头看向盛衍，低声道："小衍，别凶了，我疼。"

第14章 原谅

"你……疼你还不知道躲,是脑子不好吗?"盛衍本来就心疼,听秦子规这么一说,气得直接又骂了一句,骂完,又觉得自己太凶,低下头,放低了点声音,"你就叫我一声,我又不是不知道躲。"

秦子规垂着眼:"巷子太窄,车速太快。"言外之意是,就算他叫了,盛衍也未必能躲开。

盛衍的心就像是被捂在棉花堆里不轻不重地揍了一拳,疼还是疼,可又说不出是哪一种疼,就觉得闷得慌,堵得慌,发酸得慌。

秦子规是什么人,他最了解,就是个锯嘴葫芦,从小到大饿了、疼了、累了、苦了,从来不说,生怕给别人添麻烦。一旦他说疼,那肯定是真疼。

更何况,长了眼睛的都看得出来。

也不知道这是骑了多少年的自行车了,车把甚至要用铁丝固定。光是被自行车撞就已经够疼了,更何况,自行车倒下时还被铁丝划了这么一道大口子。

不疼才怪!活该,用你帮我挡啊?盛衍一边想一边又不愿意被秦子规看出自己的真实情绪,他低下头,用力把秦子规伤口附近的布料撕开,说:"我送你去医院。"

说完,盛衍又转头看向旁边的罪魁祸首,说:"你也跟我们一起去。"

那是个十一二岁的小男孩,很瘦,正蹲在地上收拾着散落了一地的盒饭,听到盛衍的话,茫然地抬起头,"啊"了一声。

盛衍看了一眼地上的包装袋,问:"帮家里送外卖?"

小男孩点了点头。

盛衍把手机递给他:"打个电话跟家里说一声,让他们重做一份再送过去,这份外卖的钱我付,你跟我们一起去医院。"

小男孩没敢接,低下头,小声嗫嚅着道:"我……赔不起医药费。"

如果对方是个成年男性,盛衍都不可能善罢甘休,可偏偏对方是个孩子,还是个可怜的小孩子。他只能努力克制,放轻声音说:"没要你赔,就是一起去检查一下,看有没有伤到哪里,检查也不用你给钱,快点,帮我抱着猫。"

说着,盛衍就把喵喵和自己的手机扔给他,然后站起身,把秦子规的胳膊架到自己肩上,一手扶住秦子规的腰,一手熟门熟路地伸向他的裤兜掏手机。

秦子规本能地向后避了一下。

盛衍没好气地往回一拽:"别乱动,又不会吃了你!"

秦子规倒不是想躲着盛衍,纯粹是因为手机放在另一侧裤兜,盛衍要架着他,动作不便。来回滑落了几次后,秦子规终于忍不住提醒道:"其实,我可以自己来。"

盛衍这才反应过来,他的手又没受伤,便若无其事地收回手:"那你自己来吧,顺便跟主任请个假,免得他又骂我。"

秦子规掏出手机,正准备给主任黄书良和班主任梁洁打电话说一声,才发现经过刚才的那一场小巷惊魂,他的后背已经被汗水浸湿,小腿上的伤口一跳一跳地疼着,呼吸无意识地重了一些。

盛衍看秦子规停住,立刻偏过头,皱着眉,十分担忧地问:"怎么了?

是不是伤到骨头了，走不了了吗？"

秦子规感受着他们之间久违的友好氛围，平心静气、面不改色地道："没怎么，就是疼。"

盛衍想，能让秦子规两次说疼的伤，肯定很严重。

到了医院，检查的过程中，坐在一旁等待的盛衍紧张极了，抻着脖子，探着脑袋，双手紧紧地攥着拳，指甲深深地嵌进掌心，屁股都快挨不着椅子了。看上去，仿佛他才是受伤的那个人。

护士忍着笑，安抚道："小同学，你放心，你的同学没什么大事，不用担心成这样。"

被护士直接戳穿的盛衍立刻红了耳朵，不太好意思地收回视线，坐回原位，嘴硬道："谁担心他了，大男人受点皮肉伤……"

话还没说完，一旁的秦子规就倒吸了一口冷气。

刚刚坐回位子的盛衍立刻直起身，着急地问："怎么了？疼吗？是不是很严重啊？"

护士和医生终于忍不住笑了出来。

就连已经疼得满头冒汗的秦子规也没忍住，低头笑了一下。

意识到自己彻底暴露的盛衍心想，秦子规怎么这么诡计多端啊？

护士也不忍心再逗他，笑着说："放心吧，伤口已经处理好了，破伤风针也打了，回去要注意清理伤口，按时换药，不要碰水，不要用力，避免感染，就没什么大问题了。家里有人照顾吗？"

盛衍想了想，江平最近出差了，秦茹也要每天去公司，况且她照顾秦子规到底不太方便，那就只剩下……

盛衍还没说话，秦子规就接口道："注意事项您直接跟我说吧，我自己可以。"

"那可不行。"护士想都没想，"你的后腰被撞了一下，要按时冷敷，过两天还得换热敷，你一个人怎么弄？腿上的药也要按时换，不能沾水，不能用力,没人照顾怎么行呢?你的家长呢?"

秦子规的表情没什么变化,低头卷着裤腿:"我的家长都比较忙,没人照顾我,而且我从小就很独立,应该能应付……"

"应该什么?"盛衍实在听不下去了,白了他一眼,"我不是人啊?"

秦子规却只是垂着眼,问道:"你不是不愿意理我吗?"

话音刚落,诊疗室里的医生和护士都看向盛衍。

盛衍一愣,他的确还没有原谅秦子规。因为他总觉得,秦子规还没有向他坦白冷战真正的原因。但毕竟秦子规是因为他才会出现在炸鸡店里的,也是因为他的要求才会去追猫的,更是为了救他才会被自行车撞……所以,于情于理,他不亲自照顾秦子规都有点说不过去。

于是,盛衍板着脸,没理秦子规,直接对护士说:"注意事项你都告诉我吧,我和他住一起的,我照顾他。"

"哦。"护士似乎明白了什么,一边写着注意事项,一边问,"你哥哥?兄弟俩闹别扭了?"

盛衍说:"算是吧。"

"那行,这是注意事项和用药事项,其他没什么问题了。再观察半个小时,就可以回家了。"护士把单子递给他。

盛衍接过单子,揣进口袋,又问:"跟我们一起来的那个小孩呢?"

"哦,他的膝盖有点擦伤,已经做过处理了。正抱着猫在外面的长椅上等你们呢。"

盛衍点点头,转身看向秦子规:"你在这儿等我一会儿,我去处理点事。"说完,他快步走出诊疗室。在走廊上,果然看见小男孩正抱着猫老老实实地坐在椅子上。

盛衍走过去,拍了一下他的肩:"姓名,电话,家庭地址。"

小男孩茫然地抬头,"啊"了一声。

盛衍叉着腿在小男孩旁边坐下,点开网购平台,划拉给他看:"给你买一辆你的个头能骑的自行车,不然回头撞到别人,可就没我这么好说话了。"

小男孩刚想拒绝,盛衍就恶狠狠地威胁道:"你要是不收,我就让你赔医药费。"

小男孩只能乖乖地听话,在盛衍选中的自行车后面老老实实地输入了地址。

盛衍收回手机,冷哼一声:"现在知道怕了吧?以后骑车还敢不敢骑这么快?"

小男孩点点头:"嗯,我以后不骑这么快了。但是我不怕。"

"你不怕?"

小男孩一本正经地解释道:"我是不怕,哥哥,你就是嗓门大、眼睛大,看上去凶,实际上一点都不吓人。"

自认为威震八方的"实外"不良少年盛衍同学觉得这小孩肯定是没见识到自己的厉害。

还不等他反驳,小男孩就又说:"不过,哥哥,你以后还是别假装这么凶了。"

盛衍一愣。

小男孩认真地说:"你明明就很关心另一个哥哥,但你非要凶他,凶久了,他肯定会难过的。"

"呵呵,我才不关心他。"盛衍的双臂搭上长椅的椅背,别过头,一脸傲慢的表情。

没想到,小男孩却说:"哥哥,你好幼稚。"

盛衍目瞪口呆,没想到竟然被小孩儿吐槽了。

"我没骗你,我骑车时看到了,你在前面走,那个哥哥就在后面看着你,看上去特别难过的样子,你们是不是吵架了?"小男孩抱着猫,弯着腰,侧过头来看盛衍的脸,眨巴了两下眼睛。

盛衍搭在椅背上的手,僵住了。

原来秦子规也会难过啊。他一直在为去年莫名其妙地被疏远,一直在冷战的事情感到委屈,一直介意秦子规到底为什么这么做?却从来没想过秦子规为什么会在遇到危险时冲上来保护自己,也没想过自己一次次冷着脸发脾气会不会让秦子规感到难过。想到秦子规难过时的表情,盛衍的心里就特别不是滋味。

他收回思绪,抚上小男孩的脑袋轻轻揉了一下,说:"行了,小孩子家家的,一天到晚想这么多干什么?赶快回家吧,别让大人担心。"说完,他从小男孩手里接回猫,走回诊疗室。

然而,刚走到诊疗室的门口,就听见里面传来熟悉的温婉的声音,是秦茹收到消息后,终于赶来了。

秦茹心疼得都有点哽咽了,道:"你说你这孩子,怎么这么不小心啊?肯定疼死了,万一留疤了可怎么办?"

秦子规倒是一如既往地冷静,还安慰秦茹:"放心吧,小姨,没事的,医生说两三天差不多就能正常活动了。"

"没事,没事,你说什么都是没事,你怎么就不能跟别人家孩子一样,疼了、委屈了就撒撒娇?"秦茹这次是真的很难过。

秦子规安慰了好几句,才说:"小姨,我能跟你商量件事吗?"

秦茹想都没想:"你说。"

"我们家能养猫吗?"

这话一说出来,屋里的秦茹和门外的盛衍都愣住了。

秦子规继续说:"是一只三四个月大的小橘猫,会做好体检、打好疫苗再带回家,教它上厕所,喂猫粮,收拾猫毛、猫砂这些都是我来负责,不会给你和姨夫添麻烦的。"

"不是,你突然问这个干什么?"秦茹有些没搞懂,"我和你姨夫倒是都还挺喜欢猫的,但是你不是不喜欢养宠物吗?总说它们不能陪你太久,养了容易伤心。"

因为许女士不准盛衍养宠物,盛衍就只能央求秦子规帮他,养过两只仓鼠、一只小兔子和一只乌龟,最后都没养活,秦子规就不愿意再养了。

秦子规说,总是要离开的,就没必要带来。

从那以后,两家人也的确再也没有养过宠物。

怎么现在突然又愿意养了?

盛衍低头瞪着怀里的小橘猫,正试图用眼神质问"你这只小土橘到底有什么魅力",里面就传来秦子规的话:"因为盛衍喜欢。"

盛衍瞪着小橘猫的动作一顿。

小橘猫眯了眯眼睛,开始反瞪回他。

屋里的秦子规还在继续解释:"盛衍很喜欢那只小猫,但是许姨对猫毛过敏,不能养。我怕在外面散养,如果小猫再跑了,盛衍会难过。不如我帮他养,可以吗,小姨?"

秦子规从小就是最懂事的孩子,因为他知道自己是寄人篱下,所以几乎不会提任何额外的要求,如果有,那无一例外,都和盛衍有关。

秦茹长长地叹了口气:"你啊,小时候,盛衍说用三元两角钱把你买回去,你还真就被他买回去了,这买卖做得真划算……"

盛衍则低头看着小土橘,半晌,试探地问:"你说……我看在你的面子上,暂时原谅他,怎么样?"

小土橘懒洋洋地别过脑袋,压根儿不想理他。

然后,盛衍十分勉强地点了点头:"行吧,既然你都这么努力地劝我了,那我就勉为其难地答应了吧。"

恰好在此时,小土橘又回过头来看他,好像是在质问。

盛衍做贼心虚地捂住它的眼睛:"你别看我,大人的一切决定都是为了孩子,而且我只是暂时原谅他。"

就只是暂时原谅而已。

而且，还不能告诉秦子规，不然，这只臭鸟又要开始管他了。

盛衍想着，下定决心般地掏出手机，点开"心想事成"小程序的留言板，输入：请问我可以撤回离开风水宝地的愿望，重新许一个吗？

系统回复得很快：宿主请吩咐。

希望秦子规的伤可以快点好，也别那么疼了。

就只是这么偷偷地原谅一下下而已，反正又没人知道。盛衍觉得自己非常酷。

而门的那头，秦子规的手机响了。

第15章 试试

的确没人知道,但有鸟知道。

不是好鸟的那种鸟。

秦子规坐在病床上,看到系统后台接收到的那条"希望秦子规的伤可以快点好,也别那么疼了"的消息时,不易察觉地笑了一下,然后,轻按批准键。

门外的盛衍终于松了口气。

没想到,这个许愿系统还挺人性化,虽然一周只有两次许愿机会,但没有实现的愿望居然还可以撤回重来。

他其实本来是想直接许愿让秦子规马上痊愈的,但又觉得这种过于异常的愿望会被系统驳回,只好循序渐进。

好在系统答应了,那能少疼一点,总归也是好的。

盛衍想到秦子规刚才一言不发却疼得满头是汗的样子,指尖敲着手机边沿,心里有点没准。

这个小程序发布的任务虽然不违法,但也有点捉摸不透。

比如,同样是初级愿望的初级任务,罚抄校规那次是和秦子规一起彻夜长谈就行。可这次许下离开风水宝地的愿望却要求全科考试及格,难度完全不固定,也没有规律可循。

所以,如果这次任务比较简单还好,如果任务太难……

算了,难就难吧,再难能难上天去?

他盛衍是谁?只要不违法犯罪,就绝对没有他做不到的,就算上九天揽月,下五洋捉鳖,他也没……

盛衍还没立完 flag,屏幕上就弹出了消息——*心愿任务:二十四小时内贴身照顾秦子规,满足对方所有需求,寸步不离,禁止发火。*

盛衍愣在当场。照顾就照顾,什么叫贴身照顾,还要满足所有需求,禁止发火?

这个小程序是不知道秦子规有多气人?二十四小时寸步不离怎么可能不发火?这种垃圾任务根本不可能完成!

盛衍气哼哼地点击领取任务。

算了,他不跟鸟类一般见识,既然已经决定知恩图报,就一报到底,就当给橘猫几分薄面。

正想着,门"吱呀"一声打开了。

盛衍抬头一看,是秦茹站在门口,于是抱着猫打着招呼:"秦姨。"

秦茹低头看见盛衍手里的猫,笑了笑:"这就是子规说要养的猫吧?"

"啊?哦,应该是吧。"盛衍想假装自己并没有听到他们的对话,却装得很不自然。

好在秦茹也没在意,只是低头看猫。

这只猫虽然瘦了点,脏了点,也不是什么纯种猫,但胜在一双眼睛又黑又亮又圆,显得格外机灵。倒是一只很好看很讨喜的小猫,难怪盛衍会喜欢。

秦茹本来就喜欢小动物和花花草草,又是鲜少提出要求的秦子规说要养,再看到这只猫的确招人喜欢,自然没有拒绝的道理。她摸了摸小猫的脑袋问:"这猫叫什么名字?"

盛衍本来想说叫喵喵，突然想起那天自己在小巷子里叫喵喵被抓包的场景，于是，话锋一转，道："它是一只小公猫，叫 Cuckoo。"

秦茹以为自己听错了，又确认了一遍："哭哭？"

盛衍无视掉不远处秦子规微微眯着眼睛朝他投来的质问眼神，笃定地点头："嗯，就叫 Cuckoo，c，u，c，k，o，o 的那个 Cuckoo。"

中文翻译，杜鹃。

秦茹回头看向秦子规："你觉得呢？"

秦子规只是倚在病床上看着盛衍，眼眸微眯，看上去不怎么满意。

盛衍心虚地抬了抬下巴，以示自己并不打算退让。

秦茹正准备开口劝，秦子规就收回视线，点头同意："行，那就叫 Cuckoo 吧。"

刚想劝架的秦茹一愣，问："这就妥协了？"她算是明白了，盛衍的爱好就是挑战秦子规的底线，而秦子规的爱好就是不停地改变自己的底线，兄弟俩的游戏，没她这个当长辈的事儿。

"行，你们说叫 Cuckoo 那就叫 Cuckoo，那我先带它去宠物医院体检，买些该买的东西，你们先回家，我让司机送你们。"秦茹顺手从盛衍怀里接过了这只刚被赐名杜鹃的小猫。

这只猫平时和盛衍单独在一起时，要多嚣张有多嚣张，简直就是后街小巷之王。

被秦茹抱在怀里时，就像是感知到谁才是真正的主人，立刻软了下来，扒着秦茹的手掌，脑袋乖乖地蹭了两下，逗得秦茹喜欢得不行，抱着它高兴地走了。

盛衍忍不住嘀咕了一句："这猫怎么还有两副面孔啊？"

秦子规懒洋洋地把腿从床上挪下来，低头整理裤腿："估计是跟他的主人学的。"

盛衍回头："你什么意思？"

秦子规面不改色地道："夸你在外面有威严，在家尊重长辈的意思。"

是这么个意思吗？

还没等盛衍想明白，就听到倒吸冷气的声音，抬眼一看，是秦子规下床时，左腿着地一用力，拉扯到了伤口。

盛衍顿时也顾不上想其他的了，忙走上前一把扶住，急声呵斥道："看不到我站在那儿喘气啊？"

秦子规垂着眼，似乎答得漫不经心："我以为你嫌我烦。"

盛衍手上一顿，然后低下头，故作没好气地说："烦是烦，但我又不是没良心，说了要照顾你，说到做到。不过，你别得寸进尺啊，不然别怪我不仗义。"

盛衍一边说一边恶狠狠地威胁着。好像只要秦子规敢进一步，他就能直接甩手走人一样。

如果没有收到盛衍偷偷许的愿望和他毫不犹豫地接受了任务的通知，秦子规可能真的就信了。但现在对上盛衍凶巴巴的表情，只觉得他的眸子真漂亮，颜色偏浅，干净澄澈得没有一丝杂质，像块剔透的琉璃，衬得别人的龌龊心思都污浊无比。

于是秦子规垂眸对上他的视线半晌后，移开视线："嗯，行，听你的。"不得寸进尺，只要能够原谅他，和以前一样多理他，多和他撒娇就够了。

秦子规布置任务的目的就是这么简单，给嘴硬心软的盛衍一个名正言顺的，可以心软地照顾他的理由。

秦子规其实伤得不算重，只是左腿不能用力，不然伤口容易裂开，所以站立和行走都需要有人扶着。但从小被宠大的盛衍，哪里会照顾人，虽说已经尽可能小心了，但手上难免没个轻重，再加上炎炎烈日，等好不容易到了家，两个人的衣服差不多都湿透了。盛衍终于如释重负地往秦子规的小沙发上一趴，侧过头，懒洋洋地质问道："秦子规，你到底对我有什么意见？我一路上那么辛苦，你理都不理我。"

秦子规这一天先是被一句"子规不是好鸟"气得哭笑不得，后又急急忙忙去给盛衍送手机，紧接着被自行车撞，进医院，折腾了一身汗，本来就有洁癖的他还真顾不得接某个变相求表扬的小孩的话，只是拿出一件干净衣服，准备进浴室，好好洗个澡。结果刚走两步，就听到动静，回头一看，已经累得躺下的盛衍已经又哼哼唧唧地站起来了。

看盛衍的动作，他不由得低声道："你休息会儿，我先去洗澡换衣服。"

盛衍却揉了揉肩膀："我知道啊，不然我起来干什么？"

盛衍一挑眉："我不起来谁扶你，你没听见医生说你的腿不能沾水吗？"

秦子规："不用。"

"那怎么能行？"盛衍心想小程序的任务说了是寸步不离，就只能是寸步不离，随即理直气壮地说，"卫生间的地那么滑，你的腿又不能用力，又不能沾水，万一摔了或者感染了怎么办？"

秦子规回答得干脆："我不会摔。"

盛衍突然间恍然大悟道："秦子规，你该不会是不好意思了吧？"

一口浊气突然堵在心头，秦子规什么话也不想说了。

"不好意思就直接说，我又不会嘲笑你。"盛衍觉得自己简直是最仗义的好兄弟了。

秦子规的脸色比上午听到"子规不是好鸟"时还要黑。

盛衍笑够了，抬起下巴冷哼一声："反正我是在尽一个护工的基本义务。"

第16章
变化

秦子规对盛衍的反应毫不意外，面不改色地打开浴室门，把干净衣服放在架子上后，双手就搭上 T 恤下摆，正准备掀起来。

盛衍感到非常愤怒，明明两个人从小就是吃一锅饭长大的，秦子规还会把好吃的让给他，怎么秦子规就长得比他高，比他壮呢！自己不仅个子比不过，肌肉也没有，于是飞快地扔出一句："行了，多大人了，幼不幼稚，你要自己洗就自己洗，我还懒得伺候了呢。"说完，就"嘭"的一声关上了浴室门。

门内的秦子规低头无奈地笑了一下，有些人真是挑衅的时候比谁都厉害，等到一见真章的时候跑得比谁都快。

而门外的盛衍则长长地呼出了一口气。虽然他非常看不惯秦子规，但是也不得不承认，秦子规的身材正是自己理想的样子。

由于自幼肠胃不好，所以盛衍自脱离了婴儿肥时期开始就一直很瘦，长大后因为运动，体质好了，但整个身形骨架和秦子规相比，始终是单薄许多。

盛衍低下头，撩开衣服，偷偷看了一眼自己的腹肌，其实也有，线条也很漂亮，就是比不上秦子规的。

再想到他每次和秦子规对峙,都得仰着头。盛衍突然有点生气,但又毫无办法,只能安慰自己,算了,他比秦子规小一岁,还会长的。

然后板着脸打开秦子规房间里的小冰箱,从里面拿出一袋牛奶,叼在嘴里,窝进离浴室最近的沙发,勉强维持了"寸步"的距离后,打开了手机。

本来是想谴责一下朱鹏、苟悠中午把他独自扔在炸鸡店,害他不得不向秦子规求救的恶劣行径,结果刚打开手机,就看到(六)班小群里消息爆炸式地涌出来,喊他的更是数不胜数。

苟狗能有什么坏心眼呢:衍哥,我听说你把秦子规打进医院了?

天鹏大猪猪:衍哥,不是吧?衍哥这么勇?

路人甲:必然是真的,我今天亲耳听见主任对梁洁说"秦子规被盛衍那小子坑进医院了,两个人今天都请假",保证是原话,一字不差。

路人乙:战争终究还是爆发了?

路人丙:而且还是以盛衍碾压式的胜利而告终?那我们(六)班不是长脸了?

路人丁:不愧是我衍哥,"实外"扛把子,南雾第一帅,打个秦子规,分分钟不在话下,厉害!

路人甲:而且是腿都打废了的程度,谁不说我们衍哥勇?

盛衍看着满屏幕的消息,有点无语,这些谣言到底都是怎么传出来的?

盛衍正准备解释,突然一个顶着白衬衫背影头像的女生喊他:盛衍!你真的把我"男神"打了?

但盛衍没明白,问道:你"男神"是谁?

喊话盛衍的女生叫喻晨,因为(六)班总共就七个女生,喻晨长得漂亮,又是性格最开朗的那个,所以朱鹏、苟悠平时没事总是一口一个"班花"地叫着,盛衍倒是和她不太熟。

不过，（六）班全体成员的"男神"难道不该是自己吗？

盛衍不满地点了两下手机。

然后屏幕上又弹出一长串感叹号：我"男神"还能是谁？你看我头像啊！必然是秦子规啊！！全年级除了他还有谁能是我的"男神"！！！"

盛衍第一次觉得眼睛要被惊叹号闪瞎了。但让他更不爽的是"秦子规"这三个字。等到他点开喻晨的头像，发现那个白衬衫的背影果然是秦子规时，不爽的心情就更加明显了。

秦子规怎么就成"男神"了？

盛衍说不清为什么不爽，忍不住回复道：他全身上下，从头到脚，哪个地方像"男神"了？

消息刚发出去，喻晨立刻回复：他全身上下，从头到脚，哪个地方不像"男神"了啊？

喻晨继续疯狂地发消息：他个子高，长得又帅，成绩又好，会写代码，气质还很高冷，白衬衫永远干干净净的，说他一句完美都不为过好吧？他怎么就不像"男神"了？所以，你到底把我"男神"那双完美的长腿怎么了？

盛衍心想，你"男神"那双长腿为了保护我不小心瘸了。但他并没有发送出去，只是看着喻晨发来的那条消息陷入了沉思。

秦子规高吗？

还行，一米八八的样子，估计两三年后，他也差不多能长那么高。

长得帅吗？

就那样吧，比自己稍微差那么一点点。

成绩……

算了，男人不说成绩。

代码……

男人也不说代码。

至于身材……

不知道为什么，盛衍突然就想到了刚才在浴室里的那一幕，也就那样吧。

"盛衍，帮我拿一下吹风机。"

还没等盛衍对比出结果，身后突然就传来秦子规的声音。盛衍被吓得手一滑，手机直接掉到地上。他捡起手机回头一看，此时，秦子规已经洗完了，正靠着门框，等他给拿吹风机。

秦子规的头发已经擦过了，半干半湿，发尾滴答着一些细碎的水珠，额发向后拢着，少年的眉眼轮廓已然成熟。

那个瞬间，盛衍恍惚觉得，眼前的秦子规和喻晨口中的"男神"对上了，却和自己记忆中的秦子规相去甚远。或许是他和秦子规朝夕相处，以至于对彼此的变化毫无察觉，直到某天突然被旁观者提醒，再去看时，才发现对方似乎在没有察觉的时候早已蜕变成另一副模样。说不上好还是坏，就是感觉哪里有些不同了。

盛衍并不是感觉很敏锐的人，所以无法厘清具体的变化，直觉告诉他，这种他无法言说的变化，或许就是他和秦子规矛盾的根源。

盛衍想得有些愣神。

秦子规见状又叫了一声，盛衍这才叼着牛奶，应了一句："什么？"

"吹风机。"秦子规并不介意盛衍走神了，很有耐心地重复了一遍，"我放在右边床头柜的抽屉里了，腿疼，不方便，你能不能帮我拿一下？"

"哦，好。"盛衍放下牛奶袋子，趿上拖鞋，向床头柜走去。

只不过左右不分，还没等秦子规出声阻止，就已经拉开了左边的床头柜。他看见里面的东西，皱着眉愣在原地。

里面除了一个类似于相片压膜包装的东西之外，什么也没有。

而透明薄膜里装着的也不是照片，是三张二零零四年发行的一元纸币和两枚二零零五年发行的一角硬币。其中一张一元纸币已经皱得不成样子。那是因为放在小裤兜里被姥姥洗衣服一起洗了，重新掏出来晾干的。

盛衍回过头，难以置信地问："这就是那三元两角钱？"

秦子规见被盛衍撞破，也不再隐瞒，"嗯"了一声。

他被带回南雾的那一年，正好是这版人民币发行的第二年。

那一年，为了追求爱情而和娘家断绝关系的母亲因车祸去世，而她瞎了眼看上的男人则像扔垃圾一样把他扔在大院的门口，也不等有人来接，就一走了之。那时候他很瘦，不爱说话，穿着不算合身的衣服，第一次来到这个潮湿闷热的陌生城市，然后独自沉默地站在七月的烈阳底下，站了整整一下午，等人来接他。那时候他就想，只要有人来接他，只要有人愿意要他，无论是谁，只要有人愿意要他，他都愿意感谢一辈子，他就这么一直祈祷着。然后，他等到了盛衍。

当时的盛衍像个小奶团子，皮肤雪白，漂亮得看不出来是男孩还是女孩，穿着一件很好看的背带裤，摇摇摆摆地从繁丽浓艳的蔷薇花丛中跑出来，带着夏日的明媚的阳光，捧着一朵花，递给他，脑袋一歪，笑得眉眼弯弯："哥哥，花花送给你，你愿意来我家吃饭吗？"

他当然是愿意的，可那时的他生怕自己成为累赘，怕自己只会给盛家和秦家带来麻烦。所以，后来那个男人又回来的时候，他紧紧地拉住男人的手，问对方能不能带自己走。那个男人沉默地看了他很久，然后一根一根地、用力地掰开他的手指，说："子规，对不起，爸爸实在不能要你。"

他的手指当时被掰得生疼，疼得他不知何时流出泪来，那个男人还是没有放轻一点力道。那么决绝，似乎毫无留恋，毫不犹豫，似乎他真的就只是一个没用的垃圾。起码那个时候的秦子规是这么想的，他觉得全世界没人会要自己。然而，那天本来应该睡着的、即将过生日的盛小衍却在夜色里，迈着两条小短腿一路吃力又笨拙地从他家门口跌跌撞撞地追到了小区门口，满脸都挂着泪花。

盛小衍跑到他面前，挡住他，踮起脚，把这三元两角钱尽可能高地捧到那个男人眼前，一边忍着哭腔一边打着哭嗝说："我听姨姨说，你想要好多好多钱，那我把我所有的钱都给你，你不要带子规哥哥走好不好？小衍求求你了。"于是，那一年盛衍许的"子规哥哥永远不要走"的生日愿望实现了。

也是那一年，秦子规决定，既然老天爷已经听到了他在那个七月午后的卑微祈祷，那他就要好好履行自己的诺言。所以两家大人才总是笑话他，盛衍用三元两角钱就把他买回去了，这买卖做得真是划算。而这三元两角钱也就一直被他收藏到现在，没有告诉任何人。

如果不是因为秦子规今天受了伤，行动不便，来不及阻止某个左右不分的糊涂蛋，这个秘密肯定还不会被人发现。

"你留着这玩意儿干什么？"盛衍拿起来看了看，没搞懂。

秦子规散漫地说："收藏，等过个几百年留给子孙后代发财用。"

盛衍经过短暂的思考，竟然认真地点头："有道理，回头我也去搞一个。"

本来只是随口胡说，结果对方还真信了。秦子规突然觉得自己担心被盛衍看穿心思这件事纯属多虑。有人竟然可以好骗到这种程度，也是很匪夷所思。

盛衍把三元两角钱放回原位，去另一侧的床头柜拿了吹风机，递给秦子规，又重新窝回沙发里开始玩手机。

群里的消息已经从男生夸赞他，到喻晨声讨他，又发展到了对秦子规的八卦。

班长喻晨：说实话，虽然秦子规是个多面手，但是我更佩服他的学习成绩，从来没考过第二啊！

路人甲：我感觉秦子规的生活除了学习，就是学习。

路人乙：秦子规的生活，除了学习，还有从前的衍哥。"

班长喻晨：你是说把腿打折送去医院这种生活吗？

路人乙：不是，我是说以前，初中我跟他俩是一个班的，那时候他俩跟亲兄弟似的。

班长喻晨：还有这么一段？

路人乙：可不是，不过已经是过去式了，现在的他们……不提也罢。

天鹏大猪猪：不提也罢。

苟狗能有什么坏心眼呢：不提也罢。

班长喻晨：不提也罢。

盛衍看着满屏幕的"不提也罢"，有些纳闷。怎么就不提也罢了？

还没等他表达不满，群里又有人发了言。

路人乙：不过这么说的话，秦子规真是个好哥哥、好兄弟。

班长喻晨：展开说说？

路人乙：具体的我也不清楚，我只能粗略地讲述一下我的所见所闻，反正如果我没记错的话，吃早饭帮忙剥鸡蛋壳，吃午饭帮忙挑胡萝卜，夏天永远有凉水，冬天永远有热水，对方生病发烧永远照顾着对方，就连上课睡觉都帮忙打蚊子，谁不想要这样的中国好哥哥？

班长喻晨：真的假的？

路人乙：我骗你干什么？

班长喻晨：你这么一说我忽然觉得有这么个哥哥也不错！

天鹏大猪猪：臣附议。

后面的消息，盛衍越看越烦躁。

盛衍心想，他们说的秦子规和自己认识的那个人工智能冷漠脸是一个人吗？

于是，他"噌"地站起身，一把拉开浴室门，冲着正在吹头发的秦子规喊道:"秦子规!"

秦子规关上吹风机,回过头。柔顺垂下的黑发和白色 T 恤显得他整个人有种罕见的温和,还真是个"暖男"?

盛衍就更生气了:"你是我花三元两角钱买回来的,证据都还在抽屉里呢!"

秦子规没明白:"嗯,然后呢?"

"然后……"盛衍看见了秦子规受伤的腿,想起来自己刚许过愿,要让秦子规早点好,所以不能发火,而且他也没搞清楚自己发火的缘由。

于是,一赌气,盛衍理不直气也壮地喊道:"你以后不准穿白色的了!"

一柜子衣服基本全是黑白二色的秦子规一头雾水。

第17章
很帅

尽管不知道盛小衍突然又在闹什么脾气，但秦子规还是心平气和地提示道："我不介意你因为三元两角钱就对我行使穿衣搭配干预权，但是我不得不提醒一句，校服的衬衣只有白色的。"

盛衍又重复了一遍："校服？"他低头点开喻晨的头像确认了一下，好吧，秦子规穿的确实是校服衬衣。

身材修长挺拔的白衬衣少年走在落日沉沉的梧桐树荫里，猛地看上去，跟青春校园电影的海报似的。

但是"实外"的校服衬衣因为版型太大，布料太松垮，而这个年纪的男生大部分都瘦得跟竹竿似的，所以一直被戏称为"实外"专属麻袋。盛衍嫌弃得很，基本上就没穿过，怎么秦子规穿着就这么合适？

盛衍又怀疑地抬头看了一眼秦子规，然后就看见了他优越的肩宽，再越过他看向身后的镜子，然后又看见了镜子里自己明显还属于少年人特有的单薄肩骨。

经过短暂而沉默的对比后，盛衍敢肯定，秦子规是背着他偷偷补钙了！

盛衍终于找到了自己生气的理由，于是理直气壮地无理取闹："那你不会不穿校服？"

秦子规感到有些纳闷，他实在不太明白，盛衍怎么突然就跟白衬衣杠上了？但他无所谓，便漫不经心地点了点头："行，你说什么就是什么。"

然后他弯腰从柜子里拿出一条新浴巾："去洗澡，换衣服，别感冒。"

盛衍本来并不觉得，被秦子规一说，才觉得身上黏糊糊的。他一口气喝光袋子里的牛奶，随手把包装袋一团，扔进垃圾桶里，再把看上去几乎已经无法自如行走的秦子规同学扶回床上后，拎起自己的睡衣进了浴室。

关上浴室门，浴室里很快传来稀里哗啦的水声。

秦子规按照盛小衍的吩咐，换了件黑色 T 恤，走到书桌前，拿起手机，正准备问陈逾白今天作业是什么，门铃就被人按响。

"老秦，秦哥，秦大会长，开门，我代表组织来给你送温暖了。"门外传来陈逾白揶揄的声音。

秦子规以基本还算正常的步伐慢条斯理地穿过走廊和餐厅，打开门，看着门外背上一个书包，左手一个书包，右手还有一个书包的陈逾白，问："你怎么来了？"

陈逾白举起自己手里的两个书包，挑了挑眉，说："你们的作业，主任让我给你们送来了。并且让我转告盛衍，三天内请了两次假，这种行为就叫懒驴上磨屎尿多，所以为了对他表示督促，要求他今天必须自主修订完期末考试所有科目的卷子，不然就把这次考试的所有错题抄十遍。"

秦子规接过书包，又问："我不是和他一起请的假吗？主任怎么说？"

"哦，至于你，主任就说好好休息，养好身体，磨刀不误砍柴工。"陈逾白的语速向来慢悠悠的，带着一种格外散漫、不在意的调侃。

秦子规听着微微蹙起了眉，像是对黄书良这种偏袒的态度并不怎么满意。

陈逾白知道他是在替盛衍不满，但不太想掺和他们俩的事，就没再顺着这个话题说下去，只是瞄了眼秦子规那两条好端端地站在地上的大长腿，问："没瘸？"

秦子规面不改色地道："瘸了。"

陈逾白耸了耸肩，说："好吧。"

默契的沉默。

陈逾白又说："需要兄弟配合演出的你尽管提。"

秦子规才懒得搭理他："你能少添点乱就行。"

"那哪能添乱啊？"陈逾白自诩是最佳队友，"不过说到这个，我倒是有个东西不知当给不当给。"

秦子规略一挑眉。

陈逾白从书包里掏出一杯奶茶："（六）班的喻晨委托我转交给你的，说是因为盛衍把你打了，她身为班长，要替同学向你赔罪。"

"盛衍把我打了？"秦子规敏锐地捕捉到重点。

陈逾白"嗯"了一声："现在学校里就是这么传的，说是因为你抓到盛衍逃课，害得他被主任罚抄学生守则，他又嘲讽你不是好鸟……你们两个人中午就约在后街打起来了，然后双双打进医院，从此结下血海深仇，势不两立。"

对于学校里的传言，秦子规向来不怎么在意，突然问道："喻晨是谁？"发问的神情格外认真。

陈逾白颇为无奈，心想，秦子规这辈子可能就只认识姓盛的那个倒霉弟弟。他拿出手机，点开喻晨的微信名片，举到秦子规的眼前，好心地解释："就是这个女同学，（六）班的班长，一心把你当'男神'，微信头像都是你，说是要激励自己从（六）班考进重点大学，你能不能有点心？"

秦子规没太在意陈逾白说了些什么，只是注意到这个女孩儿的微信头像是自己。穿白衬衣的自己。这女孩还是（六）班的，和盛衍认识。

那一刻，秦子规似乎明白了刚才盛衍突然间发脾气是从何而来。只是具体是因为什么，他还不能确定。

盛衍上辈子大概是河豚成精，什么奇思怪想都有可能突然参开。

不过这个口味的奶茶倒是盛衍喜欢喝的。

也不知道喝了后能不能消点气。

这么一想，秦子规从陈逾白手里接过奶茶，说："这杯奶茶我收了，你再帮我买一杯一样的给那个女孩还回去，就说我没收。"

陈逾白刚想发问，屋里就传来盛衍的声音："秦子规！人呢？"

秦子规听到动静，直接板着脸，毫不犹豫地关上房门，回头应道："我在。"

只剩下门外猝不及防的陈逾白在心里咒骂，过河拆桥，秦子规还是不是人？

刚洗完澡，正擦着头发的盛衍并不知道发生了什么，刚走出房间，就看见秦子规靠着门，微屈着那只受伤的腿，看上去有点不舒服的样子。他皱着眉问："你腿都这样了，乱跑什么？"

"黄书良让陈逾白给咱们送作业来了。"秦子规说着，顺便转达了一下主任给盛衍布置的作业及惩罚。

盛衍听完后，如遭雷击，愣在当场。直到看见秦子规弯腰拎起书包时，才反应过来，扔下毛巾："你别乱动。"然后，盛衍一手拎着书包，一手扶着"柔弱无比"的秦子规，回了房间。

扶着秦子规坐到床上，正准备教育一下他要有伤者的自觉，没事不要乱跑。结果还没来得及说话，眼角的余光就瞥到了秦子规手里的奶茶，便咽下去关心的话，变成质问："奶茶哪儿来的？"

秦子规还没开口。

盛衍就想到了，问道："喻晨让陈逾白送的？"

秦子规一时不知道该怎么解释。

就这个短暂的犹豫，盛衍直接定性为默认。一种极致不爽的情绪充斥在他身体的每个细胞里，忍不住嘀咕了一句："垃圾！"

秦子规搞不懂自己怎么又变成垃圾了。

盛衍气呼呼地说："喝你的奶茶去！二十四小时之内都别跟我说话！不要影响我学习！"

说完，拎起书包用力地往书桌上一扔，掏出卷子，背对着秦子规坐下。看那个架势，是真的不想和秦子规说话了。

秦子规看了看手里的奶茶，不知道盛衍到底是和喻晨有过节，还是因为喻晨觉得自己是"男神"而不服气，又或者是其他什么原因。

只是怕好不容易和盛衍缓和了一些的关系又因为一个误会重新闹僵。于是，他抿了下嘴唇，垂下眼，将奶茶放在盛衍转身就能拿到的地方，没再说话。

盛衍更生气了，又想起小程序布置的任务是二十四小时内不能发火，想摔门走人，又还要贴身照顾，气得要死还不能发泄，只能抄起笔，唰唰唰地写起卷子。

但没写两下，就写不下去了。卷子好难！

虽然他和秦子规的作业看上去一样，都是修订期末考试的卷子，但实际上，有质的差别。

满分七百五十分，秦子规考了七百二十三分，语文作文扣了四分，主观分析题扣了六分，英语作文扣了两分，阅读理解扣了五分，数学最后的方程题错了扣了10分。

而盛衍考了三百二十七分，除去主观题和作文，没做错的、不需要修订的，寥寥无几。

所以两个人，一个人倚在床头，屈着腿，漫不经心地转着笔，心里想着很重要的东西，想得出了神。

而另一个人则趴在桌子上，看着漫山遍野的红叉，一头软毛暴躁地抓成鸡窝，觉得自己的脑袋嗡嗡作响。

盛衍觉得，主任布置的作业既不科学又不合理。他如果知道如何修订卷子，就得知道正确答案。如果他都知道正确答案了，那考试的时候怎么可能还会写错？仅仅过了两天，这些本来就不会的题，难道突然就能会了？这么简单的逻辑，主任怎么就不懂呢？

盛衍翻来覆去地看着试卷，怎么看怎么不会，越看越烦躁。

本来想去问秦子规，结果一回头，就看见他靠着床头，架了副银边眼镜，屈着那条大长腿，微低着头，皮肤被黑色T恤衬得越发显白，漆黑的眉眼也显得越发阴郁，整个人好像是电视剧里的斯文败类，变得更好看了，盛衍顿时就更生气了。

一天到晚就知道耍帅，然后招蜂引蝶的垃圾！

中午给他买的超大杯超多料的奶茶他一口都没喝，结果转头就收了别人的奶茶。

这不是区别对待是什么？

这不是重色轻友是什么？

好生气！

盛衍也不知道他到底在气什么，只是想到秦子规以后如果交了女朋友了，肯定就会疏远他，也不会像以前那样对他好了。其实从心理学的范畴讲，这应该就是小孩子的占有欲。

盛衍自己和自己赌气，就是不想跟秦子规说话，更不想向秦子规求救。可惜的是，如果他不向秦子规求救，这些题他就不会做，不会做就写不完作业，写不完又要抄十遍错题……

而且，许愿系统的额度要到下周一才能刷新，中间这几天到底要怎么熬啊？

盛衍趴在桌子上，满脸都挂着绝望和烦躁。

早知道就不把许愿的机会浪费在秦子规这个只值三元两角钱的、没良心的斯文败类身上了，还不如就许愿下次考试每科都能及格呢。

虽然盛衍这么想，却没有更换愿望的意思。半点都没有。

只是想到下次考试每科都要及格的时候，突然愣了一下，然后猛地起身！

为了考试及格，苟悠不是给他介绍了一个"帅神"吗？

问"帅神"啊！

盛衍觉得自己简直就是世界第一小聪明，毕竟能用钱解决的问题就都不是问题，于是立刻掏出手机，点开天下第一大帅哥的头像，发送消息。

S.：在？

对面回复得很快：嗯？

S.：看在我给的《哈利波特》是英文精装版的分上，赠送我个试卷错题修正服务呗？

天下第一大帅哥：你等等，我考虑一下。

盛衍一愣，这有什么好考虑的，行就行，不行就算呗？

盛衍想了想，直接发送：如果不想赠送的话，我可以再用一张全英文脱口秀门票换。

然而过了一会儿，对面却回复道：这不是想不想的问题。

天下第一大帅哥：主要是档期问题。

天下第一大帅哥：我最近确实没有时间，不过你如果很着急的话，倒也不是没有办法。

S.：说来听听。

天下第一大帅哥：我这有个好人选可以介绍给你，他和你一届的，成绩也非常好，就是身世很可怜，所以可能比我更需要这项业务。你要是愿意的话，就加这个号。

天下第一大帅哥：推送名片"天下第一小可怜"。

盛衍点开名片，看着同款头像和ID，心想，真不愧是一个团队的，看上去都这么不靠谱。不过，他也没什么资格挑三拣四的了，飞快地回复了个"行，谢了"，就申请添加好友。

对方大概是已经和"天下第一大帅哥"沟通过了，好友申请通过得很快。

盛衍也单刀直入，懒得废话，直接把报酬和自己卷子的照片发了过去，然后问：兄弟，没问题吧？我们"实外"的卷子可能比其他学校都难，你要是不会就直说。

盛衍说的也是实话，因为"实外"一向是超纲教学，自主出题，考试难度比普通的公立市重点中学都要高出一大截，所以外校的学霸放到"实外"来很有可能就是个中等水平，一些大题未必会做。

然而对方却回答得简洁有力：不难，很简单。

天下第一小可怜：我最少能考七百二十分。

S.：兄弟，别吹牛，我最好的哥们儿，每次市联考的第一名，做这套卷子也就七百二十三分，你能比他强？

天下第一小可怜：既然他这么强，那你为什么不找他？

S.：不熟。

天下第一小可怜：不是最好的哥们儿吗？

盛衍觉得对方不怎么会聊天。他低头飞快地打字，正准备回复：我们生意场上，能不能别谈私事。

对方就先发过来一条：闹别扭了？

盛衍一愣。

很快，对方又发送过来：如果你不介意的话，其实可以和我聊聊，因为最近我最好的朋友也在和我闹别扭，说不定我们可以感同身受一下。

然后，又补充了一条：毕竟有些话熟人之间不好说，陌生人之间反而能说出口，而且当局者迷，旁观者清，万一能有点用呢。

　　盛衍平时不是那种爱和别人交流情绪问题的人，因为他的情绪一向直接鲜明，来得快也去得快，基本不构成问题。但是今天这股烦躁来得他自己都觉得有些莫名其妙。而且他向来是藏不住事的人，一件事憋在心里一直不说就难受得慌。

　　对方看上去似乎也算一个还不错的交流对象。毕竟他也不知道自己是谁，那就相当于是一个树洞，总比自己莫名其妙地憋着强。

　　于是盛衍抿了抿嘴唇，短暂斟酌后，郑重地打出了一行字：*如果你突然觉得你最好的兄弟帅得很烦人，你会怎么办？*

　　在消息发出去的那一刻。盛衍身后的秦子规不自觉地微抬了下眉头。

第18章
和好

"帅得很烦人。"秦子规看着这五个字。他承认，他看到这五个字的第一个感觉是愉悦，第二个感觉才是盛衍可真是个平平无奇的语言小天才。总是能用最简单的文字组成诡异的组合，再精准地表达出最复杂的思想。

　　不过自己的帅到底是哪种烦人，秦子规还不太确定。他想到盛衍似乎不在意喻晨把他当"男神"，用他穿白衬衫的照片当头像，还给他送奶茶的事，他觉得盛衍或许是出于青春期男生的面子问题，他们班的女生上赶着对好兄弟献殷勤，让盛衍觉得不服气。毕竟在他的认知里，盛衍比他要长得更好看些，性格也更招人喜欢些。

　　于是秦子规发过去：展开说说？

　　盛衍看着这四个字，打字的手指停住了动作。这有什么好展开说说的？就是以前一直知道秦子规长得还行，但是因为从小到大、一天到晚都看着这张脸，就看得有点审美疲劳了，所以以往即使总有人夸秦子规长得帅，他也没在意。

　　盛衍飞快地回复：没什么，就是突然发现他这个人特别爱要帅，一天到晚招蜂引蝶，就觉得烦得很！

一天到晚衣服扣子都系到最上面一颗，除了盛衍和陈逾白，几乎不怎么和别人说话的秦子规看着"招蜂引蝶"这四个字，心里纳闷，盛衍是不是对这个词有什么误解？真要说招蜂引蝶的话，盛衍可比他招女生喜欢多了。

想来想去只有一个原因，他问：是有你欣赏的女生觉得他帅？所以你觉得他烦？

盛衍这次回复得飞快：胡说！

S.：的确是有女生觉得他帅，但是我和那个女生不熟，和她也没关系。

天下第一小可怜：那是因为什么？

S.：就是觉得别的女生都用他的照片做头像了，给他送奶茶了，他还收了，什么意思啊？

S.：你说，他马上都是升高三的人了，一天到晚还不想着好好学习，是不是有点问题？

绝对有问题。因为其他人说这话就算了，全世界不爱学习第一名的盛小衍同学说出这话就实在太诡异了。

秦子规看着这几句话，愣了一下，还没等到他找出一套完美的逻辑去解释盛衍的思维方式，消息界面就又刷新了。

S.：我也不是对这个人有欣赏对象有意见，我就是对他重色轻友有意见，你都不知道，我中午给他买了一杯超大杯的奶茶，料加得贼足，结果这人一口都没喝，就忘在奶茶店了，可是转头收了别的女生的奶茶！

S.：你说这种人如果谈了恋爱，是不是肯定马上彻底忘了兄弟？

S.：我主要是想到这个就气，从小到大我有什么好的都第一个想着他，结果现在倒好，他又是冷战，又是重色轻友，说给我道歉，结果就一次，然后就没有然后了，这是求和好的态度？

S.：我也不是不原谅他，我就是想让他深刻地意识到自己的错误，所以第一次我没原谅,他就不知道再多求求我吗?他很骄傲吗?

S.:而且他不求我就算了,中午让他来帮我付个钱,他还让我求他!

S.:你说换成你,你气不气?

盛衍从小就可爱,讨人喜欢,所以所有人都宠着他、纵着他,那些龌龊、复杂的事儿总是避着他,他从小就被养得单纯,甚至是有点天真。平日里什么事都藏不住,什么话都憋不住,结果因为一直在和自己闹脾气,必须强撑面子,就不得不强忍着。估摸着也是忍得实在难受,眼下好不容易逮着个机会,噼里啪啦地就全都说了出来。

秦子规看着看着,眼底带着点笑意。原来小衍是在气这个。看来盛衍对自己这个花了三元两角钱就买回家的子规哥哥,占有欲还挺强。

无论是因为什么的占有欲,归根结底,盛衍在意他,这就够了。反正他也从来没有想过把对盛衍的好分任何一丁点给别人。

于是他非常真诚地回道:嗯,生气,要换成我,肯定气死了,这个人简直太过分了,太不知道珍惜了,他根本不配你对他好。你以后再也不要理他了,就当没他这个朋友!

刚发完,对面就立刻回复:"你才没这个朋友呢!"

S.:你知道什么呀,他哪儿不好了?他为了帮我出头去教育别人,还帮我跟年级主任据理力争,今天中午还为了保护我受了伤,腿都瘸了,他不配难道你配?

秦子规终于没忍住,低低地笑了一声。

正在忙着打字的盛衍回过头,面露狐疑地问:"你笑什么?"

秦子规往后靠上床头,懒洋洋地抻了抻腿:"没什么,就是卷子改完了,没事做。"

还在被卷子折磨的盛衍莫名地想掀桌子。

秦子规偏头看盛衍,眸底藏了点儿不易察觉的笑意,状似散漫地问道:"怎么,还没改完?不会?"

盛衍觉得秦子规这是在挑衅！他把笔扔到桌上，一挑眉，打算好好收拾一下秦子规。

却看到秦子规顺手举起床头的奶茶，递给他："冰应该化得差不多了，没那么凉了。"

盛衍一愣："啊？"

秦子规又把吸管插好，解释道："确实是喻晨让陈逾白帮忙买的，我看是你喜欢的口味，就收下了，但又让陈逾白买了一杯一样的还给喻晨，钱也给他了。所以，这杯不算是喻晨送的，是我给你买的。"

盛衍没反应过来，又"啊"了一声。

秦子规又说："陈逾白要了加冰的，太凉，就给你放了一会儿。"

盛衍这才明白过来，接过奶茶："哦。"

温度果然刚刚好。

秦子规又慢条斯理地坐起身，拖着一条伤腿，坐到盛衍旁边，手指按上卷子，往自己这边移了一点，拿起笔，低声问："哪儿不会？"

哪儿都不会……

不对，你管我会不会呢？

盛衍一把扯回卷子，没好气地说："哪儿都会，不用你管。"

"这道题选 A，因为在这个函数的定义域内的任意取 x_1、x_2，且 $x_1 < x_2$，那么 $f(x_1) < f(x_2)$。"秦子规侧着身子，指尖握着笔的最上端，自顾自地在盛衍卷子上画了个圈。

盛衍虽然还有点烦他，但看他主动过来给自己讲题，还是忍不住咬着吸管，问道："为什么啊？"

秦子规没抬头，拿笔勾画起下道题："因为单调性。"

盛衍咬着吸管一脸茫然的表情。

秦子规简单地补充："因为函数的单调性。"看盛衍没什么反应，秦子规终于偏过头，看着他问："怎么了？"

"什么是函数的单调性？"盛衍觉得自己是在不耻下问。

秦子规却觉得盛衍是在挑战自己的知识储备下限。他现在可以确定，盛衍从初中之后绝对没有听过任何课，考试能考到三百二十七分已经算是运气好了。

但最起码，盛衍愿意问了，也算好事，于是耐心地解释："函数的单调性也叫函数的增减性，在一定定义域内，如果随着 x 的变大，y 也在变大就是增函数，y 变小就是减函数。"

"就这么简单？"盛衍咽了口奶茶，眨了眨眼睛。

秦子规点点头："嗯，就这么简单，选择题的前几道一般都这么简单，是很基础的东西，你脑子不差，学起来很快的。"

盛衍又有点嫌弃："那这个函数为什么不能丰富一点？"

秦子规觉得盛衍还知道简单的反义词是丰富，语文词汇量还可以。毕竟他对盛衍的期望值已经低到了只要对方还能喘气就行，很平静地答："丰富一点的那种叫复合函数。"

"哦。"盛衍想了想，好像听过这个词。

秦子规从他的书架拿出早就落满了灰的《数学必修（一）》和一个新本子，翻开第一页，拿笔写着知识点，慢条斯理地讲："函数的性质和意义，是必修一的内容，除了单调性，还有奇偶性、凹凸性，等等，都是最基础的东西。我把主要知识点给你列出来，你记性好，看一看就能记住，不能理解的就问我。"

盛衍趴在旁边瞟了一眼，秦子规写的字非常好看，和他本人一样，清秀挺拔，赏心悦目。知识点的条理列得也很清晰直观，写得简洁明了，即使他这种几乎没怎么听过课的，一眼也大致能看个明白。不过以他庞大的错题量来说，要是一个一个地讲，怕是要讲到猴年马月去，根本不现实。

秦子规像是看出盛衍在想什么，一边写笔记一边说："你的基础太差，后面的难题你根本就消化不了，就算今天把正确答案抄十遍也理解不了，所以不用管后面的，我们今天只修订所有基础题。主任那儿，明天我帮你去解释，他布置的作业不合理，有什么意见，我担着。"

秦子规说这句话时，理所当然得他好像本来就能替盛衍做主一样。

这种感觉让盛衍仿佛是回到了小时候。

那时候就是这样，无论盛衍想做什么，只要不是对他自己不好的，秦子规都说"你去做，我帮你担着"，无论是盛衍犯的错，还是两个人一起犯的错，最后也都是秦子规一个人担着。

就连五六岁的时候，两个人犯错最严重的一次，他们被罚跪，盛衍也就跪了十分钟，就歪在秦子规的身上睡着了……于是，那天晚上秦子规不仅腿麻了，手也麻了，盛衍则躺在他怀里睡得打起小呼噜。

想着想着，盛衍心里就觉得酸酸软软的。

秦子规是对他好的。世界上最爱他的人可能是许女士，但是从小到大最直接地对他好的人，毫无疑问，是秦子规。

其实，盛衍也就是嘴上说生气，凶秦子规，心里从来没想过真的不理他。

盛衍怎么可能不理秦子规呢？

但是，一想到以后两个人会随着时间的脚步，渐行渐远，秦子规可能就不会对他这么好了。盛衍又有点难受，闷闷地抽回卷子："我不用你管。"

秦子规偏头看了盛衍一眼，就看出了他的心思，放下笔，直视着他，道："盛衍，明天再给我买一杯奶茶，行不行？"

本来就闷闷不乐的盛衍抬起头，不乐意地说："凭什么？你又想占我便宜啊？"

"没。"秦子规看着盛衍，像是有点委屈，"中午那杯我没喝到啊，因为要帮你抓Cuckoo，走得太急，就落在炸鸡店了。所以，你明天中午再多买一杯,行不行?"

盛衍刚想说不行。

秦子规就继续说:"我手上的伤和腿上的伤,真的挺疼的。"

看在秦子规的手背和左腿上的伤口的分上。毕竟,秦子规是为了保护他才受的伤。而且小程序系统给过任务,二十四小时内秦子规的所有需求都要满足,所以他不答应好像有点过分。

盛衍悻悻地避开秦子规的视线,戳着吸管,没好气地说:"我又没有要你管我。"

"嗯,你没让,是我自己想管你。"

秦子规答得简单又直接。

盛衍戳着吸管的手停顿了一下。

秦子规又问:"所以盛衍,我们和好行不行。"

"不行!你中午还套路我,让我叫你哥哥,求你呢,天底下哪有这么便宜的事?"盛衍满脸凶神恶煞的表情,想来个冷酷无情的果断拒绝。一偏头就看到秦子规为了救他而受伤的腿,忽然有点狠不下心了。

"那子规哥哥求求你了,原谅我吧。"盛衍耳边响起了秦子规的声音。

第19章 不同

从小到大，秦子规都是那种"别人家的孩子"，学习成绩好、懂事早、性格独立、会照顾人，唯一的缺点就是没什么表情，而且少言寡语。比如，小时候每次犯了错被大人抓包，盛衍在第一时间仗着自己得天独厚的可爱优势撒娇卖萌，逃过一劫，秦子规却只会一直抿着唇，板着脸，一言不发，不辩解，不认错，也不求饶讨好，闷得大人们生生没了脾气。

　　就是这种人，突然认真地告诉你他错了，求你原谅他，盛衍从小到大最怕的就是别人和他诚心诚意地表达歉意，往往对方一认真道歉他就自动消气了。

　　盛衍一直在心里告诉自己这次绝不能轻易原谅秦子规，非要给他点颜色看看！他可是一个有骨气的人。不过仔细想想他也是一个知恩图报的人。秦子规毕竟是为了他才受的伤，那他自然有义务让秦子规的伤早点好，而且"心想事成"小程序又说二十四小时内要满足秦子规的所有需求才能让秦子规的伤早点好，所以他就只能勉为其难地答应一下。这和他心软没关系，主要是"男人要讲义气"。

　　盛衍就这么迎着秦子规的视线，自欺欺人地思考着。他不是心思深沉、复杂的人，眼睛也干净，想什么事情就很容易被人看穿，像个藏不住事儿的小孩儿。

秦子规就这么看着盛衍满脸"我在努力说服我自己,我是个酷哥,可是我又真的是个小可爱"的表情,忍不住笑道:"盛小衍,我真的知道自己错了,求你原谅我吧……"

盛衍是真的遭不住秦子规一句接一句的道歉,不等秦子规说完,就自暴自弃地飞快地打断:"原谅了原谅了!真原谅了!满意了吧!"

秦子规低声道:"但我之前那么过分。"

"你之前再过分,这两天不也都补回来了吗?我又不是傻瓜,分不清你对我好不好吗?"盛衍特别不乐意说这种矫情的话,为了掩饰那种不自在,只能飞快地用最凶的语气假装不在意地吼道,"所以这事儿能不能就这么算了,大男人别磨磨唧唧的。"

"真的?"

"我揍你了啊!"

那就是真的了。

果然,世界上没人比盛衍还要心软。

秦子规低声笑道:"嗯,好,谢谢小衍。"

"谢什么谢,还有,别叫我小衍,都多大人了。"盛衍最不擅长应付这种场面,红着耳朵把卷子扯过来一拍,凶道,"一天到晚不知道好好学习,哪儿来那么多废话?题你给我讲完了吗,就在这儿开小差?这个,我不会,这个线跟这个线它们到底有什么关系?凭什么告诉我这条线的长度,就要问我那条线的长度,我又不认识它们。"

盛衍拿着笔,用笔尖很用力地戳着那两条无辜的线。

秦子规怕把盛衍逗过头后又翻脸不认账,就收起笑意,坐直身子,握着笔,勾画了两下:"你这样画两条辅助线,它们就认识了。"

"嗯?"还真认识了。盛衍觉得有点神奇。

秦子规又在本子上写道:"其实辅助线也是有口诀的,像三角形的话常用的有，'图中有角平分线，可向两边作垂线，角平分线加垂线，三线合一试试看'，还有四边形、圆形，都有口诀，我把口诀和例图都给你写下来，你把基础的知识点都消化了，后面再遇到复杂的图形，自己就知道该怎么画了。"

秦子规低头写字的时候，方才那种极为罕见的松散不自觉地渐渐敛去，又恢复了平日里那种冷淡、理智的学霸做派，不过还是温和的。黑密的睫毛微微垂着，因为太长，几乎要碰上鼻梁上架着的那副银边眼镜，握着笔的手指很好看，写得认真，语速快而轻，口吻却耐心细致。

可能是差生的本能吧，盛衍听着听着就走了神，他忽然发现秦子规脖子上有粒很小的痣。

秦子规一回头，就发现不爱学习的盛小衍同学似乎没有听进去多少，眼神像是在看什么很美味的东西，这是想吃鸭脖了？

"点外卖吗？"秦子规问。

"嗯？"盛衍抬眼，"点什么外卖？"

秦子规答得平常："你不是想啃鸭脖子吗？"

"谁要啃鸭脖子了？"

秦子规也不知道盛衍到底在想什么，以为他走神是因为自己讲得太枯燥，又耐心地问道："那刚才讲的你听得懂吗？"

"当然，我又不是傻瓜，你继续。"盛衍回答得理直气壮。

秦子规也就没再多说什么，继续用最接近盛衍思维方式的思路给他讲着题，语气冷淡却又耐心细致，盛衍听着听着，视线就又忍不住瞟向了他。

即便是穿着简单而松垮的黑色 T 恤，也还是那么帅，盛衍突然有点理解喻晨把秦子规视为"男神"的原因了。

毕竟秦子规就是长得一副高冷学霸的样子，是很高级的帅气，尤其是在讲题的时候，还带着一点温柔，女孩子喜欢他也很正常。可是自己是一个大老爷们儿，总觉得哪儿都不太对。简而言之，就是……帅得很烦人。

盛衍实在总结不出那种感觉，就趴在桌子上，听着秦子规的解题思路，想着这个问题，渐渐失了神。

台灯安静地亮着，只有秦子规清冷、偏低沉的声音，半天没人应答。

等秦子规察觉到不对，再回过头，就发现某个人已经趴在桌子上睡着了。

还真是一打游戏就到天亮，一碰书本就秒睡。到底是谁给他惯出来的臭毛病？

秦子规觉得自己对盛衍好是一回事，不能惯坏他是另一回事，正准备严厉一点叫醒他教育一顿，结果话还没说出口，就听到睡得迷迷糊糊的盛衍嘟哝了一句："那我们和好了哦，不能再生气了。"

于是再严厉的训斥到了嘴边，也说不出口了。

高中分班以后，秦子规就没怎么见过盛衍趴着睡觉的样子了，竟然还是没什么变化，还是嘴唇微微张开一点，看上去有种天真的孩子气。

这是因为盛衍小时候鼻子经常呼吸不过来，每次睡着的时候都只能微微张一点点嘴巴，然后就养成了习惯。那时候盛衍的嘴唇红红的、润润的，小包子脸白白嫩嫩的，微张着小嘴巴的时候就呆得特别可爱。以至于每次盛衍睡着后，秦子规都忍不住要伸出小手指去戳一戳，经常一戳就是一整个午觉的时间。所以大人们总是拿来取笑，盛衍右边唇角那个不太明显的小梨涡就是秦子规亲手戳出来的。

而这么多年过去了，盛衍这个习惯还没改，只是不知不觉间，小孩子的奶气和婴儿肥都已经退去，那个漂亮娃娃已经长成了皎然少年的模样。眉毛斜而长，鼻子也挺，眼睛是偏圆的杏眼，眼尾却微长上扬，即使闭着眼睛，也能看出几分那种让人一眼惊艳的张扬明媚的少年感。

秦子规往后靠上椅背，却没有叫醒盛衍，借着落地灯柔和的光晕转过身，重新拿起笔和盛衍的卷子，一一比对着，细细地写下了所有盛衍不会的，而他想教会盛衍的知识点。

　　盛衍则伏在桌子上做着不知道什么样的美梦，一派天真无忧。

　　夏夜因为彼此依靠却又截然不同的两条轨道无限拉长，窗外的蝉鸣断断续续的，像少年心照不宣涨起又落下的潮。

DATE:

CHECK LIST

第 20 章
好感

DONE ☐ DON'T FORGET

第二天早上醒来的时候，盛衍发现自己又睡在秦子规的床上。他也不知道为什么，总共搬来秦子规家住了三天，就在秦子规的床上睡了三天，导致秦子规只能睡客厅，可能是之前没有和解的缘故秦子规也不敢去他的房间睡，好在昨天他们和好了。

　　想到两个人和好的事情，盛衍翻了个身，看向窗外，发现今天竟然是南雾少有的大晴天，六七点钟的晨光透过落地窗懒洋洋地泻了一地，一室明亮，连聒噪的蝉鸣都显得好听了几分。

　　今天的天气真好。

　　盛衍想，是不是这个世界上真的有一个观音娘娘在保佑他，不然怎么会前两天生日刚许愿想和秦子规和好，秦子规就真的和他和好呢？或者就像许女士说的，他天生命好，做什么都有福分，反正盛衍就是觉得今天的心情真好。所以也难得地没赖床，等洗漱完，发现书桌上他的错题都已经修订完了，还加上了知识点备注后，顿时心情更好了。

　　果然七月就是他的幸运月。"心想事成"小程序就是他走向上人生巅峰的开始。

　　盛衍神清气爽地整理好书包，推门而出。走到餐厅，正在打包早饭的秦子规就抬头朝他看了过来："今天想喝牛奶还是豆浆？"

"牛奶。"

秦子规拿出两盒牛奶和两个便当盒，放进早餐袋："走吧，别迟到了。"

以前高一还没分班的时候，两个人每天早上上学就是这样，秦子规先起来把一切收拾好，早餐也装好，再去对门叫盛衍起床，一起去学校，到了教室后再一起吃早饭。

真是久违的日子，不过好像有哪里不太对……

"你的腿没事了？"盛衍看着站在桌边好像没什么问题的秦子规，开口问道。

秦子规自然而然地说："嗯，今天起来后突然就觉得没那么疼了，只要不做大动作，不走太快，基本上没问题，可能昨天开的药有效果了吧。"

什么神丹妙药能有这种效果？除非是超自然的神奇力量。想到昨天晚上秦子规还一副离了他就走不了路的样子，盛衍有点难以置信地打开了"心想事成"小程序。

果然，花园里的第二盆小雏菊也开了。

消息栏显示：恭喜宿主，由于机缘，人物好感度提前刷满一百，心愿任务提前完成，愿望提前实现，当前升级进度十分之二，望宿主再接再厉。

附：机缘人物为命中注定与宿主有羁绊之人，每次刷够机缘人物百分之百的好感度，可额外兑现一次许愿机会，上不封顶。

当前解锁机缘人物："秦子规""未知""未知"。

这个小程序还真是越玩越花哨，越玩越通人性了啊，除了没有实现的愿望可以撤回重来之外，竟然还能靠刷好感度额外兑换？

对于秦子规是自己的机缘人物这件事，盛衍倒是并不怎么意外，因为从三岁开始，秦子规就是陪伴他最多、最了解他、对他最好的人，没有之一。

但对于自己一天就刷够了秦子规百分百的好感度这件事，却有点意外。

难道和好就能把秦子规的好感度拉满？

盛衍点了点手机屏幕上显示的秦子规的好感条，回忆了一下自己昨天的所作所为，决定再试一试其他方式。

想着，他抬头看向秦子规："我中午请你喝奶茶吧。"

秦子规正一手拎着早餐袋，一手摆弄着手机，闻言朝他偏头看过来，问："怎么了？"

好感度没变化。

盛衍又说："给你抱一抱 Cuckoo？"

好感度还是没变化。

盛衍再说："秦子规天下第一帅？"

好感度依然没变化。

奇怪，除了这些，自己昨天还做了什么吗？

盛衍还没想出来，秦茹已经化好妆从主卧匆忙地走出来，边拿车钥匙边催促："盛衍，你别在这儿对你子规哥哥吹'彩虹屁'了，再不出门要迟到了。"

"知道了，秦姨。"盛衍倒也不急，加上今天的心情格外不错，顺便懒洋洋地应了句，"不过不怕，迟到了我就说是因为我们子规哥哥腿瘸了，我要扶他过马路。"

话音落下，消息提示：*好感度加一，当前好感进度百分之一。*

盛衍一愣，试探着又说了一句："子规哥哥？"

消息提示：*好感度再加一，进度百分之二。*

盛衍心想，秦子规这是什么恶趣味？就这么喜欢听他叫哥哥？那他叫子规爸爸岂不是能翻两倍?不过就算是也没用,英雄不为一分好感度而折腰,他每周两个愿望的额度够用了,才不会去讨好秦子规呢。

盛衍想着,收起手机,哼着小曲,晃晃悠悠地跟着秦子规一起坐秦茹的车去了学校。

等到两个人一起出现在(一)班教室门口的时候,(一)班众人都愣了一下。

主要也不是因为别的,就是传言中昨天已经互相殴打得头破血流、你死我活、势不两立、血海深仇的两个大帅哥一起拎着早餐,和和美美地出现在教室门口的样子有点惊悚。

"所以你们俩……这是没事了?"林缱不太确信地问了句。

盛衍懒洋洋地坐回座位:"暂时算是没事了吧,主要看他的态度。"

林缱没懂,问:"看谁态度?"

身后的秦子规冷淡地应道:"我的。"

林缱:"什么?"

这还没完,紧接着,她看到了更为惊悚的一幕。

传说中不食人间烟火,高冷无情得令人望而生畏的秦子规,面无表情地拿出了一个小黄鸡饭盒,再从饭盒里面拿出了一个鸡蛋,剥得只剩一处手捏的地方后,叫了声:"盛衍。"

盛衍回头接过来,一边吃着鸡蛋,一边低头看昨天篮球比赛的视频回放,吃完后,把剩下的鸡蛋壳递给秦子规,再从秦子规手里接过几块切好的水果,顺手从秦子规桌上抽了两张湿巾,就看着比赛,再也没抬过头了。剩下秦子规一个人开始收拾早餐残局,整个过程行云流水,没有半点不自然。

林缱觉得这个场景哪里都不太对。还没等她琢磨过来,教室后门就出现了一声惊天怒吼:"盛衍!"

盛衍反手藏好手机,站起身。

黄书良先喊出声，人才到，所以并没发现盛衍的手机，只是站到他面前，大声道："我问你，昨天给你布置的作业完成了吗？"

"完成了。"盛衍很老实，"但又没完全完成。"因为从结果来看，确实是完成了，但不是他自己亲手完成的，所以具体完没完成，还要看黄书良怎么定义。

黄书良以为盛衍这是在挑衅，道："完成了就是完成了，没完成就是没完成，什么叫完成了但又没完全完成，你直接把卷子拿给我看！"

盛衍虽然有点少爷脾气，但自幼家教好，在长辈面前一向本分。于是，直接拿出了卷子。

黄书良接过去一翻，瞬间来了脾气："盛衍！我让你修订卷子，是让你自己想答案，没让你找别人帮你写！你看看这个字迹，明明就是……嗯？怎么这么像秦子规的？"

黄书良顺手扯过旁边秦子规的卷子一翻，还真是一模一样的字迹。再想到秦子规昨天因为盛衍受了伤，缺了半天课加一晚上的竞赛培训，还要给盛衍修订卷子，不知道浪费了多少宝贵的学习时间，黄书良更加生气了。

"盛衍！你给我老实交代，为什么你的卷子上会有秦子规的笔记？你是不是暴力威胁同学，让他帮你写作业了？"黄书良吼得气势汹汹。

盛衍心里十分好奇，黄书良到底是怎么得出来这个结论的？

平心而论，像秦子规这样能随便教训小混混的人，是能轻易被威胁的吗？

旁边的秦子规却站起身，出声道："老师，我自己要求帮他改的。"

黄书良回过头，看着秦子规。

秦子规礼貌地说："无论是布置远超过学生能力的作业，还是过度罚抄都是不合理的，这种情况下，盛衍主动来问我错题怎么改，我主动提出帮他修改讲解，我觉得没有任何问题。"

这一下，不仅仅是黄书良，整个（一）班都陷入无声的震惊中。尽管平时秦子规就不是个很好相处的人，但对所有事情都很冷漠，所以很少和别人发生真正意义上的冲突，更加懒得去反驳老师的话。该做什么，就自顾自地去做。

当着这么多人的面，直接反驳老师的话，还是第一次。尽管还算礼貌，可是态度说明了一切。

黄书良也觉得刚才那番话有点冲动，并不占理。于是，他放缓了语气，说："我让盛衍抄卷子，也是为了他好。他现在这个成绩，根本理解不了，不如多提笔抄，抄得多了，死记硬背也能背下来不少，考试时多少能得点分。"

黄书良喜欢好学生，但也希望让成绩差的学生提高成绩，不然也不至于每天花这么多精力盯着盛衍，还想着给他换班、换位子。

黄书良又补了一句："而且，你和盛衍成绩的差距太大了，你给他讲题，根本没用，纯粹就是浪费你的时间。别到时候他成绩上不去，还把你给耽误了。"

话音落下的那一刻，秦子规看向盛衍，确定他本人只是一脸震惊，丝毫没有自尊心被打击到的样子后，才略微放下心来。

然后，秦子规回头看向黄书良，反问道："那如果有用呢？"

"你说什么？"

"今天是周二，如果周日晚上的数学小测验，盛衍能及格，我还能维持全年级第一，那就说明我的法子有用，盛衍也不是无药可救。那后面盛衍的学习由我来辅导，您就没必要再辛苦地布置额外的任务了。"秦子规尽量说得客气些。

黄书良不是科任老师，并不了解各班的教学进度，本来就不太好过多干预具体教学。听到秦子规这么一说，心里一梗，又不好多说，只能问："那如果不能呢？"

"如果不能的话，我帮盛衍把卷子抄十遍。"

此话一出，盛衍和黄书良都愣了。

黄书良觉得，真是平时太惯着秦子规了，不知道天有多高地有多厚，居然敢在老师面前叫起板来了，不挫挫他的锐气，他都不知道他们当老师的良苦用心。于是他直接拍板："行，就这么定了，但凡你们两个有任何一个人达不到目标，就过来给我写检讨，不写够一万字，就在我办公室不准走！"

说完，黄书良便扬长而去。

剩下被迫加入赌局，数学成绩常年在六十分左右徘徊，高二以后根本没及格过的盛衍，十分痛苦地说："秦子规，你是疯了吗？"

秦子规看向盛衍，淡定地说："我心里有数。"

"你心里只有数学吧！"

盛衍本来以为大不了就和黄书良斗智斗勇，再被骂几句，反正他已经习惯了。没想到秦子规突然站出来，和黄书良莫名其妙地杠了起来，不仅如此，打赌还捎带上了他。

问题是，以他这种水平，怎么可能在四五天内就从六十分提升到及格？他又不可能作弊，这不是输定了吗？更重要的是，如果是他自己完蛋也就算了，可黄书良刚才说，如果他不及格，去教务处写一万字检讨外加抄十遍卷子的人是秦子规。这分明是把道德和学习的双重重担压在了他的肩头，让他无地自容，无处可逃，无能为力。但是木已成舟，反悔也来不及了，所以除了赢了这个赌注，别无他法。

以盛衍目前的数学水平想要及格还不作弊的话，那就只有一个办法了。

这么一想，盛衍深吸一口气，下定决心般地握紧拳头，对秦子规说："你，出来，厕所。"

秦子规不明所以，问："怎么了？"

"让你出来，你就出来。"盛衍径直出门，拐了个弯，走进男卫生间。

秦子规拖着还略微有些疼的腿慢悠悠地跟上。

等秦子规一进门，盛衍就把他抵到墙角，咬了一下后槽牙说："数着，九十八下。"

秦子规丈二和尚摸不着头脑，刚想问到底要数什么，就听到了盛衍不情不愿，却语速飞快地叫了声"子规哥哥"。

于是那一刻，秦子规被堵在夏天男厕所狭小的角落里，闻着氨气浓郁且强烈的味道，突然间就明白了一个道理。

为了督促盛衍好好学习，促进二人和好而精心设计的套路，永远都跟不上盛衍奇奇怪怪的脑回路。

第 21 章
味道

最开始,秦子规只是想增加一个机制,以应付盛衍遇到突发情况的不时之需,也想找机会和盛衍和好,仅此而已。但他怎么都没想到这个突发情况来得这么快,更没想到会在这么有味道的地方进行……

盛衍先是深吸一口气,似乎也被厕所的味道熏到了,皱着一张脸,走出去,深深地换了一口气,再折返回来。他把秦子规堵在墙角,咬着后槽牙,视死如归地念道:"子规哥哥、子规哥哥、子规哥哥……"

语速之快,口吻之死板,神情之暴躁,仿佛只是一个试图用咒语击毙敌人的杀手。再配上三伏天男厕所里的味道,被堵在墙角的子规哥哥越来越无语。

而盛衍毫无察觉,只是越喊到后面气越短,耳朵也越涨越红,抵在秦子规身边的拳头也越捏越紧。

好不容易喊到第九十八声的时候,盛衍才终于舍得深深地吸了一大气,掷地有声地、痛痛快快地喊出最后一句"子规哥哥",彻底结束了这场艰难的战斗。

那一刻,厕所里除了两个人安静的呼吸声,再也没有其他声音了。

秦子规却只觉得厕所外的蝉鸣十分吵闹。他面无表情地看着眼前喊完三百九十二个字后弯腰喘着气的盛衍，神色并不怎么愉快。

盛衍却连看都没看他一眼，只想着自己总算喊够一百声"子规哥哥"了，秦子规的好感度应该刷满了，可以去兑换许愿的机会了。于是，不等调整好呼吸，他就一只手撑着膝盖，一只手掏出手机，点开小程序，准备来个许愿自救。

然后，就没有然后了。

因为打开小程序的那一刻，盛衍发现秦子规当前的好感度仍然是百分之二。

好感度增加：零？

他在这里喊了九十八声"子规哥哥"居然没用？

盛衍首先想到的不是自己有问题，而是觉得小程序肯定卡壳了。

退出，重进。

没变化。

手机重启。

没变化。

退出，重进，加手机重启。

还是没变化。

盛衍这才意识到，秦子规刚才是真的一点好感度都没有增加！

盛衍非常生气地冲着秦子规喊："你这人怎么这么难伺候啊？是我刚才喊得还不够卖力吗？"

非常难伺候的秦子规却只是面无表情地问："你难道不需要先对你刚才的行为做出一个合理的解释？"

盛衍这才意识到，他突然把秦子规堵在厕所里叫了九十八声"子规哥哥"这件事，确实有点莫名其妙。但是，他已经和小程序签了保密协议，没办法和秦子规解释啊。

幸好秦子规不是别人，就算他不解释，秦子规也不会把他当成精神病人。

于是，盛衍直接摆了摆手，说："你别管，也别问，反正我是为了你好。你就说吧，你喜欢我做什么。只要你说，我就去做。"

要知道，愿望额度要到下周一才能刷新，而考试是在本周日的晚上，如果他在周日晚上之前不刷满秦子规的好感度，那肯定完蛋啊。

光是牵扯自己也就算了，但这次是秦子规当着全班那么多同学和主任的面立下的约定。如果输了，秦子规的面子往哪儿放？

本来学校里就有不少人因为秦子规长得帅、成绩好、够酷，还招女生喜欢，再加上黄书良的偏心，天天等着看他的笑话。如果秦子规真的失败了，指不定要听到多少冷嘲热讽呢。所以，他绝对不能输。只要秦子规说出来，就没有他做不到的。

盛衍抬着下巴，理直气壮地等着秦子规的答案。

秦子规看向盛衍，平静地说："我喜欢你学习。"

"你想都别想！"猝不及防地，盛衍根本就没想过秦子规会说出这么离谱的要求。要靠学习刷好感度，光是想想，就觉得头疼。他就不信了，难道没有别的办法能提升秦子规的好感度吗？

接下来，盛衍开启了"无脑夸"环节，从身高到长相，从内涵到人缘，到最后，更是直接放大招："秦子规，你真完美！你就是我见过的全世界最聪明、最优秀、身材最好、长得最帅、最讨人喜欢的男人，谁不喜欢你那是谁眼瞎！"

话音刚落，厕所门口传来了重物坠地的声音。

两个人转头一看，只见站在厕所门外的林缱正准备弯下腰。而在她面前的地上，静静地躺着一个粉红色的水杯，也就是刚才发出声响的罪魁祸首。

似乎是感到他们的目光，林缱僵着脖子缓缓地抬头，然后露出一个极为淑女的假笑："哈哈哈，好巧。"

巧什么巧？这是男厕所！像是意识到问题所在，林缱继续僵硬地笑道："那个……教室里饮水机没水了，我去走廊接，顺便想洗个手，路过，真的只是路过……我先走了，再见。"说完，林缱维持着假笑，装作淡定地捡起水杯，然后，同手同脚地离开了。

盛衍向秦子规，不解地问："她怎么那么奇怪？"

秦子规回忆了一下自己和盛衍刚才的姿势、对话，以及盛衍那堆肉麻兮兮的"彩虹屁"，很想提醒一下盛衍，到底谁才是奇怪的人。然而，对上盛衍无辜、茫然的眼神，他决定还是不提醒了，随便找了个借口，说："可能因为厕所太臭了。"

哦，那确实是有点臭。

盛衍想了想，觉得也对，厕所确实不算是一个说事情的好地方，估计一时半会儿也问不出来秦子规到底喜欢什么，便懒得再在这儿待了，他整理了一下衣服，回了教室。

秦子规慢条斯理地跟在盛衍身后。

两个人一同坐回座位时，周围其他同学都忍不住回过头，问："老秦，你今天怎么回事？怎么突然和黄书良杠上了？"

秦子规低头翻着桌上的资料，道："没什么，就是觉得他说的话有点过分了。"

这倒也是。

（一）班的同学基本都是学霸中的学霸，个个心高气傲，要是黄书良刚才说的那番话放在他们身上，恐怕也得杠起来。

这么看来，盛衍居然能忍下来，脾气也没那么差。

不过，黄书良骂的是盛衍，关秦子规什么事？说好的两个人有血海深仇，势不两立呢？怎么看上去还挺和谐？甚至还一起上厕所？难道背后有什么隐情？

"吃瓜"群众眯着眼睛，摸着下巴，咂摸着嘴，试图琢磨出一个"新瓜"来。

秦子规并不打算理他们，把刚翻出来的本子递给盛衍，说："拿着。"

盛衍接过来，翻了两下，看不懂："这是什么？"

"我高一时整理的函数部分的资料，你今天看完，不懂就问我。"

因为即将进入高三总复习阶段，所以每周的单元考都是按照专题来，周日的考试专题就是函数单元。

正是因为只考函数部分，秦子规才有信心让盛衍通过短期突击来提高成绩。

刚才在厕所里，之所以没有在后台操作增加好感度，并不是因为不高兴，只是突然意识到，盛衍遇到事情竟然找许愿小程序解决，这并不是一个好现象。

他希望盛衍可以过得开心，顺利成长，所以他愿意去做所能做到的一切帮助盛衍实现愿望，但并不希望盛衍对这个小程序产生依赖。

因为他心里很清楚，这是一个再拙劣不过的谎言，随时都有被拆穿的风险。而且，他希望盛衍能明白，这世界上没有从天而降的好事，也没有任何捷径，他们所经历、付出的一切，都是有始有终，有因有果。

他愿意包容盛衍，但不想真的惯坏盛衍。

心大的盛衍却根本没想那么多，既然其他方式都增加不了秦子规的好感度，那就只能先满足一下秦子规"希望他学习"的家长心态，不情不愿地答应道："行吧，谁让你喜欢呢。"

话音刚落，门口再次传来重物坠地的声音。

盛衍和秦子规闻声回头。

就看见林缱已经再次弯腰，捡起地上那个命途多舛的粉色水杯，在感受到他们的注视时，抬头僵硬地笑道："挺好，挺好，你们继续，不用管我。"

第 22 章
知识

林缱后来有想过,她为什么会在盛衍去年生日的时候,脑子一抽,跟他说自己崇拜他的事情呢?

要说她多崇拜盛衍,那倒也没有。毕竟俩人没同过班,也没怎么说过话,无论是了解还是接触,都少之又少。

林缱之所以会崇拜盛衍,全是因为在某个春末夏初的午后,突然间的怦然心动,仅此而已。

那是一个很平常的午后,她和朋友在后街走着,不小心撞到了一个逆行的大哥。

那个大哥看起来非常壮实,估计得有她和朋友两个人加起来那么重,长得也凶,当即一通发火,就把她们两个小姑娘吼得一愣一愣的,瞬间便红了眼眶。

眼看她们要被那个男人讹上,要掏钱赔偿之际,盛衍突然出现,隔着校服长袖捏住她的手腕,将两个女孩拉到身后。随即,便松开指尖,一点都没有不该有的接触。

面对大哥时,盛衍直接抬手抵住高高壮壮的男人的肩膀,轻轻往后推了一把,语气散漫而随意:"这位大哥,麻烦你看清楚,是不是你走错边儿了？"

少年身形清瘦，个子却高，透过白色T恤，可以轻易感受到肩骨凛冽生长的姿态，眼尾眉梢，透出一种与生俱来的轻狂和张扬。

以至于当时的林缱看愣了神，连那个大哥是怎么走的都不太记得，只记住那个大哥走了之后，盛衍回头对着她们笑了一下，说："行了，没事了，下次再遇到这种人，记得凶一点。"

盛衍的眉眼生得极好，笑的时候，漂亮得不知收敛，春末的阳光正好照在他的身上，不远处的蔷薇也开得正好。所以，林缱的少女心就在那一刻跳了一下。

等到盛衍过生日的时候，她就在朋友的怂恿下向他表达了自己的欣赏之情。

然后，就没有然后了。

很快，那份怦然心动的感觉很快就消失了。其实这很好理解，她并不是真的崇拜盛衍，只是那一瞬间被盛衍的所作所为感动了，再加上被保护后的信赖感，仅此而已。于是，再也没有其他什么想法了。

尽管如此，盛衍在她的心里还是"男神"一般的存在。起码直到昨天，林缱还是这么认为的。但是，这么一个成熟、可靠的张扬"男神"怎么到了秦子规面前就像是变了个人呢？

动不动就开启小孩子幼稚的拌嘴模式，整个人都透露着那种毫无保留的孩子气，可偏偏传说中冷漠无情的秦子规还处处惯着他。

那种两个人之间独有的、别人完全插不进去的相处模式，和记忆中针锋相对，你看不惯我而我不搭理你的情况，完全不一样。所以他们怎么就突然好成这样了呢？

林缱想起自己刚才听到的"子规哥哥""谁不喜欢你就是谁眼瞎"以及刚才那句"谁让你喜欢呢"，顿时觉得头皮发麻。算了算了，马上就要高考了，和自己学习无关的事情不用想，就当一个安安静静的美女就好。

林缱捡起无辜的水杯，僵硬地坐回座位，再僵硬地把座位往左边挪了挪，希望尽可能地远离盛衍的方向。

盛衍皱了下眉："你是不是有什么话想说？"

"没有。"林缱连忙摇头摆手，笑得和蔼可亲，"就是觉得浪子回头金不换，你愿意学习也是一件好事，加油，姐姐看好你，祝你早日领略到学习的幸福。"

你们这群学霸原来会在学习的海洋里感觉到幸福！

盛衍偏头看向秦子规，感慨道："怪不得你们（一）班的人都这么好学！"

秦子规完全无视这个话题，拿着笔继续讲解道："你先看这一部分，看完了就做这本练习册的例题。做完后把练习册给我，我给你改。改完后一道一道给你讲，等这本练习册做完了，我们再做这一本……"

看着一本本的练习册，盛衍自然就不会去关注林缱为什么这么奇怪。他接过练习册，随便翻了几下。

然后，在看到密密麻麻的 f、x、y 后，陷入沉思和绝望，道："秦哥，你说我现在去找黄书良认错还来得及吗？"他管秦子规叫"秦哥"时，十有八九都是调侃。

"那秦哥坦白地告诉你，来不及了。"确实来不及了，事到如今，已经不是写一万字检讨加抄十遍卷子的事情了，而是秦子规和黄书良对盛衍的教学方式产生了分歧，急需证明到底谁才是对的。

秦子规到底是他放话要罩住的人。

"算了，谁让哥哥疼你呢？"盛衍拿着练习册慢吞吞地转过身，懒洋洋地趴到桌子上，准备开始学习。

刚趴下去，后面的"秦哥"就拍了一下他："坐直，别趴着，不然长不高。"

于是，盛衍只能心不甘情不愿地坐直了身体，抱怨道："烦死了，我每天早上都有喝牛奶。"

"嗯，还有一盒，大课间喝。"秦子规说着拿出自己的竞赛练习册。

看见课本就头疼的盛衍又回过头，问："你带小面包了吗？"

秦子规："带了。"

"什么味的？"

"蓝莓馅的。"

"我要吃。"

"做完题给你吃。"

"行，那你给我讲一下这道题。"

"别咬笔头！"

在一旁默默地看着这一切的林缱吐槽道："这真的是盛衍和秦子规该有的对话吗？为什么有种梦回幼儿园的感觉？"

由于盛衍的基础确实太差，需要补的函数知识实在太多，两个人大部分时间都花在讲题和被讲题上。

而对于盛衍无论是在语文课、英语课，还是物理课，都在学习数学，科任老师并没有太多意见。毕竟一个暑假过去了，已经到了高三第一学期末的复习阶段，所有的知识点已经都讲解完了，剩下的时间基本就都是做题、讲题和自习，（一）班学生大多都有自己的复习节奏，本来就不太统一。而且几乎所有人都认为，盛衍顶多是三分钟热度，学一学，学不会，也就放弃了。

只有秦子规和盛衍知道，盛衍从小就很倔强，如果是他不愿意做的事，连应付都懒得做，但如果下定决心去做了，就一定会拼尽全力做到最好。

盛衍再不喜欢数学，因为答应了秦子规，自然就得全力投入。再也没有玩手机、打游戏，基本都是埋头苦读秦子规给他整理的笔记，不懂的就回头问，秦子规按着他的思维方式一讲，盛衍就明白了，记下来后继续学。

周五放学的时候，基本已经把第一轮知识点和基础例题全部过了一遍。但是"实外"自己出的题永远不可能是基础题，想要确保及格，要学的还有很多……

盛衍趴在后街那家炸鸡店的桌子上，握着笔，做着题，有气无力地说："秦子规，你看看我的头顶。"

秦子规闻言拨了两下他那颗毛茸茸的脑袋，问："嗯，看了，怎么了？"

"头发都还在吗？"

秦子规故意说："好像是少了点。"

"什么？你看！我就知道！帅哥就是不能学数学！"盛衍一拍桌子，直起身，满脸愤懑。

秦子规白了他一眼，反问道："你觉得我不帅？"

盛衍看着秦子规乌黑茂密的头发："挺帅。"

紧跟着，他又撇着嘴补充道："你们鸟类的毛本来就多，和我们人类不一样。"说着，又重新趴回桌子上，继续做那道在他眼里和天书差不多的三角函数题。

看盛衍实在太累，秦子规也没再提醒他要坐直，只是忍着笑意，低声说："隔壁新开了家奶茶店，想喝什么？我去排队给你买。"

"芝芝莓莓，双份芝士，不分装。"

"好。"

夏天的晚饭时间长，炸鸡店的空调比教室里给力，所以不少学生吃完晚饭都会过来坐会儿。

秦子规推门而出的时候，正好和朱鹏、苟悠擦肩而过。

自从盛衍搬到（一）班之后，朱鹏和苟悠已经好几天都没见到盛衍了，连邀请打游戏都被拒绝。现在却看见盛衍懒洋洋地趴在桌子上，咬着笔做题，两个人顿时愣在原地。

"苟悠，我没看错吧？"

"没看错。"

"这是衍哥吧?"

"是。"

"可是,衍哥会在炸鸡店学习吗?"

"不会,除非他家破产了。"

"那难道是一个和衍哥长得一模一样的人?"

短暂的沉默后,像是得出了正确答案,朱鹏当即拿着手里的热狗棒当金箍棒一使,"哗哗哗"一转,最后单腿直立,定格指向盛衍:"你是谁? 快说!"

盛衍趴在桌上,嫌弃地看了他一眼,说:"你是不是脑子不太好?"

朱鹏拿着热狗棒愣在当场。这语气、表情是他熟悉的衍哥,没错啊。

可是,衍哥怎么会学习?

会学习的人还是衍哥吗?

像是看出他们在想什么,盛衍继续做题,说:"秦子规和黄书良打赌的事你们没听说吗?"

"听说了啊。但是秦子规和主任打赌和你有什么关系?"苟悠拎着书包在盛衍旁边坐下。

朱鹏也坐到他对面:"对啊,不是说你考不及格,秦子规就要抄十遍卷子,还要写一万字检讨吗? 这是好事呀。"

放在两天前,听上去确实是好事。但是现在不一样了。

盛衍暂时不知道该怎么和朱鹏、苟悠解释他已经和秦子规暂时和好了,也懒得解释,只是指着卷子上的一道题问:"这个,为什么这个等于这个? 有什么道理吗?"

苟悠的成绩还算不错,凑过来看了一眼,说道,"哦,这个就是最基础的诱导公式啊,这个这个这个,然后这个这个再这个,就可以了……"

苟悠觉得自己说得没有问题。

盛衍却抬头看着他，目光仿佛死亡凝视。

"不是，我没有敷衍你的意思，确实是这个这个这个，这个这个再这个就行了啊。"苟悠无力地辩解。

盛衍定定地看了苟悠三秒钟，重新垂下脑袋："算了，你不行，我还是去问秦子规吧。"

不过，盛衍的学习进度倒是比想象中要快得多，这道题已经算是进阶的大题了，短短两天补成这样，说明盛衍的脑子非常聪明。

苟悠不解地问："我很好奇啊，你又不是学不进去，那为什么之前不好好学呢？不然也不至于把主任气成这样啊。"虽然苟悠平时也跟着盛衍玩玩闹闹，但学习从来没落下，还是能保持一本线上三四十分，因此对于盛衍的做法无法理解。

盛衍低头继续划拉着卷子，漫不经心地说："我没故意气他，就是单纯地觉得学这些没什么用。"他又不打算搞科研，又不打算学医、学建筑，所以无论是三角函数，还是牛顿三大定律，或者什么基因突变和基因重组，他认为自己今后都用不上。用不上，又不喜欢，那他为什么要浪费时间和精力？

成绩一向还算不错的苟悠竟然无言以对，只能拿出那句经典台词："可能因为知识改变命运吧。"

"但我觉得我的命运挺好啊，没事儿改它干什么？"盛衍自然而然地说。

朱鹏和苟悠都沉默了，他们一时想不出如何接盛衍的这句大实话。

店内一时陷入了沉默。

直到角落里有人轻轻嗤笑了一声："所以投胎是门技术活啊，我们想上'实外'，中考都得挤破脑袋才行，但有人靠着家里的关系轻轻松松地就能上，考出三百多分的成绩还能去（一）班，这就是命吧。"

盛衍还没说话,朱鹏和苟悠就先忍不住回头,骂道:"付赟,你阴阳怪气个什么劲儿啊?"

"这年头,说实话都叫阴阳怪气了?"付赟还记着上次在厕所里的仇,又仗着外面人多,盛衍肯定不会把他怎么样,所以故意把话说得格外难听。

盛衍却根本不把付赟放在眼里,继续推着诱导公式,连头都懒得抬:"你说得对,投胎确实是个本事活,你要是羡慕的话,我回头问问我妈妈介不介意多个外孙。"

"盛衍,你……"付赟爱挑事又经不起刺激,直接拍桌而起,刚想说些难听的撑回去,结果脑海里猛然闪过一个念头,想起了什么,重新坐下,笑道,"我这又没指名道姓的,你们上赶着对号入座做什么?毕竟我们衍哥也是凭着国家二级运动员的证书特招进来的,怎么能算关系户呢?"

盛衍的手微微一顿,虎口和食指处的薄茧被金属笔杆衬得格外明显。

付赟看到这个变化,心里更得意了,继续说:"说到这个,我才想起来,奕哥前几天在省一级的交流赛上拿了亚军,说回来后请大家吃饭,盛衍,你来吗?"

听到"奕哥"两个字的时候,盛衍的笔尖在卷子上顿出了重重一点。

付赟做出一副恍然大悟的样子:"啊,看来奕哥没请你啊。可能是怕你触景伤情吧,毕竟你俩初中时还并称"实外"校队的双子星,结果现在人家奕哥都在交流赛夺银了,我们衍哥还在这儿忙着数学及格,谁看了不得说一句不行啊。"

话音刚落,和付赟同行的人里就传出一阵不算善意的哄笑。

"所以啊——"付赟嘲讽地笑了一声,"人总有自己擅长的地方,可是有的人就是什么都不行,估计本事都用在投胎上了吧。"

"反正人家有个了不起的妈妈,还有秦子规,怕什么啊?"

"就是,反正我们羡慕不来,还好奕哥争气,靠自己就进了市队。"

这些话不可谓不尖酸刻薄。气得苟悠都听不下去了,直接冷笑一声:

"不就是拿了个高中生交流赛的亚军嘛,不知道的还以为是奥运会夺冠了呢?就这种程度的比赛,初中的时候,我们衍哥可都是拿冠军的,那时候薛奕还在保三争二吧?就这种水平,还有脸和我们衍哥谈什么'实外'双子星?他也配。"

朱鹏也愤怒地应和道:"就是!我们衍哥只是志不在此,比起天赋来,薛奕连给衍哥提鞋都不配!"

"笑话,是志不在此,还是市队选拔没被看上,某人心里没数吗?有本事周末约一场,比一比啊?"付赟本来只是随口一说。

但话音落下的时候,一直没抬头的盛衍,却盖上笔帽,然后抬起眼眸,看向他:"嗯,行,比。只要薛奕敢来。"

付赟愣住了。

盛衍懒懒地往后靠上椅背,散漫地道:"要是不敢就算了,反正他以前就从来没赢过。"

以前盛衍还训练射击时,薛奕的确从来没赢过他,但现在,薛奕已经去了市队。

南雾是直辖市,市队就相当于省级训练队,只要进了市队,就有机会更进一步。

当时,所有人都认为盛衍很有希望,因为他从小就有天赋,从小学开始学习射击,到初中加入"实外"校队,再到区队,基本拿完了所有同级赛事的冠军。

只是初三那一年的省级选拔赛时,莫名地发挥失误,被一直不如他的薛奕拿走了市队的名额,去了体校。

而盛衍因为错过了最佳年纪,许女士也不希望他继续走这条路,索性就连区队也退了,只留在校队训练。即便经常自费去射击馆训练,还有私人教练,但也应该比不上在市队天天训练的薛奕。

付赟想说有什么不敢的,但毕竟是薛奕的事,他无权决定,只能拿出手机：" 敢肯定是敢，但奕哥不一定有时间，我打个电话问问。"

说完，就去角落里给薛奕打电话。

刚才还气势汹汹地帮着盛衍撑人的苟悠却在此时一把拉过盛衍，道："衍哥，你真去啊？"

"是啊，薛奕现在好歹是市队的，你跟他硬比一场，图什么啊？"朱鹏刚才也只是单纯地帮盛衍撑腰而已，听到盛衍真要比，也急了。

盛衍却只是握着笔，看着右手上因为常年训练磨出来的已经消不下去的茧子，低声道："不图什么，就是想看看我是不是真的一无是处。"

向来凡事不往心里去的张扬的少年，眉眼间也沾上了些看不透的情绪。

朱鹏和苟悠皆是一愣。他们从来没见过这种样子的盛衍，不知道为什么，看着竟然有些难受。

旁边的付赟倒是趾高气扬地走了过来，把手机递给他："奕哥说可以是可以，但是要先问清楚你为什么把他拉黑了，还有问你愿不愿意明天中午和他单独吃个饭。"

盛衍有些纳闷。他什么时候把薛奕拉黑了？

盛衍接过手机，正准备问，结果刚听到一声"小衍"，一只修长的手就突然贴着他的脸侧，夺走了手机。

盛衍抬头一看。

只见秦子规站在逆光之处，绷着脸，握着手机，眼神中似乎带着敌意，语气也冷漠到了极致。"是我，秦子规。比赛场地我来约，饭就不必了。我可以帮他做主，没有为什么，还有——"他停顿了一下，"别叫他小衍。我替他恶心。"

毫不掩饰的厌恶和反感，让炸鸡店里的人都微微愣住了。

秦子规这座是冰山怎么好似吃了枪药一般？

第23章
比赛

秦子规平日里也的确不算什么性格好相与的人。但向来都是寡淡漠然的,鲜少会有这种直接表现出攻击性的状态,更何况,薛奕似乎和秦子规并没有什么过节,怎么秦子规就突然跟吃了枪药似的呢?

盛衍也想不明白。

很快秦子规约好射击馆,定好时间,付赟和苟悠他们也非得跟着,一群人分批坐上了出租车。直到这时,盛衍才忍不住问:"秦子规,你对奕哥怎么那么有意见啊?"

秦子规没有直接回答盛衍的话,只是偏头看着窗外,反问道:"你管谁都叫哥吗?"

或许是窗外下起了小雨的缘故,天色暗得比平日里早些,秦子规侧过头的时候,面容隐在昏暗的阴影中,全然看不出情绪。

盛衍知道,秦子规不高兴了。但又不能知道为什么不高兴。他也不知道自己管薛奕叫奕哥,怎么惹了秦子规的忌讳,也就是个从小到大的称呼而已。

当初,单位大院里除了胖虎等人之外,主要就是他、秦子规、付赟和薛奕,这四个年纪差不多的小孩。其中秦子规和薛奕大一岁,在大人的要求下，盛衍也就凑合着叫薛奕一声哥哥。

不过因为薛家和付家长辈的职位比秦家和盛家低几级，彼此之间的交情不算太亲近。薛奕长得又不如秦子规好看，所以，盛衍小时候就只爱黏着子规哥哥，对于薛奕，大多数时候只是一声不太熟络的奕哥而已。

他们几个真正开始熟起来都已经上小学了，几家大人决定把他们送去学射击，省得天天拿把滋水枪在院子里闯祸。

这几个一起学射击的小孩中，秦子规天生对射击没有兴趣。来这里只是为了陪盛衍，看着他不出事，两个人一起上学、放学而已。到了初中，秦子规直接退出训练。

付赟资质普通，初中时为了拿个二级运动员的证，塞钱进了校队，但是实在没法在比赛中拿到名次，熬到初三就自动退出了。

薛奕，资质中上，不算特别好，但胜在能吃苦，比其他人都愿意花精力和时间在训练上面，所以，成绩基本能稳进前三，参加区赛、市赛也有拿奖的希望。

但那时候吸引所有人注意的是盛衍。

如同盛衍从小在所有体育项目中展现出来的天赋一样，他每次拿起枪，便显出一种浑然天成的自信和从容，有气势、准头，因此几乎包揽了同年龄段的区级、市级比赛的冠军。

所以，当时很多人都以为盛衍会走上射击这条路，成为一名真正的运动员。没想到的是，在市队选拔的时候他却失误了，在二十五米男子手枪速射比赛中，以一分之差被薛奕赢走了最后一个市队名额。

秦子规自然不会因为这个而讨厌薛奕，毕竟比赛场上那么多裁判、教练，靠的是实打实的成绩。

非要说有什么过节的话，可能是市选拔赛上盛衍的失误或多或少地和薛奕有关系。

那时候，盛衍和薛奕经常一起训练，又一起参加比赛，二人的关系还算亲近。

可是,薛奕的家里突然发生变故,父亲被停职了,母亲离婚一走了之。训练完回到家里,要么没饭吃,要么就被酗酒的父亲又打又骂。

院子里的长辈们劝过几次都劝不住,报了警也只说是家庭纠纷,调解一下只能算了。但薛父的行为逐渐变本加厉。

古道热肠的盛衍看不下,就拉着薛奕到自己家里吃饭做作业,直到薛父睡着后,才让薛奕回家。

薛奕当时总说,如果能进市队就好了。因为进了市队就可以一直住在体校,训练也不用花钱,还能领工资,可以彻底摆脱薛父,过上安稳日子。

盛衍知道他的想法后,就让家里的做饭阿姨多做一份营养餐,跟许女士单独给他请的私人教练训练时偶尔也会带上薛奕。

毫不夸张地说,薛奕能够安心训练到市队选拔赛前,全靠盛衍。然而,就在市队选拔赛的前一天晚上,盛衍正在学校训练,付赟突然跑过来找他,说薛奕在家里遇上麻烦了,让盛衍赶快去一趟。

盛衍没多想,也没和许女士打招呼,就跟着付赟就去了薛奕家。刚进去就看见薛奕跪在地上,薛父喝得醉醺醺的,把家里的东西砸了个遍。

盛衍拉起薛奕就要走,他才不会去和酒鬼讲道理。不知道为什么,明明都走到门口了,薛奕却突然回头冲他爸喊了句"就是因为你这个鬼样子,我妈才不要你的"。

就是这句话,彻底激怒了醉酒的中年男人,随手抄起桌上的砚台,就朝他们砸了过来。

当时正面看向薛父的薛奕反应迅速,躲了过去。那个又重又硬的砚台直直地从背后砸到了毫无防备的盛衍。正中右肩。一个射击手最重要的右肩。

那天晚上,许女士极为罕见地拿出了女强人强势的一面,直接报警,警察带走了薛父,但是,即便是找来最好的医生,都无济于事了。直直砸过来的重物撞击骨头的剧烈钝痛，让盛衍连抬起右臂都极为困难，更遑论精准地速射。

尽管盛衍坚持参加完第二天的比赛，但两个九点六环的失误，还是让他以一分之差败给了薛奕。最终，薛奕拿到最后一个进入市队的名额，而盛衍则因为医生建议保守治疗，硬生生地错过了最好的训练年纪。

直到现在，盛衍都还记得，比赛结束的那一刻，右肩已经疼得没有知觉了，嘴唇也咬出了血，汗水糊得眼睛都要睁不开了，甚至几近晕厥。那天，轻易不落泪的许女士哭了。秦子规也是黑着脸，把他送回医院安顿好后，就一言不发地出了门。后来秦子规又做了什么，说了什么，盛衍并不知道。只知道，从那以后，薛奕就再也没有来找过他。没想到，在他不知道的情况下，薛奕竟然被拉黑了，是谁干的，答案不言而喻。

坐在出租车上，盛衍问："秦子规，你给我老实交代，薛奕是不是你拉黑的？"

"嗯。"秦子规看着窗外，没否认，"那天当着你的面拉黑的。"

听秦子规这么一说，盛衍恍惚中有了点印象。

秦子规一直都知道盛衍的手机密码，他也确实是当着自己的面摆弄了一会儿手机，然后说了句"这种人以后你就别联系了"。不过，当时秦子规的脸色实在太难看了，盛衍只顾着安抚他，根本没把这件事放在心上。

盛衍嫌弃地"啧"了一声，说："你这人怎么这么小气，好歹也是一起长大的，再说了，那事儿也不是他故意的。"听上去，没心没肺的。

秦子规只觉得一股气瞬间就涌了上来，正准备说点什么，但一看到盛衍那双清澈的眼睛，就硬生生地把话咽了回去，只能叹了口气："算了。"说完，就又转头看向窗外。

盛衍虽然搞不懂秦子规说的"算了"是什么意思，但他知道，秦子规从初中开始就对薛奕产生一种莫名的排斥和敌意。为了表明立场，他安抚般地拍了拍秦子规的肩："放心，虽然你有点小气，但谁让你是我买回来的呢？所以，我还是无条件地站在你这边的。"

"那可真是谢谢您了。"秦子规撇了撇嘴，然后示意司机停车，"师傅，到了，麻烦停一下，谢谢。"

这家"Road射击馆"是南雾最大、最好，也是最早审批下来的民营射击馆，现在的经营者叫路逾，是秦家的远房亲戚。秦子规小时候，他就仗着比秦子规大四五岁，天天逗秦子规和盛衍。所以，秦子规才能临时约到这么大的场地，否则，光是走流程都要一天半天的。

薛奕对这儿也很熟，毕竟有秦子规，好办事！

下车的时候，薛奕已经到了。

看样子，薛奕刚从市队放假回来，穿着市队的队服，手上还拎着行李箱。他站在门口，低头摆弄着手机，听见动静的时候，抬头便看见盛衍，粲然一笑，道："小衍。"

薛奕的身材高大，模样也周正，由于长期训练，皮肤被晒得很黑，笑起来，牙齿白得晃眼，倒是流露出几分久别重逢的欢愉和喜悦。

尽管两个人之间早就淡了情分，但伸手不打笑脸人，盛衍也犯不上为了陈年旧事如何如何。他刚想上前去寒暄两句，秦子规就不动声色地挡在他前面，转过头对他说："你先去登记。"

即便盛衍再迟钝，也能看出来，秦子规想和薛奕单独聊聊。

想到秦子规那股没来由的敌意，盛衍以为是他们两个人之间有什么过节吧，便没多想，随口应下，跟着工作人员往枪支登记处走去。

直到盛衍的背影消失在走廊的尽头，剩下的两个人才重新收回视线，对视着。

像是心照不宣一般，薛奕意有所指地说："没想到，你和盛衍的关系还是这么好，我之前听说你们俩闹掰了，还以为……"

"不用以为，我和盛衍的关系和你们俩的不一样，再怎么吵再怎么闹，都变不了。"淡淡的一句话，就向薛奕表明了他和盛衍会是永远的家人。

薛奕却只是低头笑了一下，像是在嘲讽秦子规，又像是自嘲："能有什么不一样的？"

细密的雨滴砸在草木砖石之间，嘈嘈切切的。

秦子规的声音浸在淅沥的雨声中听上去有些不真切："还是不一样的，起码我不会伤害他。"

"我说过的，那件事并非我本意。"薛奕看着雨珠落在砖石间，没有抬头。

"是不是你的本意，你自己明白。"秦子规又说，"为什么那天你谁都不找，就找盛衍？为什么你从前都不会顶撞你爸一句，那时候非得刺激他？还有本来该进市队的名额有没有你的位置，你心里应该也知道。盛衍单纯善良，不愿意多想，不代表没人去替他多想，你以为你这些心思许姨看不出来吗？她只是不想盛衍的善意被辜负。所以，你最好就跟以前一样，离得远远的，别再招惹盛衍。"

秦子规语气平淡得几近冷漠。

薛奕垂在身侧的指尖掐着掌心越掐越深。

"还有，我说了，既然心怀恶意，就别叫他小衍，我替他恶心。"秦子规又轻描淡写地补了一句。

却像是触碰到薛奕的最后防线一样，他终于忍不住抬头冷笑了一下，神情里满是自嘲的苦涩和轻蔑："秦子规，你不过也是个没人要的孩子，咱们两个谁有资格看不起谁？"

话音落下的那一刻，四目相对，彼此心照不宣的不满再也无需隐藏。

雨越下越大。

付赟等一群人和朱鹏、苟悠到达射击馆门口时，看到的就是这样一幕，都本能地停在原地。片刻之后，付赟才小心翼翼地上前试探："那什么……奕哥，没事吧？"

"没。"薛奕平时对谁都很和善，看见来了人，随即就笑道，"我和秦子规能有什么事？不过是他对市队选拔赛的事儿还有点不高兴而已，没什么大不了的。"

付赟和薛奕的关系打小就更近一些，又对家境、天赋都比自己好的秦子规和盛衍很是忌妒，听他这么说，立刻呛了回去："就这么点儿事，从初中说到现在，至于吗？盛衍自己没考进市队就怪奕哥吗？要知道市队可不是'实外'，不是许女士塞钱就能进去的。秦子规，你别在这儿没事找事，替你家主子瞎出头。"

"嘴巴给我放干净点。"付赟刚说完，身后就传来懒散又冷漠的声音。转头一看，只见盛衍的脖子上挂好耳罩，斜倚着墙，"我能不能进市队的确不好说，但起码薛奕能进，我就能进。"

盛衍本来对薛奕没什么敌意，来赴约比赛只是为了让付赟闭嘴。但他看不惯有人找秦子规的麻烦，更不能听到别人说许女士一句不好。这句话自然说得格外挑衅和嘲讽。

是想护着谁，意思再明显不过。

薛奕的笑容凝固在脸上，垂在身侧的手指也抖了一下。

盛衍装作没看见，只是懒洋洋地站直身子，说："行了，比赛场地已经收拾出来了，早点比赛早点结束，我还得回家学函数呢。"说完，他转身朝场地走去，从骨子里透出来的嚣张和傲慢刺得付赟的眼睛疼。

"奕哥，你都还没说什么呢，他凭什么这么狂？"付赟自然知道自己几斤几两，论成绩比不过秦子规，论体育比不过盛衍，想要出这口恶气，只能依靠薛奕了。

再怎么说，薛奕也好歹进市队训练了两年。盛衍则一天到晚不务正业，逃课、闹事，拿什么跟薛奕比？

付赟越想越有底气，故意笑道："算了，奕哥大度，不跟你逞口舌之快。但盛衍，咱们丑话说在前面，如果今天你赢了奕哥，是你有能耐，但如果你输了，当年就是你自己水平差才进不了市队，今后无论是你还是秦子规,都别再提当年的事儿。"

盛衍"嗯"了一声。

付赟满意地笑了:"行,一言为定。正好我这儿有几个白菜狗玩偶,要是衍哥你赢了,我们几个就戴在腰上,环游'实外'三天。要是你输了,那你和秦子规就……"

"嗯,行。"

盛衍头也没回,推开了比赛场地的大门。

站一旁的朱鹏和苟悠急了,想上去劝,又不能去比赛场地,只能飞快地跟上正去往场地玻璃墙外的观众席的秦子规,低声道:"秦子规,你劝劝衍哥啊,薛奕好歹是市队的,衍哥这……"

"你们衍哥能赢。"说完,秦子规就自顾自地在观赛席上最好的位子坐下。

朱鹏和苟悠实在弄不明白秦子规为什么会对盛衍这么有信心,更想不通他和盛衍的关系怎么会忽好忽坏。但也没有其他办法,只能一左一右地坐在秦子规旁边,听着一旁付赟等人的嘲讽、讥笑,又生气,又紧张,又着急。

反倒是场地内的盛衍跟没事人似的,和薛奕分别拿好手枪,在比赛场地前站好位置。

这是时隔整整两年,两个人再一次并肩站在射击场上。

薛奕偏头看向盛衍,盛衍正抬起右臂,随手试枪。少年的身形显得更加修长干练,面容轮廓比两年前更加张扬分明,只是随意单手插兜往那儿一站,就醒目得耀眼。

薛奕想了想,还是开口说:"小衍,要不别比了吧,付赟他们几个你也是知道的,说话比较损。万一你输了……"

"谁说我会输?"盛衍本来试瞄着靶子,听到薛奕的话,回头朝他笑了一下。没有挑衅、傲慢,就是很自然而然地笑了,仿佛听到了什么有趣的话。

薛奕停顿了一下，随后解释道："毕竟我每天都在训练，情况不一样……"他终归还是不想和盛衍闹僵。

盛衍却无所谓地戴上了耳罩："放心吧，我好歹有天赋顶着，你就打你的。老规矩，单挑三十发，同分就单发决胜负。赶紧打完，我还得回家做数学卷子呢。秦子规那个变态给我布置了一堆作业……"他说得漫不经心又自然随意。

薛奕的脸色却立刻变得有些难堪。天赋一直是他的短板，自从进入市队后，无论他怎么拼命努力地训练，在那群真正的天才中也只能在下游徘徊。这次之所以能在市交流赛上拿到银牌，也是因为主力基本都去参加了更高一级的赛事。

付赟根本就不懂射击比赛，听说薛奕得了银牌还以为他有多厉害。但盛衍却十分清楚比赛中的各种缘由。

现在，盛衍故意这么对薛奕说，颇有"杀人诛心"之感。

薛奕心想，再有天赋的人也不可能在没有训练的状态下超过他。他深吸一口气，朝左侧立，抬起右臂，不再去看盛衍，只是瞄准靶子。

正规比赛中，男子二十五米手枪速射，一共是打六十发，两个阶段，每个阶段三十发，但他和盛衍私下里竞赛时，规则就简单得多。

前两组，每组八秒五发，中间两组，每组六秒五发，最后两组，每组四秒五发。九点七环内算命中，得一分，九点七环外算脱靶，得零分，最后计算总分数。

薛奕前两组一向很稳，他调整呼吸，放平胳膊，"嘭嘭嘭嘭嘭"，五发连出，五中四。

轮到盛衍，五中三。

分数显示的那一刻，场外的付赟他们忍不住大喊了声："完美！奕哥！牛！"

因为越到后面要求的速度越快，得分就越难，薛奕第一组能拿到优势，可以说是开了个好头。

第一组才五中三，这并不是盛衍以前的水平。

薛奕忍不住回头看向盛衍。

发现盛衍仍旧只是手插兜散漫地侧立，举着枪，表情毫无变化，依旧那么自信从容。

一如很多年前教练对他的评价一样——"只要盛衍举起枪，那枪就跟长在他身上似的，那种自信从容，你们几个都没有，这就是天赋。"

天赋吗？可是明明已经落后了，还是自信从容，这到底算什么天赋？

薛奕想着，咬着牙，打出第二组，依旧五中四。

旁边的盛衍依旧五中三。

付赟他们又松了口气。

如果前面两组都只能五中三，就说明，盛衍也就这水平了。

果然，专业训练和非专业训练就是不一样。

两分优势在手，付赟笑得更大声了："就这？我还以为盛衍现在多牛呢，敢这么狂。"

"你懂什么！这叫先抬一手！"朱鹏和苟悠对着付赟吼得更凶，心里却不太有底，吼完就回头朝秦子规小声、焦急地问，"天啊！秦哥，你说句话啊，这下怎么办啊？"

秦子规的手里捧着给盛衍买的奶茶，表情没什么变化："放心就好。"

现在和秦子规一样淡定的，就只剩下场内的盛衍了。

薛奕看向依旧从容的盛衍，深吸一口气，转回头，两组六秒连发。

第三组，五中三。

第四组，五中三。

还好，不算超常发挥，属于正常发挥。

盛衍现在的状态顶多也就这个成绩，那算下来，自己最少还能领先两分。

薛奕心里之前一直紧着的那根弦总算放松了些。

然而，还没等到那根弦彻底放松，随着"嘭嘭嘭嘭嘭"五声，再"嘭嘭嘭嘭嘭"五声。

两组六秒内五发。

对面显示器，分数显示。

盛衍，第三组，五中四。

第四组，五中四。

总分，十四比十四，比分被拉平。

面对突如其来的变故，已经准备好欢呼的付赟和刚刚松口气的薛奕愣在了原地。

怎么可能？怎么速度越快，盛衍的命中率反而越高？几乎已经赶上市队的标准水平了。

运气，绝对是运气。

就算盛衍再有天赋，怎么可能不训练就能达到这种水平？况且，他前两组的成绩很一般啊。

他不可能还会输给盛衍。薛奕握着枪柄，努力调整呼吸。

一旁的盛衍，却像是从头到尾都没有过任何情绪起伏，也看不见分数一般，只是握着枪，对着靶子，漫不经心又肃然冷漠，指尖轻扣。

薛奕闭上眼睛，努力摒弃一切杂念，按下扳机。

第五组，四秒五发。

盛衍，五中四。

薛奕，五中三。

比分，十八比十七。

第六组，四秒五发。

盛衍，五中四。

薛奕，五中二。

比分，二十二比十九。

落后，扳平，反超，胜利。

盛衍的情绪没有起伏，一直无动于衷，从头到尾都是胜利在握的从容。

薛奕终于忍不住，泄愤般地打出了最后一枪单发，九点九环。

盛衍也面无表情地换弹，装匣，抬手，十点四环。

一气呵成，全面碾压。

薛奕没有失误，只是水平不如盛衍。他认命般地垂下手，感慨着："天赋这种东西真是不公平。"

盛衍却只是又换上了一匣子弹，顺势瞄准射击，淡淡地说："是你射击的时候想得太多了。"

然后，四秒五发，五连中。用现实告诉对方：实力，绝非侥幸。

结果出来的那一刻，场外的朱鹏和苟悠，先是一愣，紧接着，从座位上一跃而起，抱住对方，高兴得原地转圈圈。

付赟那群人则愣在原地，表情呆滞，难以置信。

只有秦子规靠着座位靠背，透过玻璃，看着场地上那个举着枪，单手插兜，自信又从容，挺拔如青松的少年，眼底带了些除了他无人能懂的情绪。

除了他，没人知道，在盛衍逃的那些课里，有多少时间是花在射击馆练习射击上，又有多少个周末是在射击馆里度过的。甚至除了他，没人知道，当时还是个小短腿、娇气包的盛小衍为了练习举枪，多少次哭得一边打嗝儿一边练到训练场上空无一人。

盛衍就是这样的人，如果是他不喜欢的人和事，他会连敷衍都懒得敷衍，如果是他选择的人和事，他就会付出他能付出的全部。而受伤后的康复训练，盛衍也没告诉过任何一个人他有多在意，有多辛苦，有多累，因为他怕关心他的人心疼，为他曾经错失的鲜花和掌声而遗憾、难过。

但是秦子规知道。因为那个看上去吃不得苦的小孩，手上的茧子厚得那么格格不入。

这样被上天眷顾的努力、认真的少年本该站在比赛场上，自信从容地绽放着光亮，接受鲜花、掌声和赞美，如今却被困于他并不喜欢的这一方枯燥的天地里，被指责为不学无术的垃圾，而起因不过是他对这个世界从不吝惜主动释放的善意而已。

秦子规想过很多次，世界上怎么会有盛衍这样的人，像从蔷薇花丛里走出来的小王子一样，活在对这个世界最好的期待中，又单纯又善良。可惜的是，世界上毒蛇和蜘蛛太多了，配不上这样的好，所以就显得小王子像个傻瓜一样。

正想着，比赛场内的盛衍突然回头朝秦子规挑眉笑了一下，十分幼稚，而且扬扬得意地炫耀着小小的胜利。

秦子规也笑了。傻就傻吧，他愿意自己变成一个有城府的人，让盛衍一直活在对这个世界最好的期待中，去守护这份美好。他站起身，一手拎着盛衍的书包，一手拿着盛衍的奶茶，缓缓走到射击场地门外。

等盛衍扬扬得意地走出来时，秦子规递上奶茶，故意泼冷水说："该回去做数学卷子了，还有十张没做完。"

本来还扬扬得意的盛衍立刻愣在当场。

盛衍身后的薛奕则没忍住，叫了声："盛衍。"

盛衍回过头："干什么？"

薛奕努力让自己的话听起来更加客观："就算今天我和你比赛输了，但我以后还有很多比赛可以打。你现在的成绩我也听说了，你有想过自己以后要做什么吗？"

"哦，这个啊。"盛衍想了想，认真地说，"可能想做个人吧。"

第 24 章
脱靶

可能想做个人吧。

正经而认真的一句，落在薛奕的耳里却显得格外嘲讽。

难道盛衍刚才听到他们说的话了？

不可能，如果盛衍听到了，怎么可能心平气和地比赛？

薛奕终究还是心虚了，像是想挽回什么似的，着急地说："小衍，你别听秦子规的，事情不是他说的那样。"

"嗯？秦子规说什么了吗？"盛衍看似无辜地一挑眉。

薛奕顿时愣在原地。他不可能把秦子规说的话再重复一遍，那和不打自招有什么区别？但他也不能确定，盛衍是否真的没听到。

看着对方患得患失、手足无措的神情，盛衍又笑了一下："你不想说的话，那就算了，不过秦子规刚才应该也跟你说过了，我和你不熟，所以'小衍'这种称呼以后还是别叫了，不合适。"

盛衍的笑意未达眼底，只是浮在唇角，显出一种疏离感。

薛奕从来没见过盛衍这样的笑容，心脏仿佛被抽了一下。他张了张嘴，欲言又止，像是想再辩解些什么。

盛衍却懒得再看他，转身从秦子规的手里接过已经插好吸管的奶茶。

两个人并肩向外走去。

　　走着走着，盛衍偏头说了句什么，秦子规低低地应着，顺手把手伸到盛衍的脖颈后方，替他理了一下衣领。

　　薛奕看在眼里，想起以前他想帮盛衍整理衣服却都被盛衍避开，所有的不甘、懊悔、心虚、忌妒在心里无限发酵。最终，他再次开口："盛衍！"

　　盛衍蹙着眉，回过头，像是耐心已经快用尽。和面对秦子规时的表情截然不同。

　　薛奕问："那秦子规凭什么能叫？"

　　盛衍觉得很是无语："秦子规比我妈跟我待在一起的时间都长，他不能叫谁还能叫？"

　　薛奕哽住。

　　盛衍又问："而且秦子规能帮我数学考试考及格，你能吗？"

　　薛奕再次哽住。

　　"所以说啊，做人不能太攀比，人比人是比不过的。哦，当然，做垃圾最好也不要太攀比，不然可能本来还是可回收垃圾，比着比着就成为有害垃圾了，这样不好。"盛衍十分诚恳地送出一句至理名言。

　　薛奕一口老血哽在心中，觉得这辈子都没这么耻辱过。

　　付赟过来后，恰好看到这一幕，当即没好气地站到薛奕前面，冲盛衍凶道："盛衍，你狂什么狂？不就运气好，赢了一次单挑而已。有本事的话，下个月的市锦标赛你也去啊！"

　　"你要这么说，也不是不行。"盛衍喝着奶茶，想了想，"但如果我去了，你们奕哥可能连银牌都拿不到了，他的年纪不小了，再拿不到点儿像样的冠军，就只能在市队待到退役了。"

　　盛衍向来爱憎分明，撑人自然不会输，一句轻描淡写的话却直戳人心，随即盛衍又说："哦，对了，男人说话要算话。那个白菜狗玩偶，得绑在腰上，环游'实外'三天，你们可别忘了，我们苟悠可录音了呢。"

"啊?"苟悠愣了一下,很快就反应过来,趾高气扬地仰起头,"对,我这录音了,你们要是敢赖账,就别怪我们不客气,把你们跳脚的样子三百六十度无死角地循环播放。"

"就是。"朱鹏也上来凑热闹,"所以这个故事告诉我们,做人不要太过分,有些人就算进了市队,比不过就是比不过,我们衍哥就算不进市队,但有天赋,分分钟全面碾压,唉……就是个玩儿!"

薛奕和付赟的脸黑得不行。

盛衍才懒洋洋地对苟悠和朱鹏说:"行了,低调一点,我们要做有素质的人。别和某些天天被打脸的人学。"

"衍哥说得对。"朱鹏和苟悠嘚瑟地跟上去,一边一个,习惯性地搭上盛衍的肩。

然而,两个人立刻就感受到一阵寒意。转头一看,正好对上被挤到一旁的秦子规的目光。

不知道为何,苟悠在那一刻突然就想起了秦子规说过的那句"我可以帮他做主,没有为什么,还有别叫他小衍,我替他恶心"。于是,他本能地趋利避害,果断地松手,并且往后退了一步,顺便拍掉朱鹏的手:"放开。"

朱鹏一脸茫然的表情:"啊?为什么?"

"哪儿那么多为什么?勾肩搭背的像什么样子,我们要给那群垃圾展示出胜利者的气质来。"

苟悠的脑子一向比朱鹏好使,说得又义正词严,朱鹏也就没多想,听话地放开盛衍的肩膀,站到苟悠旁边:"然后呢?"

"然后,你现在有没有觉得自己很想回家做数学作业?"苟悠说得十分严肃。

还没等他回答,苟悠就已经郑重地拽着他,边走边说:"我知道你想,那我们就赶快回去吧。"

说完，两个人就飞快地消失在了射击馆的门口。

盛衍觉得这两个"二货"在秦子规面前，总是显得傻乎乎的。他回头看向秦子规，又点了点自己的脑袋，认真地解释说："他们这里，有点那啥，你理解理解。"

秦子规觉得，没准儿苟悠他们的脑子比盛衍的要正常得多。

盛衍又眯了下眼睛，问："不过，你老实交代，你是不是也做了什么对不起我的事？"

秦子规不解地挑了挑眉。

盛衍理直气壮地道："不然薛奕怎么说你跟他一样？你们到底哪儿一样了？你是不是也背着我干了什么见不得人的事？你现在老实交代，还能争取个宽大处理。"

秦子规看着面前这个连偷听都听不明白的傻瓜，沉默了三秒钟，然后冷着脸背上书包："我做得最对不起你的事应该就是今天中午又去打印了五张数学卷子。"

盛衍咬着吸管愣在原地。

紧接着，秦子规无动于衷地扶着他的肩，把他往后一转，像命令小学生一样，说道："十五张卷子，一个周末做得完。"

盛衍没好气地嘟囔道："今天就不能不做吗？"

秦子规的要求很严格："给我个合理的理由。"

"没有理由，就是心情不好。"盛衍有点任性地扔出这么一句。

秦子规认真地看着盛衍，果然，他全然不见刚才射击比赛时的神气活现，本来神采奕奕的眼睛也没精打采地耷着，

看来，还是难过的。

于是，秦子规微微点了下头，说："好，今天不做了。我带你去个地方。"

"去哪儿？"盛衍抬头问道。

秦子规撑开伞，挡在两个人的头顶："你跟我走就知道了。"

或许是夏夜里的雨降了些燥意，栀子花的气味浸在湿润的空气里，香得沁人，撑着伞缓缓走在南雾弯弯绕绕的巷子里，比往日舒服得多。

这里靠近老城，离单位大院不远，四处充斥着延续至今的市井气息，建筑破败却十分热闹，即使下着小雨，老街里的夜市支起棚子后，依旧灯火通明，人声喧嚣。

"这夜市还办着呢？"盛衍看着眼前熟悉的场景，感到有些惊讶。

他们小时候，还住在大院，最喜欢的就是暑假时老街的夜市。连成长串的棚子，汇集了各种好吃的、好喝的、好玩的，密密麻麻地摆满一条街。

大人们给他们一个人十元钱，几个小孩儿就能从开市玩到闭市。

没想到这么多年过去了，竟然还在。

秦子规倒是不意外，送盛衍进了棚子后，收起伞，淡淡地道："每年暑假都会办，我也是去年来附近参加比赛才发现的。"

"那你怎么没告诉我？"

"那时候还在和你闹脾气。"

"哼，幼稚。"大概是想起来许多小时候的事，盛衍的心情像是好了不少，站在一个画糖人的摊位前，"你看我给你转个'龙'出来。"

说完，滴溜溜地一转，果然转出来了一个"龙"。

摊主阿姨笑着道："小伙子的运气真好啊，想什么来什么。"

盛衍得意地说："那是，小时候，我每次都能转到最大的，那个，就那个冰山脸的那个，他就不行，每次转都是最小的。"

"所以你们两个才能做兄弟啊，用我们老人的话来说，就是他把他的运气都让给你了，才修来的你们做兄弟的缘分。"阿姨笑呵呵地把"龙"递给盛衍。

"谁和他是兄弟了，我长得这么帅，一看就和他不是一个基因出来的。"

盛衍没把阿姨的话当回事，只是接过糖，回头问秦子规："你要吗？"

秦子规习惯性地打开手机，替他付了钱："不用，我不爱吃甜的。"

盛衍想，他前两天不是还说自己爱吃甜的，怎么这么快就变了？

秦子规则若无其事地收起手机，看向他："想去龙叔叔的摊位看一下吗？"

"嗯？"盛衍先是一愣，等想起来龙叔叔是谁的时候，喊了一声："天啊，那位叔叔还在？"

"嗯，还在骗小朋友们的钱，要不去看看？"

盛衍想都没想，一把勾过秦子规的肩："去，必须去！我小时候每年暑假一半的零花钱都被那个叔叔坑了，不去不行！"

所谓的龙叔叔，就是大院外面开小卖部的叔叔，因为年轻时遇到点事故，一只眼睛失明了，当初小孩子们不懂事，叫他独眼龙，后来被家长们拉着一个个过来道歉，后来大家就亲切地叫他龙叔叔了，他自己也不介意，乐呵呵地答应着。

每年暑假夜市开始的时候，他就去进一大批特别招小孩子喜欢的盗版玩偶或者手办，再摆个打靶的摊位，收小孩子们的钱，命中率够了的就拿走奖品，没够的就继续掏钱。可以说，那就是盛衍的射击启蒙教育了。

隔着老远，盛衍和秦子规就看到一大群男孩子女孩子，手里攥着五元、十元的钞票，里三层外三层，紧紧地围着最中间那个正拿着玩具枪的小男孩，屏息以待，不禁觉得有些好笑。

果然，不出意外，个子才刚刚够瞄到靶子的小孩儿把手里的零花钱都送给龙叔叔后，只能扁着小嘴，空手而归。

眼看小萝卜丁咬着嘴巴，壮烈地又从裤兜里翻出十块钱，准备贡献给龙叔叔，盛衍忍不住抱着胸，轻笑一声："小孩儿，枪不是这么打的。"

虽然个子很小，但志气高的小男孩不服气地回过头，抬着下巴，看着盛衍："我可是我们小区里打枪打得最好的，我昨天还给媛媛打了个朱迪兔呢，你凭什么说我？"

"凭我比你厉害。"盛衍也抬起下巴，答得十分挑衅。

小孩儿在喜欢的女孩儿面前没了面子，更不服气了："有本事你来试试！"

盛衍"哼"了一声："试试就试试。"

和七八岁的小孩吵架，居然也能吵得有来有回，毫无代沟。

秦子规低头捏了捏眉心，试图把自己的脸挡起来。

盛衍则十分豪气地往玩具枪前面一坐，偏头看向那个叫媛媛的可爱女孩儿，低声问："媛媛想要哪个？哥哥给你打。"

媛媛把自己手里的五块钱递了过来，然后奶声奶气地指着奖品最上面那排的盒装芭比娃娃，说："媛媛喜欢那个公主，你能帮媛媛把它带回家吗？小哥哥。"

小姑娘还挺会说话。

盛衍弯着眉眼，粲然一笑："好，那哥哥就帮媛媛把公主带回家。"

然后长腿一屈，枪一架。

"嘭嘭嘭嘭"。

一发，一中，两发，两中，百发，百中。

等子弹打完的时候，对面的所有靶子全部应声而倒，没有例外。

在场的小孩们瞬间瞪大了眼睛，眼睁睁地看着那个他们求而不得的芭比娃娃套装就从那个尊贵的奖品架的最高层到了媛媛的手里。

短暂的沉默后，孩子们瞬间爆发了激动的欢呼声。

"哥哥，哥哥，我给你五块钱，你帮我打个奥特曼好不好？"

"哥哥，哥哥，我想要那个熊熊。"

"哥哥，哥哥，你最帅了，比鸣人还帅，给我打个鸣人好不好？"

"哥哥，我有钱！你先帮我打好不好？"

"行，想要什么都行，但你们先排好队，年纪小的在年纪大的前面，女孩子在男孩子前面，钱交给龙叔叔，奖品让龙叔叔给你们拿。"盛衍坐在那个射击位上，抬头朝着龙叔叔笑道："叔叔，不介意吧？"

眼前少年弯弯的笑眼和多年前那个每天揣着零花钱来他摊位前蹲着的小短腿娃娃重叠起来，龙叔叔认出这是盛家的小孩儿，也笑着说："那你悠着点打，把我打破产了我可要找你姥姥姥爷闹去。"

盛衍笑了一下，转身架好枪，瞄准，懒洋洋地问："想要什么？"

"奥特曼！谢谢哥哥！"

"哥哥，你好帅呀！"

"哥哥，你就是夜市'战神'！"

"哥哥，我想要那个新娘！"

"哥哥，你有没有女朋友呀？"

"哥哥，媛媛说她喜欢你！"

一发一发子弹，一枪一枪靶子，一个一个娃娃。

盛衍就坐在那里，举着最劣质的玩具枪，瞄着最原始的靶子，享受着最单纯、最天真的吹捧和荣誉，回忆起最开始喜欢上射击时的快乐。

盛衍是喜欢射击的，无关那些勾心斗角、追名逐利，他就是喜欢射击。所以即便是在最简陋的夜市里，面对最天真的观众，用着最劣质的装备，他坐在那里，依旧发着光，轻易获得所有人的关注和喜爱。那些龌龊不堪的上不得台面的东西，他不是不知道，也不是不计较，只是看不起，所以没有让它们在本来属于光的地方留下不该有的阴影。

秦子规想，总有一天，盛衍会重新站在本该属于他的地方，接受那些他错过了的鲜花和掌声，因为他天生属于这一切。于是，在所有小孩都心满意足地抱着属于自己的娃娃时，突然听到头顶传来一句："我想要个小王子。"

盛衍抬头，看见秦子规拿着不知道从哪变出来的五元现金，递到他眼前，晃了晃，又抬手指了指奖品柜上一个小王子和他的 B612 水晶球：

"我想要那个小王子。"

盛衍知道秦子规带他来这里的目的。

已经被小孩子们吹捧得虚荣心极度膨胀,加上难得看到秦子规这么有闲情逸致的一面,心情很好,就有些恶劣地勾起唇角,调侃道:"那先叫声衍哥来听听?"反正秦子规又不可能打他,顶多就是刻薄几句。

然而,秦子规并没有说什么刻薄的话,靠上栏杆,垂眼看着他,然后应了一句:"嗯,好。"

还没等他反应过来,就听见秦子规用很轻很淡的口吻说:"我喜欢那个小王子,所以衍哥你能帮我把它带回家吗?"

夜市昏黄煦暖的灯光在秦子规低垂的眼睫毛上晕了一层淡淡的光,低而轻缓的声音,轻描淡写地压过了小孩们所有的喧嚣和吵闹。

于是那一刻,本来还扬扬得意的盛衍,手指一抖,打了今天的第一个空靶子。

夜市"战神",晚节不保。

第25章
蔷薇

盛衍觉得耳朵有点烫。他从十岁开始就没有脱过靶了，这么多年，还是头一遭。所以，他有理由怀疑秦子规就是故意的。

　　盛衍假装冷冷地转回身，重新装填子弹。剩下的十九发，枪枪命中，刚好二等奖，够拿到那个小王子水晶球。

　　盛衍把水晶球交给秦子规时，从他手里拿回了自己的"龙"，嫌弃地道："为了一个小王子，至于吗？"

　　"反正我已经有正版的了。"秦子规意有所指地说。说后，还状似不在意地把那个小王子水晶球随手放进了书包最里面的夹层，拉好拉链，才抬头问盛衍："打过瘾了吗？"

　　"还行吧，主要怕再玩下去，龙叔该破产了。"盛衍转着自己手里的糖画，慢慢吃着。

　　龙叔数着腰包里的钱笑道："可不，也就是夜市快结束了，生意差不多做完了，不然我得跟你急。"

　　"哪儿能啊，小时候我可没少给你老人家送钱。"盛衍友好地搭上龙叔的肩，"光是吃你家的辣条，我就急性肠胃炎发作被送医院好几次吧？"

　　"你还说，小时候就数你小子从我这儿拿走的奖品多，什么水晶球、玩具小手枪、画卡、辣条，哪样亏着你了？"龙叔嫌弃般地抖了下肩，试图把盛衍的手给抖下去，表情却忍不住带着笑，"所以，你这个臭小子，从小就是玩枪的。怎么样，现在还打枪吗？"

"在打呢。"盛衍没有犹豫，"要不今天晚上怎么能'血洗'你老人家的摊位。您要不介意，我明天还来？"

"去去去，拿着东西走，别让我再看见你。"龙叔顺手抄起几包小辣条，跟小时候一样一把塞进盛衍的衣兜，然后笑着轰他走。

盛衍知道这是中年人腼腆的心意，于是顺手选了把枪，按最贵的价格付过钱后，就吊儿郎当地冲龙叔挥了挥手，勾着秦子规的脖子往外晃去了。

盛衍懒洋洋地说："你今天带我来这儿就是想让我高兴的吧？"

秦子规也没否认，单肩钩着书包带子，目视前方，语气很淡地问："那你高兴了吗？"

"还行吧。"像是为了证明自己并不是很在意，语气有点儿散漫，"其实我也没你想的那么不高兴。虽然这事儿确实挺让人气愤的，但毕竟都过去了。而且我喜欢的是射击，又不是比赛，所以倒也没有那么伤心。我就是……"

秦子规偏头看他："就是什么。"

"就是被薛奕问中了，我不知道自己以后该做什么。"盛衍笑了一下，显得没心没肺。

秦子规偏回头，问："不想回去打比赛？"

"想是想，但你说我是为了什么打比赛呢？单纯为了奖牌？我好像也没有那么大的兴趣，大到可以做一辈子。"

秦子规没应声。

盛衍又无奈地叹了口气："所以像我这种人，可能这辈子就真的只能做个吃穿不愁、游手好闲的废物富家子了吧。人生啊，真是悲哀。"

长长的叹息落下的那一刻,整个夜市里所有能听见这句话的人都瞬间转头看向了他,眼神带着强烈的鄙夷和仇恨。

秦子规送上迟来的友情提示:"你这么说话容易挨揍。"

"废话,要你说。"盛衍没好气地翻了个白眼,刚想解释一下自己不是那个意思,还没来得及开口,围观群众看向他们的眼神逐渐从敌意转变成惊恐和慌张。

盛衍有些纳闷,还没反应过来发生了什么,就突然被人从后面猛地撞了一下。紧接着,身旁就刮过一阵迅猛的风。

一个手握女士钱包、戴着口罩和黑帽子的青年飞快地从他身旁掠过,穿过拥挤、嘈杂的人群,径直往外逃窜而去。

身后一个女人和一个胖子保安则跑得气喘吁吁地喊道:"抓……抓住他,抢钱包,贼娃子,莫让他跑了。"

这个年头还来夜市玩的,要么是图新鲜的小孩,要么就是图便宜的中老年人,无论是胆子还是体力,都没几个能追上小偷。

意识到这一点时,秦子规下意识地想拽住盛衍。然而,盛衍已经以最快的速度直接取下书包,连带着糖人一起塞进秦子规的怀中,二话不说,撑着桌子,一个翻越,就从人更少的那条路飞奔着追了出去。

秦子规气得磨了下牙,一边拿出手机,一边跟了上去。

夜市会场的外面是深夜下着大雨的老街。和室内的灯火通明相比,只有一片漆黑和萧索。

小偷估计是个惯犯,从人最多的地方跑出来后,觉得不会再被人追上。刚准备松口气,结果刚回头就看见一个长腿帅哥正手握着一把枪,从瓢泼大雨中,冷着一张脸,飞快地追了上来,跟拍电影似的。

小偷来不及深想他这是犯了什么大事值得被人拿枪来追,本能地拔腿开始狂奔。

这么多年来,他在这个片区鲜有失手,凭借的就是奔跑速度,尤其是得手之后的逃窜，他跑得要多快有多快。最关键的是这片老城区他非常熟悉，什么犄角旮旯的地方他都能找到，一般人根本追不上。

所以，无论是失主还是保安，每一次都能被他成功地甩掉。但是这次的长腿帅哥，怎么比他跑得还快，而且反应也快，甩都甩不掉！下着这么大的雨对方也跟个没事人似的！手里还拿着把枪，太吓人了！

深夜的大雨，老城的小巷。他被人手持枪支，单枪匹马，一路紧追不舍。他觉得自己仿佛就是二十世纪九十年代香港警匪片里的反派。等到再也跑不动了的时候，回头一看，雨幕里终于没有了那个长腿帅哥的身影，才彻底松了口气，靠着墙，弯下腰，俯着身，劫后余生般地大口大口地喘了起来。

突然间，后背被人凌空一踹，整个人直接朝前趴在地上摔了个狗吃屎。紧接着，就被人用膝盖抵着背，反剪住胳膊，疼得他挣扎不得，嗷嗷直叫。本来还打算奋力一挣，下一秒钟眼角的余光看到了一把枪，耳边传来低沉的声音："老实点，偷个钱包关一阵子可能就出来了，袭警可就是另一回事了。"

盛衍从小就是在这一片长大的，当年因为个子小，又想报复胖虎，就没少利用优势把那几个大孩子在这个片区遛来遛去的，所以对这里的地形也很熟悉。等他发现小偷跑进这条死巷子后，直接从另一头翻墙包抄，把人逮了个正着。

而这个小偷，脑子一般，还没文化，不然也不至于走上违法犯罪的道路，所以在被包抄活捉，还听到"袭警"两个字后，脑子里瞬间冒出的就是警匪片里的情节，难以置信地问："你是便衣？"

盛衍的手里握着那把从龙叔叔摊位上买的小手枪，眼都没眨："少问不该问的，老实点就行，等我同事来了，还能给你争取个宽大处理。"

盛衍相信以秦子规的做事风格，肯定第一时间就已经报警了，而且就算因为手里拿的东西太多，没法跟上他们，但找到大概位置肯定没问题。

果然,话音刚落,不远处就传来了警笛声。

小偷被摁在地上,脸贴着地面上的水洼,心有不甘地道:"今天算我运气不好,遇上警察,我认栽。"

盛衍没否认,也没说话,只是死死地摁着那个人,像是个执法老练的冷酷警察。

小偷放弃抵抗。觉得输给这种精英骨干,不亏。等到警察赶来,给他铐上手铐,带上警车,即将关上车门的时候,他没忍住,转过头,打算再看一眼那位可敬可畏的对手。

然后,就看见一个单肩背着书包、拿着糖人、撑着伞,一看就是高中生模样的男生一把把那个"便衣"拽到伞下,蹙着眉,像是忍着发脾气般地低声问道:"有没有受伤?"

刚刚还老练冷酷的精英骨干就心虚地垂下了脑袋,双手背在身后,小声道:"没有。"

"转一圈。"高中男生面色不善。

"哦。"精英骨干老老实实地听话。

转了一圈之后,确认毫发无损。

高中男生的脸色才稍微好了一些,把糖人塞回了精英骨干的手中。

还没等他反应过来是怎么回事,老干警就上前拍了拍那个精英骨干的肩:"小同学,非常不错,对于你这次见义勇为的行为,我们所里会给出表彰的。但是下次不能再这样了啊,你一个高中生,孤身追小偷,实在太危险了,你知不知道你朋友急成什么样了?差点都想让市里的刑警支队直接过来了。"老干警笑着打趣揶揄。

秦子规绷着脸不说话。

一旁的小偷挣扎着说:"谁是高中生?高中生能带枪?"

老干警忙问:"什么枪?"

盛衍老实地上交:"玩具枪。"

刚被玩具枪顶着在水坑里趴了半天的小偷:"玩具枪?"

这才反应过来,他刚才被一个高中生骗了,小偷忍不住大声喊:"你不是便衣,你骗我……"

"闭嘴!"不等他说完,一个漂亮的女干警就皱着眉头呵斥道,"这里有你说话的份吗?你给我老实点!"说完,就把车门一拍,硬生生地把对方所有污言秽语都堵了回去。

被铐住双手的小偷就只能隔着车门,脸部紧紧贴着玻璃,冲着盛衍瞪眼睛。然而,车外的盛衍浑不在意,挠着脑袋听老干警的夸奖:"你这孩子,运动神经好,体能好,反应快,遇事沉着,不怕事儿,很机敏,还有正义感,把人民群众的利益放在个人安危之前,是个不可多得的人才啊,将来必大有可为。"

自从离开射击队后,除了朱鹏和苟悠的"彩虹屁"以及亲妈许女士自带的八百倍"滤镜",盛衍就再也没有听过来自长辈的真诚的夸奖了。他似乎已经习惯了黄书良每天追在他后面骂他调皮惹事的日子,所以面对这样发自肺腑的欣赏和称赞,反倒有些不好意思起来。

老干警笑着摸了摸盛衍的脑袋:"好孩子,别紧张,这是好事儿,跟我们到派出所做个笔录,就可以回家了,不然你的朋友可能要担心死了。"

难得被夸一次好孩子的盛衍有点不好意思地红了耳朵尖,偷偷看了秦子规一眼,然后假装无所谓地答应道:"行,没问题。"

秦子规仿佛什么都没听见,什么都没看见一样,冷着脸,替他把脸上多余的水渍细细擦了个干净后,全程再也没有说过话,就差把"不高兴"三个字写在脸上了。

等到做完笔录,从派出所出来,秦子规才冷淡地开口:"今天晚上先回姥姥家住。"

雨实在下得太大，夜已经深了，夜市又刚刚结束，附近并不好打车，从这里回家还有很长一段距离，盛衍全身上下又被雨打湿了，要是回家，估计会感冒。

盛衍没反驳，"哦"了一声。

两个人就默默地往派出所后面的单位大院走去。雨珠噼里啪啦地砸在伞上，显得两个人之间的气氛异常沉默。

盛衍有些不自在的心虚。这种心虚由来已久，非要追溯起来的话还得是小时候。盛衍的父亲和许女士比起来，并不是什么有钱人，只是一名长得很帅的刑警支队长。盛衍还在许女士肚子里时，他就因为一起缉毒案件，因公殉职，所以盛衍并没有见过父亲。

大概是受到他的遗传基因影响，盛衍的正义感爆棚。一个漂亮奶娃娃，天天举着支小水枪，以为自己是举世无双的大英雄，走到哪里都奶声奶气地路见不平一声吼。结果就是出了大院，谁都打不过，每次都只能哼哼唧唧地回来，眼泪哗哗地找秦子规要抱抱。

秦子规那时候的年纪也不大，并不能很好地藏起情绪。两个人当时不在同一年级，不能二十四小时都盯着。所以，每次看见盛衍受伤后，秦子规都又心疼又难过，骂又舍不得骂，好好讲道理的话，盛衍下次照样还敢。

直到有一次，盛衍因为冲动又打架了，脸上受了很严重的伤，差点留下疤，秦子规才意识到盛衍根本就不知道怎么保护自己。就是那一次，秦子规狠下心，板着脸，盛衍撒娇也不理，盛衍要抱抱也不理，只是一直冷着脸照顾盛衍，什么话也不说，然后背地里去找那几个打伤盛衍的孩子狠狠地教育了他们一顿，自己也带了一身的伤回来。

从那以后，盛衍才意识到，原来在意的人受伤了，他也是会担心和难过的，甚至会因为这种担心难过而生气。他不希望妈妈、姨姨和子规哥哥担心、生气，所以就拉着秦子规的小手指做出保证，以后当小英雄之前一定要先保护好自己。

虽然话是这么说,但天性使然,此后的十几年里,盛衍绝大部分时候都会忘记这个保证。

然后就会被秦子规抓包,然后秦子规就会生闷气,一边冷着脸不说话,一边照顾他,他就会非常不自在地感到心虚,去找秦子规撒娇认错,再接受一顿来自子规哥哥又生气又心疼的安全意识教育,最后保证不再犯。

所以这种心虚经年累月地早就形成了本能。

即使他们冷战的时候,盛衍每次受伤都不自觉地想躲着秦子规,更何况现在两个人刚刚和好。

于是,走到院门口的时候,盛衍直接停下来,看向秦子规,带着一脸视死如归的表情说:"你有什么话就现在一口气唠叨完吧,省得待会儿又吵得不痛快。"

秦子规偏头看他。

盛衍一股脑地直接把心里话全都倒了出来:"什么我不该这么冒失冲动,不该不顾自身安危,不该热血上头,没脑子,一腔愚勇,该骂的你就骂吧,骂完你也痛快了,我也痛快了。"说完,还理直气壮地抬起了头,挺起了胸,一副"你骂归你骂,我横归我横"的姿态。

秦子规平静地看着盛衍。他的身后正好是爬满蔷薇花的院墙,适逢下了大雨,花叶都被雨水冲刷得干干净净的,其中一朵蔷薇格外嚣张,顶着风雨也非要顺着墙头往天空的方向肆意窥望,显出极强的生命力来。

花下的墙则多年如一日,沉默不言地守着花的盛开。明明就不是一种性格的事物,却非要缠在一起。就像他小时候就清楚地知道他和盛衍不是同类人一样。如果他们在同一辆车上遇上了劫匪,盛衍的想法一定是怎么保护车上其他所有人的安全,而他只会想到该怎么保护好盛衍。这就是他和盛衍本质的区别。所以,他没资格去告诉盛衍说盛衍做得不对。他唯一能做的就是让墙变得更加坚固，不会倒下。

可是他并没有做得很好。

想起刚才警察局里一堆叔叔阿姨对盛衍的真心夸赞和喜爱，再想到黄书良那些过分的话语，秦子规伸手把盛衍脑袋上因为打斗翘起来的一撮头发按了下去："你不是挺懂的吗？"

"嗯？"盛衍一愣，这和他想象中的情景不一样啊。

"既然道理都懂，我再多说也没用，进屋洗澡换衣服吧。"秦子规说着转身掏出钥匙打开了房门。

还是不高兴？

盛衍的思维没这么复杂，只能凭直观判断。他不希望秦子规不高兴，想去和他服个软、道个歉。然而，他们的动静闹得太大，屋里本来已经睡下的老两口已经开灯起了床，看见他俩，惊讶地说："子规，小衍，你们怎么来了？"

盛衍硬生生地把到了嘴边的话咽了回去。

秦子规熟门熟路地拿出自己和盛衍的拖鞋，轻声道："我跟盛衍来夜市逛逛，结果太晚了，雨下得太大了，打不到车，就先过来住一晚。"

说完，老两口才看清盛衍的样子，着急地道："哎呀，小衍，你怎么淋成这样，快去里屋洗澡，让姥爷给你放热水。子规，你也去洗漱，东西都放在原位，没动过。"

盛衍的姥姥披着一件外套，上来就要张罗。

秦子规忙一把扶住她："姥姥，你和姥爷回去休息吧，我照顾盛衍就行。"

盛衍也一边换着鞋子一边劝道："就是，姥姥，我们回自己家，你别拿我们当客人一样。"

"这不是你们难得回来吗？"老人家到底是想多看孙子两眼。

盛衍懂他们的心思，抬头一笑："放心，姥姥，我们回来了就干脆住一个周末，星期天才走，您快去休息吧。"

听到这话，老两口才算放下心来，到底年纪大了，也禁不住熬夜，交代了几句，就去歇息了。

盛衍洗完澡，换完衣服出来的时候，两个老人家已经睡下，只有盛衍房间的灯还亮着。

秦子规已经换上以前的旧睡衣，头发微湿，正半躺在盛衍的床上，靠着床头，屈着一条腿，低头拿着笔，在批改着什么。

这是单位分给盛衍姥姥姥爷的房子，三室两厅，带个大院子，在当时算是极有排面的了，现在看着却有些陈旧。

因为老两口住了大半辈子，早就习惯了，就一直没搬家，房间也一直是一间老两口住，一间许女士住，还有一间盛衍和秦子规住。

其实秦子规的姥姥姥爷家也在这栋楼上，但是因为他们去世得早，秦茹和江平当时工作又忙，所以秦子规从小基本就算是被寄养在了盛衍的姥姥姥爷家，老两口也是一直把他当亲孙子般疼大的。难怪养得这么大脾气。都是长辈们给惯的。住在他家，还真把自己当成他的亲哥哥了，什么都要管着他。

凭什么啊？他现在也是成年人了好不好。

盛衍终于后知后觉地反应过来，秦子规充其量就是他的一个关系不错的朋友，为什么要怕秦子规生气？他又没做错什么，凭什么要去安抚秦子规？他可是许家唯一的亲外孙！

这么一想，盛衍开始理直气壮地找茬，指着老式电风扇，问："怎么不开空调？"

秦子规正在批改盛衍今天刚做完的两张数学卷子，头也没抬地答道："太久没回来住了，空调坏了，明天找人修。"

"哦，好吧。"挑刺儿失败，盛衍勉为其难地爬上床。

秦子规把卷子翻了个面："你往里睡。我把卷子看完出去睡沙发。"

虽然盛衍本来就打算睡里面，但还是没事找事般地问："凭什么？"

"凭你吹了风扇，又要肠胃受凉。"秦子规轻描淡写地答道。

挑刺儿再次失败，想起小时候三天两头肠胃性感冒的痛苦，盛衍老老实实地跨进床内侧，板板正正地在夏凉被里躺好，只露出一颗脑袋。记得小时候姥爷怕他睡觉不老实掉下床去，就把床就做得特别宽，那时候他觉得自己简直可以在上面为所欲为，但现在他一个人躺在上面的时候竟然觉得有点施展不开。

"时间过得可真快……"盛衍觉得自己并不是想和秦子规没话找话，只是突然想发出一声感慨而已，于是有点做作地感叹道，"时间过得好快啊。我刚才发现姥姥老了好多，你说许女士会不会有一天也这么老？"

"会。"秦子规毫不留情地答道。

盛衍恨得牙根痒痒，会聊天吗？他算是看出来了，秦子规今天就是不打算给他这个面子，索性也破罐子破摔，咬牙切齿地说："小心我告诉许女士，她回头就能揍死你。"

"嗯，怕死了。"秦子规毫不留情地在盛衍的数学卷子上画了个大叉。

盛衍觉得这人很难搞！

"秦子规！你到底什么意思啊？我这次不是没受伤嘛！而且我都说了，你要骂就骂！你摆个冷脸给谁看啊？你以为就你会摆冷脸吗？弄得跟谁稀罕你似的！你要生气就生气，大不了打一……"

"我没生你的气。"秦子规打断了盛衍的话，偏头垂眸看他，认真地说，"我就只是在反省自己，为什么反应没有你快，这样你就不用追出去了。"

"这又是什么逻辑？"已经准备好了一大段据理力争的话的盛衍迎着秦子规的视线，眨巴眨巴眼睛，不解地问。

"我就是在气自己这个而已，明明之前说过要保护你的，但是没做到，其他就没什么了。"秦子规说着拍了拍盛衍的肩膀，"你淋了雨，早点睡，不然明天又要感冒。"

他说得极其自然,但盛衍却感受到某种不祥的预感。

"秦子规。"盛衍睁大眼睛,一脸警惕地看向他。

秦子规问道:"怎么了?"

"你……不会是另有所图吧?"盛衍看向秦子规的眼神充满了震惊与警惕。

秦子规被盛衍问蒙了,他们从小一起长大,在他的心里盛衍就是他的亲弟弟。他了解盛衍有多希望成为自己父亲那样的英雄,也知道盛衍因为受伤而不能进市队时有多沮丧,更加清楚盛衍的心里住着一个善良的小王子。

就在秦子规思考怎么回答的时候,就听到盛衍难以置信地问出了一句:"你该不会是听到我妈上次说想让你当干儿子的事,所以在惦记分妈给我的零用钱吧!"

短暂的沉默后,秦子规面无表情地捏住被子边缘,用力一扯,直接盖过盛衍那颗虽然漂亮但并不怎么聪明的脑袋,语气冷得如同长白山千年的积雪:"睡你的觉。明天起来给你买核桃。"

买核桃干什么?他又不喜欢吃核桃。盛衍伸手把被子扒拉下来后,也懒得再跟秦子规废话,换了个舒服点的姿势,闭上眼睛,准备睡觉。他这几天都在熬夜学习,加上今天又是打比赛,又是追小偷,本来就累得慌,脑袋又因为淋过雨有点昏昏沉沉的,所以很快就昏睡了过去。

不知道过了多久,就恍恍惚惚地被热醒了过来。

盛夏的夜晚,本就溽暑难消,他睡在里面,风扇被挡住了大半,空调被盖在身上,只觉得全身上下热得冒汗,黏黏糊糊的。

又困得厉害,睁不开眼,张不开嘴,索性就把被子全部往旁边一推,用力扯了几下睡衣,扯得领口大豁,露出整个肩背的皮肤,紧紧地贴在凉席上后,才觉得缓和了不少。然后又迷迷糊糊地睡了过去。

不知道是不是夜越来越深的缘故,盛衍逐渐觉得冷了起来,迷迷糊糊、昏昏沉沉之间，身上一个劲儿地发冷，紧接着被一阵疼痛疼醒。盛衍不想吵醒姥姥姥爷，就迷迷糊糊地去找睡在客厅沙发上的秦子规。

秦子规听见盛衍叫他，醒来就看到盛衍可怜兮兮地蹲在沙发旁边，拍了拍盛衍的脑袋，立刻来了气："盛衍，你怎么又生病了？"

盛衍蹙着眉，艰难地站起来，靠在扶手上委屈巴巴地看着秦子规说道："你别凶，我的头好痛。"发音含糊不清，瓮声瓮气，带着点小孩子发脾气般的意味。

于是，秦子规的一口浊气就硬生生地被堵了回去。他还凶？但凡换成别人，盛衍就能知道什么才叫真凶。但是气归气，无语归无语，恨得牙痒痒归恨得牙痒痒，多年以来形成的本能还是让秦子规第一时间抓住了重点，伸手摸向盛衍的额头："头怎么痛了？"

盛衍觉得脑袋涨得厉害，皱着眉："不知道，就是头痛，而且冷。"

秦子规的掌心贴上盛衍的额头，有些烫，但不太明显。想到盛衍晚上淋了雨，睡觉又这么不老实，秦子规蹙起眉，拿起沙发上的被子把盛衍整个人包成一团，然后将他扶回了房间里，就准备去给他倒水吃药。

盛衍还没反应过来，就被裹成了一个蚕宝宝的样子，只能露出一个脑袋，有点儿迷迷瞪瞪地看向秦子规："你干什么？"

"看你有没有被烧坏脑子。"话音未落秦子规就从床头翻出一个测温仪，侧身举到盛衍额前一扫。

三十七点九摄氏度，还好，应该就是普通感冒发热。

"我去给你冲包感冒冲剂，喝了先睡一觉，要是早晨起来还难受，我们就去医院。"秦子规的语气、神情一如既往地冷淡、理智。

但是盛衍一下就发现了他的情绪好像有点不大对。

"秦子规，你是不是在怪我瞎逞能？"盛衍觉得可能是因为自己冒冒失失地出去抓小偷，结果淋了雨把自己弄感冒发烧了，所以秦子规在怪他，就试探般地问了一句。

秦子规没什么表情，收好测温仪，平淡地说："没有，你别乱想。"他确实没怪盛衍，只是单纯地怪自己明知道盛衍的免疫力低，应该在他淋雨后第一时间做好准备，所以整个人显得沉闷了些。

盛衍却不这么想。因为正常情况下他生病、受伤了，秦子规都会非常耐心地照顾他，说话的语气也会很温和。只有在盛衍自己作出病的情况下，秦子规才会用沉默寡言的照顾表达出自己的不满。所以，秦子规肯定是生气了。盛衍十分笃定。

于是，等秦子规端着一杯热气腾腾的感冒冲剂回来时，盛衍非常自觉地裹着被子坐起身，伸手接过感冒冲剂，老老实实地道歉："秦子规，我知道错了。"态度很诚恳，语气乖巧。

秦子规握着杯子，深吸一口气："盛衍，你现在发着烧呢，不能着凉！马上给我把衣服穿好，被子也裹好了。"

盛衍这才发现自己因为觉得热，不知什么时候把睡裤卷起老高，被子也被他堆到了一边。不过他也没觉得有什么，慢吞吞地整理起睡裤，整理到一半，还抽空摸了摸自己的腹肌，满意地道："其实我也是有一点腹肌的，只是没你的那么结实，但线条还是挺好看的，是吧？"

盛衍说着抬头看向秦子规，像健身房里的"撸铁"健身达人试图向兄弟炫耀自己的健身成果一般，充满了期待。

秦子规差点被盛衍气死。也没有回答他的问题，只是面无表情地把杯子往床头柜上一放，转身从衣柜里拿出一条薄毯，就往外走。

盛衍忙问："你拿着毯子去哪儿？"

秦子规头也没回："我回沙发上睡。"

盛衍觉得奇怪，姥姥家的沙发可不是家里那种软沙发，是硬邦邦的红木沙发，这能睡人？

"秦子规，你就老实说，你到底是不是对我有意见？"盛衍终于没忍住，没好气地问出了这么一句。

秦子规回过头，不解地看着盛衍。

盛衍生气地说："秦子规你自己说，从咱俩绝交到和好的这段时间里，你是不是一不高兴就选择冷处理，等你自我调节好了就和没事发生那样，就像到现在为止，我都不明白你当初为什么和我绝交。你今天必须说明白你对我到底有什么意见！"

短暂的沉默后。

"我没有。"对着盛衍怒气冲冲的脸，秦子规解释道，"我就是睡不着，想出去做数学作业。"

"秦子规！你是不是当我是傻瓜？"盛衍终于忍无可忍，"噌"地一下就从床上站了起来，准备和秦子规好好打一架。

本就有点感冒发烧，头重脚轻，刚才又盘腿坐着，腿都麻了，盛衍气势汹汹地站起来，狠话还没来得及说出口，就开始往下摔。

老房子这边都是红木床，又没有软垫，要真摔下去可有得疼。

本来还面无表情的秦子规忙上前一步，一把拽住盛衍的手腕，盛衍也本能地回抓住他的手腕，然而脚下踩着的空调被却顺着凉席哧溜往前一滑，带得秦子规也猝不及防地跟着倒下去。

于是，两个人一起在床上摔了个人仰马翻，好不狼狈。

"秦子规！"

盛衍虽然被秦子规护着，摔在了秦子规身上，但胳膊肘还是磕到了床板上，疼得他倒吸了一口冷气。

盛衍想爬起来，又觉得四肢发软，还被自己脚下的空调被和秦子规手里的薄毯缠住了，试了好几次，都没爬起来，最后只能泄愤般地气冲冲地喊了一声秦子规的名字。

看着盛衍怒气冲冲的脸，秦子规觉得有必要和他把事情说清楚："你不是觉得我这个人很讨厌、很恶心吗？"

"啥?"盛衍发出了迷惑的一问,"我什么时候这么说了?"

"去年你生日的时候。"

盛衍似乎还没想起来。

秦子规又淡淡地补充道:"假正经,小报告,恶心。"

短暂的沉默之后,盛衍才想起来,解释说:"哦,你说那个啊,我又不是说你,是我们班当时有一个人因为忌妒我,就一直故意抓我的小辫子,向老师告状。我觉得挺烦的,结果就生日那天遇见他了,就可恶心他了。"

"等等。"盛衍像是突然反应过来一样,挣脱秦子规的手,抬起头,"秦子规,你该不会以为我是在说你吧?你这人怎么这样呀?"

秦子规偏头看他。

他这人怎样了?

盛衍一脸愤怒的表情:"你怎么能以小人之心度君子之腹呢?"

盛衍像是终于找到秦子规的思想症结一样,非常严肃又义正词严地教育道:"我是你的兄弟!从小到大最好的兄弟,你再怎么样,我也不可能在背后说你的坏话,结果你就这么想我,我真的太伤心了!你能不能有点格局!"说着,盛衍就试图爬起来,准备远离秦子规这个思想狭隘、完全没有格局的"小人"。

然而,刚爬到一半,盛衍的脚下就再次踩到空调被,然后又是一个打滑,整个人就重新摔倒了地上,并且不偏不倚,正磕到下巴。于是刚刚还义愤填膺的正义使者盛小衍同学立刻疼得眼泪在眼眶里打转。

秦子规被盛衍踢了一脚,也没生气,揉着他的下巴,笑着说:"嗯,好,以后我就跟着我们有格局的衍哥。"

原来盛衍从来没有讨厌过他,这个世上不会再有比这更好的消息了。

秦子规觉得之前的自己很好笑,竟然一直在担心如果盛衍厌恶他,和他决裂了以后,他该怎么办,这种根本不会发生的事情。

盛衍听到秦子规之前的想法后,也试想了一万种秦子规和自己当不了朋友后的情景,越想越觉得心里堵得慌。当年,是他把秦子规捡回来的,是他花了三元两角钱把秦子规带回家的,是他把自己的姥姥、姥爷、妈妈和玩具分给秦子规的,也是他每天逗秦子规让秦子规笑,为了秦子规跟胖虎打架,凭什么他和秦子规当不了朋友了呢?

盛衍觉得如果秦子规不和他做朋友,按照秦子规那个孤僻、清高的性格,谁还能理秦子规。想了一圈,盛衍觉得除了他自己之外,也就是陈逾白和秦子规走得比较近?

盛衍想着,拿出手机,打开微信,找到陈逾白的头像,点进朋友圈,果然第一条就是陈逾白的自拍,角落里还有秦子规低头翻着执勤记录的侧影。

配文为:"又是和秦老板在学生会办公室苦哈哈的一天。"

盛衍突然间就觉得陈逾白这个人长得特别不顺眼。然而,还没来得及仔细论证一下陈逾白长相的不合理之处,浴室门就突然"吱呀"一声打开了。

盛衍赶紧关掉手机屏幕,闭上眼睛,绷紧身体,一动也不敢动,生怕秦子规发现他没睡觉还在看手机。然后就听到脚步声逐渐走近,直至床前停下,紧接着一只微凉的手覆上了他的额头,像是在试探他的体温。

大概是发现没有烧得更厉害的迹象,试探体温的人什么也没说,收回手,替他把被子掖好,再把电风扇开到最小一挡,就抱起什么东西,似乎打算离开。

盛衍忙转回身,睁开眼睛:"你不睡觉啊?"

秦子规对于盛衍的一惊一乍已经习以为常:"我去外面睡。"

盛衍这次没有凶秦子规,只是有点不自在地移开了视线:"那个沙发硬成那样,睡一晚上你的腰还要吗?再说了,秦子规,无论怎么样,我们都是不一样的,对吧?"他看着秦子规,很认真地问。

本来还悠哉悠哉地打算逗一下盛衍的秦子规突然停顿了一下。

盛衍看秦子规不说话，又很认真地解释道："你莫名其妙地跟我冷战了一年，但我还是愿意原谅你，我们的关系肯定跟别人是不一样的，不然我早就不理你了。毕竟从小到大，我跟你相处的时间比跟我妈、我姥姥、我姥爷三个人加起来的都多，所以。我就总觉得无论怎么样，咱俩肯定是别人没得比的，起码在我这儿，你永远都是我最重要的人。"

盛衍说得很认真，认真得像是小孩子讲道理一样幼稚、计较的程度。

小时候，秦子规觉得自己没人要的时候，小盛衍就是这么蹲在他跟前，用小奶音一板一眼，认认真真地对他讲着好喜欢好喜欢子规哥哥，所以他不可以这么想，不然小盛衍会生气伤心的。所以其实从小到大，盛衍从来都是不吝惜表达自己的感情的那一个。哪怕是因为闹脾气，会说出各种口是心非的话，但眉梢眼角、一举一动，都会出卖他的心思。而他不闹脾气的时候，更是经常直接得让人避无可避。

秦子规突然间就觉得心里有点酸软，声音也不自觉地放轻了许多："怎么突然说到这个？"

"就是……"盛衍想了想，又有点赌气，"算了，就是希望你不要重色轻友，其他没什么。"

"重色轻友？"秦子规反问。

"嗯，就是希望你稍微有点人性，以后别光顾着谈恋爱，不顾兄弟。不过你要是真的不顾兄弟，那我也没什么好说的，就当自己瞎了眼。"盛衍说着就转过了身，留下了一个生闷气的小后脑勺。

秦子规盯着那个闷闷的后脑勺盯了半晌，似乎想透过骨骼、毛发看看里面神奇的脑回路到底是怎么运转的，然后盯着盯着，像是突然想明白了什么，眸底带了点笑意，叫了声："盛衍。"

"干什么？"一听就知道盛衍还在赌气。

秦子规忍不住轻声笑道："不干什么，就是想跟你说，在我这儿你也永远是最重要的。不管我喜欢谁,你都是最重要的。"

盛衍狐疑地侧过身:"真的?"

"嗯,真的。"秦子规答得笃定。

而盛衍看上去非常聪明地眯着眼睛打量了秦子规半晌,确定他看上去说的不像是假话后,才勉为其难地撇了撇嘴:"行吧,算你还有点良心。你放心,我不挡着你谈恋爱,你以后还是该干什么干什么,不用特地避嫌,我不是那么小气的人。"说着,神情高傲地转过了身。

身后还空了大半张床和放了另一张空调被。

秦子规笑着走回床边,上了床,关了灯。

盛衍满意地裹紧被子,躺平了身子,还在枕头上蹭了蹭脑袋,情绪肉眼可见地好了起来。

窗外的雨也已经停了,月光如水。

秦子规低头笑了一下。可能人生就是这么有得有失,脑回路奇奇怪怪的盛衍总有气死人的时候,但也总有那么一瞬间会让你觉得世间的一切都显得那么可爱。

秦子规把床上批改完的盛衍的数学卷子,收好放在床头,再从书包里拿出一个黑色封皮的本子,靠着床头,借着院里路灯的光亮,一字一句地写上:"高三(六)班盛衍同学,言语讨好执法人员,已遂,加十分。剩余分数为五千七百八十五分。"

然后拿出手机,点开"盛小衍的小花园",指尖滑动几下。

盛衍脑袋旁的手机就震了一下。他睁开眼睛,侧过身,解锁屏幕。

发现是"心想事成"小程序发来的通知。

机缘人物秦子规好感度加一百,当前好感度一百零二,宿主可兑换临时愿望。

好感度加一百?盛衍愣了一下。他刚才做了什么了?怎么好感度突然就加一百了?明明什么也没做啊?就是表达了一下自己的不嫌弃和信任而已，秦子规就有这么高兴吗？

难道说秦子规因为误以为自己讨厌他而困扰了很久，所以现在才这么高兴？

这么想着，盛衍抿了抿嘴唇，在愿望那栏输入：*希望秦子规可以打开格局，永远不要担心我会不和他做兄弟。*

盛衍觉得这是作为一个好兄弟最基本的、应该做到的事情。然而指尖在"确认"按钮旁边一直徘徊，始终按不下去。因为他内心深处还有一个更迫切地想要实现的、卑劣的愿望。反正这个愿望下周实现也不迟，但他想实现的那个愿望，如果能早一天实现，说不定就能帮助一个迷途少年认清现实。

于是，短暂考虑后，一向堂堂正正、光明磊落的盛小衍同学飞快地删除了本来输好的愿望，重新打上了一行字，然后就心虚地关掉手机，双手交叠于胸前，紧紧地闭上了眼睛。

而在盛衍旁边的秦子规，则眼睁睁地看着自己的手机屏幕上出现了一条消息——*希望秦子规能够及早发现陈逾白其实长得没我好看这一事实。*

秦子规看着这个匪夷所思的愿望，缓缓偏过了头。他怎么觉得某个小孩的愿望，有点奇奇怪怪的幼稚？

第26章 出国

尽管这么多年，秦子规已经习惯了盛衍与众不同的脑回路，但还是没有想明白盛衍到底是怎么在这么短的时间内从刚才那个话题拐到这个愿望上的。

好端端的，盛衍为什么要和陈逾白比长相？

还不是单纯地比长相，而是希望自己可以觉得他更好看点。

这个人可以说是秦子规除了盛衍以外关系算得上亲近的同龄人，这么一琢磨起来，竟然有点针锋相对的味道。

秦子规偏头看了盛衍一眼，再想到他刚才说的那番话，笑了一下，原来兄弟之间也是有些奇奇怪怪的占有欲的。不过，这其实也算不上什么愿望，毕竟秦子规从来就没觉得陈逾白长得比盛衍好看。或者说除了盛衍，其他人在秦子规这里都和好看沾不上关系，统一归纳为两只眼睛一张嘴，没什么太大区别。

于是，秦子规毫不犹豫地点击了愿望批准，并且附赠留言——愿望难度过低，心愿任务：无。

而盛衍得到了秦子规那句"在我这儿你也永远最重要"的承诺后，心里的不痛快瞬间散去，并伴随着涌上头来的药效，很快就安稳地入睡。

还做了一个夏日蔷薇花开,十分明媚的梦。

然而,第二天早上醒来的时候,感觉有些头疼。盛衍不太舒服地侧了个身,摸到手机,费力地睁开眼睛,本来是想看一眼时间,结果一眼看见的就是这条消息。

先是一愣,什么玩意儿?

然后才慢腾腾地反应过来自己昨天晚上许了什么愿。

有这么简单?

盛衍忍着身体的不舒服,转回身,看向旁边正靠着床头勾画着笔记的秦子规,哑着嗓子叫了声:"秦子规。"

秦子规答应了一声。

盛衍问:"我和陈逾白谁长得好看?"

秦子规低头勾画着笔记,头也没抬:"陈逾白长成那样,你跟他比什么?"

"对哦,他长成那样,我跟他比什么。"盛衍听到这个答案后,满意地闭上眼睛,又往被子里缩了缩。

远在城市的那头,长得还算挺不错,并且非常招女生喜欢的陈逾白,做着做着物理卷子,突然莫名其妙地打了个喷。

而这个喷嚏则乘着无端的怨念不远万里奔赴而来,传染给了正往被子里缩的罪魁祸首,盛某人。

"阿嚏"一声。裹在被子里的盛衍没忍住,打了个喷嚏。

秦子规闻声立刻抬头,伸手覆上他的额头:"头痛吗?"

"有点痛,主要是晕。"

盛衍又裹了裹被子,看上去确实不太舒服的样子,鼻音也有些重。

暂时还没发烧,估计是重感冒。

夏天一旦感冒起来,往往比冬天还要难受。

秦子规低声问道:"那我们去医院?"

"不用。"盛衍不太想动,"我就是有点怕冷,头晕,打喷嚏,流鼻涕,你去门口找王叔帮我拿点药就行。"

王叔是门口小诊所的主治大夫,专治小区里老人、小孩的各种常见病症,打小就给盛衍看各种感冒、发烧、跌打损伤,对盛衍的体质再了解不过,每次小病小痛也基本是药到病除。

秦子规点点头说:"那你先躺着,我出去给你拿药,早饭想吃什么?"

"随便吧,嘴巴苦。"盛衍说话是真没什么力气,眼睛却偷偷往秦子规手里瞟了一眼,然后抱有期待地小声试探道,"那我今天能不能不学数学了?"

刚刚把易错点给盛衍勾画完的秦子规拿着笔记本顿在原地。

秦子规从盛衍语气里听出了欣喜感是怎么回事?

像是为了故意逗弄盛衍似的,秦子规假装没察觉,把笔记本和一摞卷子往盛衍面前一拍,指尖点了两下:"不行。你自己看看你的卷子,全是错题,我画出来的这些也都是你的易错点,这两天不解决完的话,明天晚上的考试你还想及格?"

盛衍看着突然出现在自己面前的密密麻麻的 x 和 y,觉得自己的感冒在这一瞬间,突然变得更加严重了。于是,他闭上眼睛,裹着被子,开始滚来滚去:"就一天,就一天好不好嘛,我不是不想学习,是生病了真的好难受,你让我休息一天,我明天再接着学,行不行?求求你了。"

鼻音很重,瓮声瓮气的,这副赖皮撒娇的样子倒是和小时候每次不想上课、不想做作业的时候一模一样。

秦子规强忍着笑意,手掌轻轻抵住他的脑袋,冷着脸往外拨了拨:"行了,今天生病就休息,主要知识点我给你讲讲,你听着就行,但你今天也别出去,别打游戏,吃了药就好好睡觉,听到没?"

"听到了听到了,子规哥哥最好了。"

盛衍为了不学数学,真是脸都不要了,得到想要的答案后,就心满意足地裹着被子重新乖乖地躺好。

"实外"和职高那群人怕是打死也想不到他们威武霸气的衍哥背地里居然只是个喜欢睡懒觉的幼稚鬼。

秦子规笑着叹了口气，记下他的症状，又给他量了体温，确认没有发烧后，才拿着钥匙和手机出门了。

秦子规前脚刚出门，后脚盛衍的姥姥、姥爷就已经遛弯回来了，看见盛衍的房门是开着的，就拎着早餐袋子，敲了两下门："小衍，起床吃早饭了。"

盛衍虽然是用了些撒娇的手段，但也的确是很难受，尤其是头晕得厉害，本来是想多睡会儿的，但是听到两个老人家的声音，不想让他们担心。于是，刚刚还在撒娇的幼稚鬼，立刻撑着身体，坐了起来："姥姥，姥爷。"他想假装没事，但是鼻子实在塞得厉害。

盛衍姥姥一听就听出了不对，连忙上前坐到床边，摸了摸他的额头："小衍，怎么了？是不是生病了？要不要去医院看看啊？"

看着两个老人焦急的神情，盛衍强装无所谓地说："不用，您别担心，就是普通感冒而已，秦子规已经帮我去王叔那儿拿药了，我休息休息就好。"

老人担忧地还想说什么，盛衍手机突然响了，是许女士的跨国视频电话。

一接通，就传来许女士中气十足的声音："盛衍！你要反了是不是？"

话音刚落，旁边盛衍的姥姥立刻就吼了回去："我看你才要反了！孩子还生着病呢！你凶什么凶？"

许女士立刻认错："妈，对不起。"然后又问："盛衍，你怎么在姥姥家？怎么生病了？"

"哦，没什么，就是昨天去了一趟射击馆，结束后时间太晚了，雨下得挺大，回江对面太远了，又想姥姥姥爷了，就过来住了。"

想姥姥姥爷那句一看就是为了哄两个老人家现编的。

许女士心知肚明,但又没有办法,谁让她儿子打小嘴甜,会找靠山呢,只能收了暴脾气,勉强好言好语地问道:"我才出国几天,你就给我惹这么一大堆破事?要不是我今天早上才看到你们黄主任发来的消息,我前两天就该来骂你了,你自己说,怎么回事?"

"什么怎么回事?"盛衍惹的事太多,一时不能确定许女士说的是哪件。

"你说怎么回事?晚自习逃课和职高的人起冲突,还带上秦子规;早自习不上,在厕所里和付赟起冲突;主任让你修订卷子,你让秦子规帮你修订,被黄主任发现了,不但不认错,还跟老师打赌,你还真是能耐了啊?"

盛衍乖巧地认错:"妈,对不起,我错了。"

许女士太了解自己儿子了,根本就不吃这一套:"你给我认错有什么用?你跟我认错,你三百二十七分的成绩就能考上大学吗?"

听到三百二十七分的成绩,本来还准备护犊子的老两口都震惊地看向盛衍。

盛衍心虚地低下头。

不过,许轻容也没打算继续骂他:"行了,你的成绩我也不是心里没数,今天给你打电话过来也不是为了骂你,就是和你商量点事。"

"嗯?"盛衍抬头眨了眨眼睛。

"以你现在的成绩在国内上大学基本没有可能,但是妈妈在这边了解了一下,E国这边有个私立高中,在收射击特长生,只要加入他们校队,拿到名次,就可以被很多E国大学优先录取,你的水平完全符合他们的标准,到时候家里再出点钱,上个还不错的E国大学应该不是问题。"

许女士一向只说十拿九稳的话。既然她都已经找盛衍商量了,就说明所有情况都已经了解得差不多了,只要盛衍点头,就可以开始着手办理手续。

而猝不及防听到这话的盛衍，愣在原地。

出国？

盛衍从来没有想过出国。他是一个恋旧又长情的人，他不喜欢去未知的地方，也不想面对未知的分离。

"妈，我不想出国。"盛衍选择实话实说。

许轻容却直接反问他："你不想出国那你能做什么呢？三百二十七分，到时候子规去上重点大学，你去哪？"

即使盛衍的分数翻倍，也不能和秦子规上一样的大学，这就是他和秦子规的差距。

秦子规无论到哪里都会是最优秀、最耀眼的那个，而他只能靠着家里，过着浑浑噩噩、没头没脑的日子，甚至有了许愿小程序后，也没干过一件正事，就像是扶不起的阿斗。

所以，即便是秦子规昨天说了他们以后都会是彼此最重要的人这样的话，可是盛衍突然间就有点不太确定自己到底还跟不跟得上秦子规的脚步了。

其实这样的日子他也过了挺久的了，没心没肺地觉得也没什么不好，可是连续几天总有不同的人来提醒他认清这个事实，其中还包括他最亲近的人，失落和茫然就主导了他的整个情绪。

"妈，你让我再想想吧。"盛衍垂下眼。

许轻容叹了口气："妈妈也不是要你怎么怎么样，只是你现在这门门不及格的成绩，在国内确实是有点难，咱们好歹得混个大学文凭吧，是不是，崽？"

盛衍觉得自己可真没用，他垂眸看着自己旁边的数学卷子，问："那我能考上大学是不是就不用出国了？"

"可是等你考不上的时候，就已经晚了呀。"看来，许轻容的确已经方方面面都考虑过了。

盛衍觉得自己甚至无法找出一个正当的理由来回绝她的建议。他抠着凉席上翘起来的一根毛刺，没说话。

两个老人家即使疼他，但也觉得许轻容说得对，一时也不知道该怎么表态。

房间里陷入了一种死局般的沉默。

直到响起钥匙转动，防盗门被推开的声音，盛衍才匆匆说道："妈，你就让我再想想吧，我尽快给你答复。"

而许轻容也退了一步："那你这次和黄主任打的赌先赢了再说吧，最少先考一门及格，才有得商量，其他的，妈妈也不勉强你，你好好考虑考虑，妈妈爱你。"说完就挂了电话。

秦子规正好进入房间，本能地察觉出气氛不太对，向姥姥姥爷问过好后，等到两个老人家去厨房忙活，就坐到床边，看向蔫头耷脑的盛衍，问："怎么了？"

盛衍张了张嘴，想说什么，但是不知道为什么，就是有些说不出口。

他想到自己可能会出国，从此和秦子规分隔得远远的，还不是一个时区，可能一年最多只能见一次，平时也不怎么方便联系，到时候秦子规谈恋爱、交新朋友，他都不知道，心里就觉得有点郁闷。

这么多年的朝夕相处、形影不离，让他已经自然而然地把秦子规当作自己的家人，也没想过以后会有不再朝夕相处的日子。

可是这些天来，无论是秦子规以后可能会谈恋爱的事，还是上了大学就可能分隔两地的事，都在提醒着他，秦子规随时随地都有可能离开他的生活。

这种认知让他感到很不开心，可是他又讲不出来这到底是个什么道理，也觉得这种不开心不能告诉秦子规。

于是盛衍暂时没有把许女士想让自己出国的消息告诉秦子规，只是蔫蔫地趴回床上,把卷子摆到自己跟前,拿着笔,戳了戳一个红叉:"秦子规,你给我讲一下这道题吧。"

秦子规的眉梢一挑。他出门前某人还耍赖哼哼唧唧地不愿意学习,怎么买个药回来,就这么努力了?

像是感觉到秦子规的困惑,盛衍盖着被子,趴在床上,一手垫着自己下巴,一手拿着笔在卷子上滑来滑去,没精打采地道:"我这次考试想考及格。"

先及格一门,向许女士证明自己的脑子还是正常的,不是傻瓜,还是可以靠学习考上大学的,才有一点点谈判的机会。

秦子规却以为秦子规是还在记着和黄书良的赌约,看他确实很不舒服的样子,也不想他勉强,低声劝道:"你现在五张卷子已经有三张可以及格了,还有一张一百一十分,所以太难受的话,我们就休息休息。实在不行,我到时候帮你抄卷子、写检讨。"

"不要。"盛衍拒绝得很果断,"反正你给我讲嘛,这道题我一直不会做,它怎么这么难啊。"语气莫名带了些委屈,像是被数学题欺负了似的。

秦子规现在可以确定盛衍有事没告诉他,但盛衍不想说,他也不想逼问,反正盛衍藏不住事,过几天肯定就不打自招了。

于是,秦子规静静地看了盛衍一眼,就没再多问,收回视线,侧过身,拿起笔,对着那道欺负盛衍的数学题,解释起来:"你看,先这样,再这样,然后再这样,就好了。"

先哪样?再哪样?然后再哪样?

盛衍的脑袋昏昏沉沉的,觉得人都快没了,鼻子也堵得透不过气来,再看着满卷子的数学题,想到自己堂堂一个不良少年,明明都生病了,还不能休息,必须要学习,学还学不明白,忍不住委屈地把脸埋进了卷子里:"秦子规。"

"嗯？"

"我觉得我好惨啊。"盛衍瓮声瓮气，委屈巴巴的。

秦子规发现，和好以后的盛衍真是越来越像以前那样爱撒娇了，尤其是生病以后，像只小猫，他拍了拍盛衍的肩膀："要实在不舒服，就不学了。"

话音刚落，盛衍就一下子撑起来："不行！我要学！身为中华男儿！我必须要为中华之崛起而读书！冲！"吼完，用尽全身力气，又蔫不唧地倒下了。

不过，秦子规很快就发现盛衍这次不是说着玩玩的，而是认真了。

因为许女士怀盛衍的时候，正好遇上盛衍的父亲牺牲，伤心之后，盛衍就变成了早产儿。

早产加难产，盛衍的体质天生就不是很好。尽管后来被长辈们各种捧在手心呵护着、宝贝着、疼着、宠着，好好地养大了，身体也健康了许多，但是只要生病，就比常人症状更严重，也比常人更加难恢复。

所以，整个周末，盛衍都是病恹恹的，脑袋昏昏沉沉的，坐起来就想趴下，东西也吃不下，说话没精打采的，好好的鼻子也被擤得红通通的。

还要一边忍着头疼一边趴在桌子上，又是背公式，又是做数学题，经常做着做着，脑袋就倒下去了，过了一会儿，又撑着起来继续做。

到周日下午，整个人已经蔫得没了力气，完全就是趴在桌子上的，眼睛都快睁不开了。

秦子规帮姥姥姥爷洗完碗出来，就看见盛衍趴在桌子上像是睡着了，脸色也红得不正常，蹙起眉，走过去，一摸，额头滚烫滚烫的。

秦子规立刻二话不说，直接把笔从盛衍手里抽了出来，低声叫道："盛衍，醒醒。"

盛衍觉得自己真的是用尽了全部力气才勉强睁开眼睛，看见秦子规，哑着嗓子，迷迷糊糊地问："怎么了？几点了？是不是该返校了？我的题还没做完呢。"

"实外"是每周日晚返校,然后晚自习轮流进行各个科目的小测验,这周刚好轮到数学。

秦子规看见盛衍这个时候还惦记着考试、做题,又生气又心疼,努力控制住情绪,轻声道:"没有,时间还早,我们先去医院,去医院看完病,下午再去考试。"

然而盛衍听到"时间还早"后,只是费力地支起身子,重新拿起笔,努力地睁着眼睛,晕晕乎乎地念道:"已知 $f(x)$ 为增函数……"

"别做了,我们去医院。"秦子规再次抽出盛衍手里的笔,准备收拾东西。

盛衍却不干,一把推开秦子规:"不用,我都说了我没事儿。"

"盛衍!"秦子规这两天问过盛衍好几次,盛衍都只是说他没事,结果今天就发烧了,一种因为心疼和着急生出的脾气就不可控地涌了出来,语气就不自觉地重了些。

盛衍本来身体就难受,心里也因为薛奕和许轻容的话憋着烦闷和委屈,再突然被秦子规这么一凶,顿时就有点"破了防",直接喊道:"你凶什么呀?我以前不学习你们也说我,我现在学习了,你也凶我,你们到底要干什么?"

秦子规没有反应过来这个"你们"是什么意思,只是觉得盛衍完全不拿自己的身体当回事,看着他生病的样子又着急,语气就没软下来,只是沉着脸和他讲道理:"你要学习我不拦着,但是不是你这种生病了还非要学习。我都说了,就算和黄书良打赌输了,卷子我来抄,检讨我来写,你不用急着这一两天……"

"谁说我不急着这一两天了!你根本什么都不知道!"盛衍想到自己都这么难受了,秦子规还要凶他,终于憋不住,没等秦子规把话说完,就带着浓浓的鼻音冲秦子规喊道,"我就是差这一两天,我这次考试就是必须及格，不然我妈就要把我送出国了！"

"出国"两个字喊出来的时候，秦子规愣了一下。

盛衍觉得自己真的难受死了，也顾不上想太多，委屈的情绪一股脑地全部涌了出来。

"你以为我喜欢学习吗？我不喜欢！我喜欢的是射击，可是我没有去成市队，所以我也不知道以后要做什么。但你不是啊，你轻轻松松地就能考上重点大学，你肯定要去H市的，可是我又考不上，我不仅考不上，我可能连H市都去不了，我还要一个人出国，我不想出国。我从小到大都是和你一起上学的，我都习惯了，所以我不想一个人出国，我就想和你上一个大学。可是我就是脑子笨，我就是学不会，我就考不到你那么好的成绩，那你说我该怎么办啊？"

因为感冒发烧，盛衍的眼尾泛着红，说话也带着浓重的鼻音，抬头看着秦子规冲他吼的时候，就有一种接近于哭腔的错觉。

秦子规低头看着盛衍，听着他一句一句话，心里突然有种说不出的疼。

而盛衍只是觉得难过、委屈、无能为力，一股脑地发泄完后，又觉得无端地迁怒秦子规，实在是太不讲道理了。

于是，盛衍转回了头，看着卷子，鼻音浓重地、闷闷不乐地道："对不起，我不是故意凶你的，我就是……"

停顿了一下，他又哽咽着道："我就是不想差你那么远。"

第27章 考试

只要不差得太远，他和秦子规以后应该就不会离得太远。

盛衍心里是这么想的。

而秦子规从来没见过盛衍这么委屈的样子。

盛衍也不该这么委屈，他本来就是最好的。

"谁说你跟我差得远了？"秦子规垂眸看着盛衍，轻声问道。

盛衍做着题，头也没抬："我考三百二十七分，你考七百二十三分，这还用谁说吗？"

盛衍以前不是在意成绩的人。

秦子规心里大概有了猜测："是因为你的学习成绩的事情，所以许姨想让你出国？"

"嗯。"盛衍声音有点闷，"昨天早上打电话来说的。她说我这个成绩在国内连大学都上不了，出国花点钱，好歹能混个文凭。"

难怪他昨天早上出门买个药回来，本来还要赖不想学数学的盛衍突然就变得这么勤学上进。看来这次是真的受了委屈，伤到自尊了。

想到射击场上盛衍意气风发的样子，再看到盛衍现在这副蔫头耷脑、生无可恋的样子，秦子规有些心疼，他看着盛衍，低声道："你不比我差。"

"你少骗我,我自己什么样子我能不清楚吗。"盛衍根本不领情。

秦子规倚上桌沿,问:"那你觉得你帅还是我帅?"

盛衍毫不犹豫地道:"我帅。"

虽然答案在意料之中,但秦子规对于这份毫不犹豫还是短暂地沉默了一下,然后才问:"那你觉得你的人缘好还是我的人缘好。"

"我。"

秦子规又问道:"那你觉得是你体育好还是我体育好?"

盛衍依旧想都没想,擤了把鼻涕:"废话,我的运动神经遗传自我爸,天下第一,你也就个子比我高点,体格比我壮点,其他方面,你能跟我比?"

虽然某人病成这样,委屈成这样,难过成这样,还是丝毫不影响他带着浓重的鼻音毫不犹豫地做出自我夸奖。可能这就是刻进基因里的自信和底气吧。

秦子规忍着笑意,低头看他:"所以你看,除了成绩,你哪里比我差了?"

秦子规没有刻意地轻声细语,但就是让本来还觉得自己已经无药可救了,十分颓丧、暴躁的盛衍,顿时满血复活了,对啊,他长得又帅,体育又好,人缘又好,打游戏也厉害,射击还贼棒,他哪里不如秦子规这个冰块脸了?

除了成绩,可是高三学生的评价体系里面只有成绩。

想到这里,盛衍又蔫了下去:"长得帅、体育好、人缘好又有什么用,考大学又不看这些,这次数学考不及格,我还不是要麻溜地滚去 E 国。"

早知道有这么一出,他就不把许愿机会浪费在陈逾白身上了,不然起码能把这次考试先应付过去,不像现在。

正想着,盛衍就听到头顶传来温柔笃定的话:"会及格的。"

已经整整一年数学没考及格过的盛衍抬起头,问:"难道你要帮我作弊?"

这位小同学的思想好像有点问题。秦子规暂时也顾不上研究盛衍的脑子了，拿起桌面上的一摞卷子，放到他跟前："你看，我周四和周五白天把所有基础知识点和例题给你过了一遍后，周五晚上做的五张卷子，你就及格了三张，改完错后，昨天晚上的五张卷子，你就全及格了，按照这个概率，你今天晚上肯定也能及格。"

道理是这么个道理。

"可是我没信心。"盛衍趴在桌子上，下巴垫着手背，有点沮丧。

秦子规拍了拍他的肩："但是我有信心，我说过的事情，有哪次是没做到的？"

好像也是，从小到大只要是秦子规下了判断的事，基本就十拿九稳。

出于一种接近迷信玄学的信赖感，盛衍好像心里有了点底，拿着笔，戳着卷子上的句号。

秦子规又说："而且你一点都不笨，你只是以前心思不在学习上而已，以你的基础，四天内数学和英语就能从五六十分的成绩提升到一百分以上，说明你的接受能力其实很强，只是基础太差，需要补的东西太多了而已。而且你的记性很好，虽然很多知识点因为做题太少，还没有消化，但是你能靠做过的例题步骤，把公式生搬硬套进去，能得几分步骤分，也很厉害。"

盛衍一时之间竟分不清这是好话还是歹话。

不过秦子规现在是在安慰他，那就应该是好话。

盛衍立刻有了点儿底气，嘟囔着道："我本来就不笨，我小学时候可是我们班心算最快的。"这倒是实话。

"所以你这次考试肯定能及格，而且只要你愿意学，我可以保证下学期开学考试，你最少能考五百分。不过前提是脑子别坏了。"

秦子规说完，盛衍就恶狠狠地抬起头："你说谁的脑子坏了？"

秦子规低头看盛衍，实事求是地说："长时间高烧不退，确实可能烧坏脑子。"

盛衍意识到秦子规说得很有道理后,心虚地避开他的眼神:"你跟我说有什么用,我妈又不可能等到我下学期开学。"

"许姨那边我去说,反正你要是不想出国,就不出国。"秦子规的声音低沉而温柔,听上去让人觉得莫名地安心可靠。

盛衍却还是不放心:"那万一我就是没考及格,就是必须出国呢?"他觉得自己已经纠结到了有点胡搅蛮缠的地步,他要是秦子规,可能早就没了耐性。

然而秦子规却只是轻声、笃定地答道:"那我就陪你一起出国。"

"啊?"盛衍抬头。

秦子规垂眸迎上盛衍的视线:"你不是说想和我上一个大学吗?那我就陪你一起去。"

秦子规看着盛衍的表情平静,像是理所当然般地轻描淡写,好像这个世界上,本来就应该盛衍说什么就是什么。

盛衍的心跳突然漏了一拍,等反应过来后,立刻仓皇地移开视线:"我就算出去也就是读个给钱就能上的私立大学,你来瞎凑什么热闹。你的成绩这么好,不考个状元光宗耀祖,你家祖坟能气得冒青烟。"

"不一定在一所学校,但至少不会离得太远。"秦子规像是真的在认真思考这件事。

盛衍却根本不给他这个机会:"想得美,去E国的话,也就E国的知名高校才配得上你了,但是你现在才准备怎么可能来得及?我就算任性,也不会让你拿未来开玩笑的。"盛衍突然之间就觉得自己身上有了担当,本来蔫头耷脑、闷闷不乐的样子,隐隐有了几分活力。

秦子规觉得盛衍明明说笨也不笨,但是说聪明又哪里有些奇奇怪怪的,因为你永远也猜不到他在想什么。

秦子规想了想,看着盛衍认真说道:"那要是不想出国的话,我们现在就得去医院,免得你因为高烧不退,把自己烧傻了。"

"那你还磨磨蹭蹭什么?咱们赶紧走吧。"盛衍嫌弃地看向秦子规。

秦子规轻笑一声:"好,我们去医院看病。顺便买点核桃糊。"

盛衍撑着昏昏沉沉的脑袋,单纯地问:"你要给姥姥姥爷买保健品?"

秦子规笑了一声,没否认:"反正是买给有需要的人。"

大概是心里压着的事情和情绪都说出来了的缘故,盛衍被秦子规带到医院输液,睡了一觉后,烧很快就退了,人也有精神了些,只剩下些鼻塞、头晕的症状还需要慢慢缓解。

只不过到学校的时候就有点晚,刚好踩上迟到的红线。

"我都说了不去输液了,你看吧,要迟到了。今天晚上要是主任值班,我跟你没完。"盛衍拖着沉重的病躯,拽着慢慢悠悠的秦子规,着急地往教室赶去。

盛衍现在一看见黄书良,一听到他的大嗓门,再一想到他的压榨和逼迫,就觉得脑壳疼。

所以在心里疯狂地祈祷,千万别遇上主任,千万别遇上主任,千万别遇上主任。

然而在盛衍踏上一楼走廊的那一刻,就听到了一声熟悉的中气十足的怒吼:"付赟!你们几个屁股后面绑的是什么玩意儿!高三的男生了,还玩玩偶吗?"

盛衍立刻愣在原地。

然后就看见付赟他们几个正一人屁股上拴着一个白菜狗玩偶,背着双手,耷着脑袋,在(四)班教室外整整齐齐地站成一排。

而他们跟前正好是怒气值已经非常高的黄书良主任。

那一刻,盛衍想都没想,转身就准备走。

黄书良却如同一只嗅到了小鸡崽气息的狐狸一般,立刻敏锐地回头,然后一眼看见盛衍,大喝一声:"盛衍!"

自己上辈子是做错了什么啊？盛衍求助般地看向秦子规。

秦子规也想帮盛衍。

但是下一秒钟，黄书良就喊道："秦子规！你去数学办公室拿考试卷子！盛衍！你给我过来！"

于是，盛衍只能在秦子规安慰地拍拍头之后，绝望地独自走到了黄书良跟前。

黄书良又是一声大吼："先说！为什么迟到？"

盛衍老实地回答："感冒发烧，输液去了。"

"大夏天的，感什么冒？发什么烧？"

黄书良明显有些不信，甚至怀疑盛衍的鼻音都是伪装的。

盛衍却没力气和他抬杠，只是有气无力地答道："我见义勇为，冒雨追小偷，然后就淋湿了，感冒了。"

"冒雨追小偷？"

"嗯，跑了七八条巷子。"

"追到了吗？"

"追到了，还扭送派出所了。"

"那警察叔叔是不是还表扬你了？"

"对啊，警察姐姐还给我了一袋薯片。"

黄书良一脸"你当我是傻瓜"的表情看向他："你猜我信吗？"

不等盛衍解释，黄书良就十分生气地吼道："别以为你一天到晚不好好学习，编些冠冕堂皇的理由，再把自己弄生病了，今天晚上的考试，我就可以放过你了！想都别想！没门！今天晚上你但凡不及格，明天就给我来教务处抄卷子，写检讨！一万字！一个字都别想少！"

盛衍有点生气，刚要反驳，身后就先传来淡淡的一声："黄主任，盛衍没撒谎，他是真的生病发烧了，但是你放心，他肯定会考及格的。"

话音落下，旁边的付赟嗤笑一声："可不，有年级第一帮忙，及格不是分分钟的事。"

"闭嘴！这里有你说话的份吗？你们几个以为自己就好到哪里去了吗？给我赶紧回班上准备考试，考完就来我办公室举着你们那个什么白菜狗给我站到晚自习下课！"

黄书良对待差生都是一视同仁，付赟被一通乱吼，咬着后槽牙，黑着脸回了教室。

黄书良则一把从秦子规手里夺过卷子，板着脸说："你们两个别给我整些歪门邪道的，我今天晚上就坐在你们两个人的位子旁边，亲自监督你们考试，别想给我作弊！"

说完，就走进教室，拉了把椅子往林缱的座位后面一放，"啪"的一声坐了下去。

林缱偏头看向门口黑着脸的盛衍，挤眉弄眼地用表情询问：怎么回事？

盛衍受到的教育是一定要尊重长辈，但是再尊重长辈，也是有脾气的。

于是他拎着书包，往座位上一坐，没好气地说："没什么，黄主任觉得我故意把自己弄感冒发烧就是为了逃避考试，所以不相信我，要来亲自监督我，不让我作弊而已。"声音不大不小，刚好够全班同学听到。

班上的同学闻言都交换了一个不满的眼神。

毕竟，这种不信任的言语和行为实在太侮辱人了。

要知道盛衍能考三百二十七分，那就不可能是会作弊的人！

感受到这种气氛，黄书良也有点尴尬。

然而，源于他从事教育行业多年的直觉和判断，还是咳了两声，给自己壮了壮底气："安静！都安静！你们班的数学课代表是谁？过来发卷子！我来监考也没有别的意思！就是想告诉部分成绩不太好的同学，要用实力说话！看清楚自己的水平！然后老老实实地接受教育而已！"

"所以你就是觉得我不能及格呗？"盛衍因为鼻塞得厉害，说的话听上去就有几分阴阳怪气。

黄书良又是个暴脾气，受不得刺激，当即脸一黑："你能不能及格？自己心里没点数吗？"

盛衍还想说什么，秦子规就先一步冷淡地开了口："黄主任，这是自习期间，不要大声喧哗，这是最基本的规定。"

黄书良："到底谁才是教导主任？"

"课代表，发卷子，计时，考试，都听黄主任的，别作弊。"秦子规却连看都没看他一眼，说完后，从书包里拿出那个盗版的小王子和他的B612水晶球放在桌角，对盛衍低声道："小衍，记住我给你说的就行，别紧张。"

本来被黄书良搞得有些暴躁的盛衍，听到这句话也渐渐冷静下来，"嗯"了一声，从前桌同学手里接过卷子，就开始埋头答题。

全班同学，连同讲台上正儿八经的监考老师，教数学的张老师，也都各自开始低头忙碌起来，没一个人再搭理黄书良。

天花板上的电风扇呼啦啦地转着，盛衍的头疼得厉害。这么热的天，其他人肯定都热得慌，如果提出关风扇就太自私了。

所以，盛衍也就一言不发，一个字都没说，只是强撑着头疼，咬着牙，做着卷子。

一道接一道，前面还好，到了后面，盛衍已经支不起脑袋，必须侧趴着才能勉力支撑着思考。

可是即使这样，视线也有些模糊，盛衍还是牢牢地记着秦子规教给他的技巧，选择题最后两道直接蒙，填空题最后一道和大题最后一个小问都直接放弃，只做最基础的题，如果做完了还有时间，再随便写些类似例题的公式套上去。

为了避免自己一不留神睡过去，盛衍紧紧地咬着嘴唇，以保持清醒。

只不过，侧趴的方向正好背对着黄书良，在黄书良的眼中，只觉得盛衍是做不出题，自暴自弃。

于是等到收卷的铃声响起时,黄书良直接起身,招呼着讲台上年轻的数学老师:"小张,你过来,辛苦你一下,给盛衍现场批卷。"

这么做的意图太明显了,就是想当众给盛衍一个下马威。

张老师不赞同地蹙起了眉。他知道盛衍的成绩不好,但这不是损伤学生自尊心的理由,正准备开口拒绝,一直趴在桌上的盛衍却支起了身,说:"那张老师,就麻烦你了。"

看见盛衍似乎并不抗拒的表情,张老师短暂犹豫后,拿着红笔走了过来。他看向整个人都透露出病容的盛衍,最后一次确认:"确定吗?"

盛衍点了点头。

张老师也点了点头,然后低头认真地批改了起来。

教室里陷入了一片沉默,只剩下红笔在卷子上一道道滑过的声音。

所有人都在紧张地期待着,他们都希望盛衍可以及格,却又都不抱希望。

只有黄书良势在必得地认为终于可以好好地挫挫盛衍的锐气了。

而秦子规则坚信,盛衍绝对没问题。

等到张老师改完卷子,皱着眉说"盛衍,你的基础确实比(一)班的同学差了太多了"时,黄书良直接露出了一个"我就知道"的表情,教育和宽慰的话语立刻到了他的嘴边:"你看,我就知道,盛衍你……"

"盛衍,你才考一百零五分。"张老师说得非常平静。

"就是,你才考一百……等等?多少?"

张老师淡淡地重复:"一百零五分,比及格线高十五分。"

还没等黄书良从这个震惊的消息回过神来,他的手机就响了,是保安室打来的。

接起一听。

"喂,黄主任吗?找一下高三(一)班盛衍,有人给他送锦旗来!"

第28章 锦旗

锦旗？什么锦旗？送给谁的锦旗？

黄书良当了这么多年教导主任，遇到给老师和学校送锦旗的倒是不少，但是给学生送的，这还是头一遭，而且居然还是送给盛衍？

他在"实外"教学十几年来遇到的成绩最让人头疼的学生，盛衍？

黄书良甚至开始怀疑自己是不是年纪大了，耳朵不好使了，他问道："你是不是弄错了？"

电话那头的保安立刻扯着嗓子喊："没弄错！是一个女士托派出所的同志送过来的，好像是感谢他见义勇为，说是一个个子挺高的小帅哥，名字就是盛衍，他这天天迟到的，我还能把他弄错吗？"

黄书良忽然想起盛衍之前说的因为见义勇为，淋雨抓小偷，所以才感冒发烧，然后迟到了的话……黄书良陷入了片刻的沉默，他觉得自己好像做错了什么。

盛衍是在他眼皮子底下考的试，绝对不可能作弊，所以及格了就是真的及格了，看来这几天没少认真学习，而且盛衍说的见义勇为的那些话也是真的。

这么一想，他刚才的表现和说的话就着实过分了些，身为师长的愧疚以及碍于面子,让他不自觉地沉了脸色,有些严肃地说了声"知道了",就挂了电话,对着盛衍说了句:"你跟我到办公室来一趟。"说完就板着脸,出了门。

而被点名的盛衍还沉醉在自己那张写着"一百零五"的卷子中,根本没听到黄书良的话,只是抬头看向数学老师:"张老师?我真的及格了?"

张老师点了点头:"嗯,及格了。"

"秦子规!我及格了!"盛衍得到这个笃定的回答,立刻狂喜地转身看向秦子规,"你不用去 E 国找我了!太好了!我不用做一个随心所欲的富家子了!"话音落下,本来就很安静的教室立刻陷入了一种诡异的死寂。

秦子规:"黄主任叫你去办公室。"他本来想笑着夸盛衍几句,然而盛衍实在语出惊人,他觉得有必要暂时控制一下盛衍的兴奋度,于是面无表情地重复了一遍这句话。

刚刚还很兴奋的盛衍的表情立刻变得僵硬起来。

秦子规面不改色地道:"去吧,早死早超生。"

还没来得及好好庆祝自己及格了的小鸡崽只能狠狠地擤了一把鼻涕,然后壮士赴死般地走向了主任的办公室。

而陈逾白和秦子规之间也终于没了阻碍,陈逾白连忙问道:"天啊,老秦,就主任刚才那个脸色,你真的不跟过去看看?"

黄书良虽然平时也不是什么老好人的形象,暴脾气、嗓门大,说话也不中听,但是因为一天到晚也就只是吼着,像刚才那种不吼不叫,板着脸严肃、正经的样子,实在不常见。

他们也不知道电话里到底讲了什么,只知道黄书良接了个电话就变了脸,还要把盛衍单独叫到办公室里,于是自然而然地就觉得可能是出了什么大事。

陈逾白知道秦子规护短，就忍不住问了一句。

秦子规却只是拿出一包感冒冲剂："盛衍又没做什么，有什么好怕的？黄书良再怎么样，也不能无中生有。"

旁边神色复杂的林缱终于回过神来，正好下课铃响了，她抱起小粉水杯："我出去接个水。"

因为教室里的饮水机坏了，想要接热水就只能去教师办公楼，秦子规就也拿着盛衍的水杯和感冒冲剂慢悠悠地跟了上去。

两个人离开后，本来安静的教室，"轰"的一声炸开来。

"天啊！盛衍居然及格了！"

"是的，及格了，但是他好像也完了。"

"黄书良刚才那个表情我从来没见过，好吓人。"

"盛衍好惨，秦子规好惨。"

"关秦子规什么事？"

"不知道，我总觉得盛衍的心情一不好就会揍秦子规。"

"所以盛衍到底犯了什么事？"

"不会真的是作弊了吧？"

"天啊！你别瞎说，小心盛衍揍你！"

同学们七嘴八舌，一句比一句不靠谱，加上整个高三年级都在同一层楼，正好又是晚自习的大课间，于是刚刚在高三（一）班发生的事情，很快就传播开来。

"天啊，你们听说了吗？盛衍这次数学居然考了一百零五分！"

"你骗我！"

"真的啊，不过好像是作弊了。"

"盛衍还作弊？"

"对啊，我听（一）班的人说的，这次考试黄书良亲自监考，考完当场批卷，成绩出来后，黄书良又接了个电话，然后'唰'地一下脸就黑了，让盛衍去他的办公室，气势贼吓人，根本不是平时吼两句那么简单的事。"

"天啊，还真有可能是作弊啊？"

"不对啊，要是作弊的话，为什么不直接抓现行？要接了电话才黑脸？"

"哟——有道理，莫非盛衍是犯了其他什么事？"

话音刚落，厕所门口就传来咋咋呼呼一声："天啊！盛衍真的出事了！"

本来在叽叽喳喳讨论的一群人看见门口的男生，直接问："怎么了？你是不是知道什么？"

那个男生一脸惊恐的表情："刚才我去学校门口拿东西，就看见保安室里有两个警察，好像在说盛衍什么，摁在地上什么，枪什么的。"

他这话一说出来，本来还在八卦的几个男生立刻睁大了眼睛，能把警察招来，这可绝对不是小打小闹的事情了啊。

"我看盛衍虽然平时是不服管教了点，但人还挺不错的啊，不至于吧？"其中一个经常和盛衍打球的男生忍不住说道。

其他人正想附和，就听到一声冷笑："怎么不至于？人家可是正儿八经的不良少年，玩些什么都不稀奇，你能管人家？"付赟说着，推开隔间的门走了出来，慢条斯理洗起手。

众人"脑补"了一下各种剧里面不良少年的生活。

这话好像也不是没有道理。

然而，不等他们表示赞同，另外两间隔间的门就被踹开了。

苟悠和朱鹏同时出现，怒气冲冲地道："你在这儿胡说什么呢？我们衍哥虽然是不良少年，那也是最单纯朴实的不良少年！"

"他单纯朴实，警察能找他？骗鬼呢？"付赟冷笑连连。

朱鹏咬牙切齿地道："万一是好事呢？"

"你信?"付赟再次反问。

眼看两个人越吵越凶,旁边的"吃瓜"群众连忙劝道:"你们在这儿吵有什么用,不如直接去问主任。"

"去就去!谁不去谁是小狗!"朱鹏人不聪明,但就是头铁。

付赟反正考完试就要去黄书良的办公室罚站,也不拒绝:"行,你要是乐意你衍哥被公开处刑,我也没意见。"

一群脑子不太好的高中男生就抬头挺胸,气势汹汹,浩浩荡荡地从男厕所往黄书良办公室直奔而去。

然后,刚刚到达黄书良办公室紧闭的大门前,就听到了一句:"警察同志,真是辛苦你们特意跑一趟学校了,你们说的情况我们也了解了,关于盛衍同学的相关行为,校方一定会给出明确的态度。"

盛衍果然是犯了事。

朱鹏和苟悠心立刻一沉。

付赟面上立刻一喜:"果然,有的人不仅学习不好,品行还……"

"像盛衍同学这种维护正义、勇敢无畏的优秀品质,我们校方一定会大力表彰的!给全校学生做出最好的表率!"

这下不仅付赟,连苟悠和朱鹏也都愣住了。

表彰!

他们的衍哥也会被表彰?不等他们开始怀疑自己的耳朵和理解能力,办公室里就有一个中年人的声音说道:"没有,我们不辛苦,辛苦的是盛衍同学,居然因为这件事情还感冒发烧了,希望没有耽误他的学习。"

黄书良连忙说:"没有没有,盛衍同学这次考试的成绩可以说是突飞猛进,让人感到欣慰。"

中年警察笑道:"那可真是太好了,像盛衍同学这种德智体美劳全面发展的优秀青年,就是我们国家目前最需要的人才啊。"

德智体美劳全面发展？优秀青年？人才？盛衍？

门外无论敌友都陷入了震惊！其中一人不小心撞上了办公室的门。

然后，门就被打开了，门外一群呆愣愣的傻瓜，门内一个呆愣愣的盛衍，隔着黄书良身侧的缝隙，对视着，相顾无言。

再然后，付赟等人就看见了盛衍手里的锦旗写着"见义勇为、人帅心美，被抢夺钱包且失而复得的不知名美女赠"。

事情怎么好像和他们想的不一样。

不等他们彻底消化这件事，黄书良就一声怒吼："你们在这里干什么？"

苟悠最先反应过来，直接举手："报告！付赟他们说要来看看盛衍怎么受罚！"

黄书良当即皱眉："胡闹！受什么罚？人家盛衍见义勇为、机智勇敢、身手矫健、不畏困难，帮助公安机关抓获了一个常年给人民群众财产造成巨大损失的惯犯，表扬都来不及，还受罚？我看你们几个倒是想受罚！尤其是你！付赟！"

黄书良看着那几只白菜狗玩偶就来气："你们之前还跟我说，这个白菜狗是盛衍威胁你们戴的，结果是人家和薛奕比赛，你们几个非要打赌，结果输了之后，还怪人家，你们是不是闲的？"

黄书良说完，剩下的"吃瓜"群众又愣了一下。

打赌？打什么赌？和薛奕又有什么关系？

因为"实外"高中部大多数都是从初中部直升上来的，所以彼此之间的事情或多或少都知道些，盛衍和薛奕的渊源都听说过，只是薛奕都去体校两年了，怎么还能打上赌，而且看样子是盛衍赌赢了？

感受到"吃瓜"群众茫然的眼神，朱鹏嗫嚅地"哼"了一声："也没什么，就是薛奕和我们衍哥单挑射击，然后被我们衍哥全面碾压，这几个人不服气衍哥赢了而已。"

"天啊！盛衍赢了！薛奕都去市队训练两年了，盛衍还能赢？"他们知道盛衍以前射击很厉害，但是没想到现在还能这么厉害。

看来，盛衍也不是那么不务正业啊。

这就是射击天赋吗？

众人看向盛衍的眼神充满了崇拜之情。

付赟的脸色则变得难看至极。

好在黄书良现在也没心思跟他们计较，只是嫌弃地挥了挥手："行了，你们别瞎凑热闹，回去上你们的课去！"

说完就关上了办公室的门，然后转头看向警察同志，笑着道："没什么，就是一群孩子胡闹。"

警察也笑道："没事没事，男孩子嘛，都能闹腾，不过看样子好像盛衍同学还会射击？"

"那可不？"黄书良想都没想，"他可是我们学校出了名的射击天才，非常厉害。"

一旁举着锦旗站了半天的盛衍被夸得已经麻木了。他本来都做好了黄书良质疑他作弊，或者因为其他事情把他劈头盖脸地骂一顿的准备，结果到了办公室，二话不说，一面非常浮夸的锦旗就被塞到了他手里，然后就是长达十分钟的表扬。

这对于一个脸皮很薄的高中男生来说，还不如被骂一个小时呢。

中年警察似乎是真的很喜欢盛衍的样子，听到这话，看向他："你的身体素质这么好，还会射击，又有正义感，父亲还是缉毒烈士，那有没有考虑以后当警察啊？"

"啊？"举着锦旗，臊得耳根子通红的盛衍抬起了头，"我能当警察吗？"

"能，怎么不能？你可是个当警察的好苗子。"中年警察不吝夸赞，"你们学校也是重点高中，你的成绩肯定很不错，考公安院校，出来当刑警，你那一手射击技术也有地方发挥,多好啊。"

中年警察是真的惜才,但是也没想过盛衍会考虑,毕竟看得出来,这就是一个娇生惯养的富家子,怕是吃不了太多苦。

然而,盛衍却愣住了,认真了。

警察在他心里和想象中的父亲一样,是美好、高尚、充满英雄主义情结的存在,他从来不觉得自己有能力从事这样的职业,但是听这位中年警察这么一说,他好像还挺适合的,也有那么一点点心动。

盛衍试探般地看向黄书良:"黄主任,公安院校难考吗?"

短暂的沉默后,黄书良委婉地答道,"还行。"

盛衍露出充满期待的表情。

"那……"盛衍想了想,看向黄书良,认真地问道,"那H市有公安院校吗?"

黄书良再一次认识到盛衍平时是有多不爱学习,当即一口老血哽在喉咙里,然而在警察面前还是要保持微笑:"是的,H市有。"

盛衍松了一口气:"那就好。"

黄书良没懂:"你有H市户口吗?"

"我没有啊。"盛衍也没太懂。

黄书良就十分无语:"那你好什么好?"

"哦,秦子规肯定是去位于H市的知名高校的嘛,我想跟他去一个城市。"盛衍在黄书良面前的本能反应就是有什么答什么,完全没有多想,也没觉得不对。

而门外接完水回来路过的林缱,手一抖,小粉水杯再次落地。

她呆滞地回头看向秦子规。

秦子规端着感冒冲剂,面无表情地道:"你的水杯质量真不错。"

林缱:"谢谢夸奖。"

第29章

双人

恰好在此时,办公室的门被打开了。

秦子规侧过头一看,正好对上黄书良的视线。

"你怎么在这儿?"黄书良是出来送那个中年警察的,结果一出门就看见了秦子规,愣了一下,然后很快反应过来,"来等盛衍?"

秦子规没否认:"嗯,医生说他要按时吃药。"

黄书良看见秦子规手里的感冒冲剂,微顿之后,点了点头:"行,你先进来吧。"

秦子规点了几下自己手腕上的智能手环,跟了进去。

而黄书良进屋看见还举着锦旗站在办公室里的盛衍,只是轻声道:"你先把药吃了。"

如果说刚才是因为有警察在,所以黄书良才客客气气的,那现在都没外人了,主任还这么客客气气的,其中必然有诈。盛衍想着,警惕地站在原地,一动没动。

主任一看盛衍的表情,瞬间心口又一堵,但是转念想到自己今天把他们两个留下来的目的,强忍着暴脾气道:"我不批评你,你坐下,好好地把药吃了。"

盛衍还是一脸警惕的表情。

黄书良终于忍不住了,嗓门一扯:"盛衍!你给我坐下!马上吃药!不然写检讨!"

这才是正常的态度啊,盛衍终于放下警惕,坐在沙发上,从秦子规手里接过药,"咕咚咕咚"地一口喝完了。

黄书良停顿了一下,还是没忍住,问道:"盛衍,你是有什么喜欢被骂的爱好吗?"

"没有啊。"盛衍喝完药,一抹嘴巴,"就是觉得您不骂人的话,肯定是有什么大事发生。"

黄书良的眉头一皱:"我很爱骂人吗?"

盛衍和秦子规并排坐在沙发上,抬头安静又真诚地看着他。

黄书良试图为自己解释:"我就是教育你们的时候嗓门大了点,什么时候真骂你们了?"

"周四早上。"

黄书良的话音刚落下,秦子规就毫不犹豫地回答道,黄书良挑眉看向秦子规。

秦子规迎着他的视线,平淡地道:"周四早上,你说盛衍是垃圾。还有周三晚上,明明是我犯错误,你只骂盛衍,冤枉他之后也没有道歉。还有今天晚上,盛衍说的都是实话,你不但不相信他,还当着很多同学的面斥责他,质疑他会作弊。这些都让盛衍很受伤,甚至一度有了轻微的自我贬低和抑郁倾向。"

黄书良心想,盛衍这种性格的人会自我贬低和抑郁?

盛衍一愣,我什么时候自我贬低和抑郁了?

秦子规依旧只是看着黄书良,一脸淡定,坦坦荡荡的,仿佛只是在陈述一个隐瞒已久的事实。

盛衍好像懂了秦子规的意思。他开始回忆起秦子规上次装模作样时的语气和表情,垂下眼睛,低声道:"老师,我没有自我贬低和抑郁,我只是觉得我的成绩这么差,还老惹老师和家长生气,什么都不会,什么都做不好,就算努力尝试了,也得不到认可,也没人相信我,好像活着没什么意义和价值。"

黄书良眼里的盛衍一向是个大大咧咧、没心没肺的人,什么时候说过这种话,这可是标准的自我贬低和抑郁倾向!

黄书良一下子就急了:"盛衍,你怎么能这么想呢?"

盛衍低着头不说话。

黄书良急得脑门冒汗,然后一眼看见沙发上的锦旗,立即一把抄起来,递到盛衍面前;"你看看,派出所的同志多喜欢你,还有人给你送了锦旗,这都是你的价值和意义啊。你虽然是调皮了点,不爱学习了点,爱惹事了点,但是你本质上是个正直、善良的好孩子啊,体育也好,同学们也都喜欢你,你怎么能觉得自己没价值呢?"

"你不是说我是垃圾吗?"盛衍的声音更低了。

黄书良都要急死了:"我那就是气话!我要真觉得你不行,我还操那个心把你送到(一)班去做什么?我还不是希望你能好吗?"

"可是我这几天顶着生病熬夜学习,你还怀疑我是故意装病,还怀疑我作弊。"盛衍听上去委屈得快哭了。

黄书良也急得快哭了:"这件事是老师的错,所以老师今天把你叫到办公室来,就是想给你们两个道歉的啊!"

"可是……嗯?道歉?"一听此话盛衍猛地抬起了头。

黄书良也顾不上什么老师的架子了,说:"今天这件事,老师冤枉你了,确实是老师不对,主要是老师也没想到你真是见义勇为去了,有点主观臆断,所以老师要跟你道歉。"

说完,他像是还在生气,又补充道:"但主要还是因为你之前为了逃课,装了太多少次的病,这就叫狼来了,你知道……好了,好了,都是老师的错！"

黄书良说着，看见盛衍又楚楚可怜地低下头了，连忙道："全是老师的错！老师不该冤枉你、怀疑你！这件事等明天早操的时候，老师会通报表扬的，这里也先给你道个歉。"

"但是老师，被伤害的自尊是很难弥补的，就算这次道了歉，那下次、下下次呢？而且你不觉得自己太偏心成绩好的学生了吗？"秦子规依旧平静地问。

盛衍却有点惊讶地偏过头，秦子规是疯了吗？

黄书良再怎么样也是教导主任，这么赤裸裸地直接质问真的合适吗？秦子规什么时候这么直接了？以前没看出来他是这么爱撑老师的人啊？

黄书良也愣住了，他也没想到自己有一天会被自己的学生质问，还是成绩最好的学生，面子在一瞬间几乎就要挂不住了。然而，他又确实不占理，于是短暂的僵滞后，只能叹了口气，无奈地说："行，老师保证，以后弄清楚事情原委，再对你们进行适当、合理的教育，也尽量公平对待、一视同仁，所以这次的事，你就不要往心里去了，听到没？"

说完，他还是忍不住继续补充："但是老师的本意真的是为了你们好，对成绩好的管得松，是因为他们不缺自觉性，可是你们几个，我都替你们着急，这都高三了，你们一天天也不好好学习，到底还想不想考大学了？"

盛衍道："我不是学习了吗？"

"是！你是学习了！不然你也不会进步这么多。可是你这么几天就能进步这么多，说明你是能学会啊？那你怎么就不学呢？"黄书良说着说着又急了起来，"你到底想不想上公安院校？"

盛衍一脸诚恳的表情："想上，但不一定考得上。"

黄书良立刻又想吼人了，但是一口气刚提上来，就想到自己刚才做出的承诺，只能硬生生地咽了回去，摆了摆手："行了行了，你先把每科都考及格再说吧,上次答应你们的,只要这次你能及格,以后你们学习的事情你们自己安排,我不插手,你们自己心中有数就行。"

秦子规也见好就收:"放心吧,老师,盛衍以后会好好学习的。"

盛衍也点头保证:"嗯,所以您也少生点气,别太暴躁,我妈说这样容易脱发。"

"盛衍!"头发本来就不多的黄书良立刻变得火冒三丈,然而嗓门提到一半,再次深吸一口气,手指大门,平静地说,"回去,学习,立刻,马上。"

盛衍敏捷地溜了出去,脸上露出一个嘚瑟的笑容。

秦子规慢悠悠地跟在后面,低头摆弄着智能手环:"你就非得气他?"

"嗯。"盛衍也不否认,"谁让他冤枉我。"

"所以现在还觉得委屈吗?"

"啊?"盛衍回头。

秦子规抬头看盛衍:"考试的时候不是觉得委屈了吗?"

"我没……"

盛衍说到一半,没继续说了。他刚才确实是觉得委屈了,所以考试的时候才会全程背对着黄书良的方向,看都不看他一眼,也才赌气般地同意当场阅卷。他本来以为自己没有表现出来,但秦子规还是看出来了。

等等,盛衍突然想起了什么,回头看秦子规,有点震惊:"你该不会是觉得我委屈了,所以才那么和主任说话的吧?"

秦子规没否认。

"秦子规,你……"盛衍瞪大眼睛。

秦子规的心一紧。

"果然够意思!"下一秒钟,盛衍就勾上了他的肩,"不愧是十几年的兄弟,就是仗义!"

一阵沉默过后，秦子规面无表情地把盛衍的手扒拉了下去，说："你也挺够意思的，不是还要为了我考公安院校吗？"

盛衍也没在意，只是随口问："你刚才听到了。"

秦子规点头："嗯。"

盛衍低头踢着地上的一粒小石子："我倒是想啊，反正肯定比出国强多了，但是刚才黄书良帮我查了一下，说每年H市的公安院校在南雾的录取分数线比一本线高几十分，我哪儿考得上啊……"就算他是烈士子女可以加二十分，那也还差得远呢。

盛衍不想听秦子规安慰自己，很快调整好自己的心情，回头笑道："算了，走一步看一步吧，反正我今天的考试及格了，晚上回去可以和许女士商量一下。其他的，再说吧。"

说完，盛衍顺手推开了（一）班的教室后门。然后，就对上了教室里一双双瞪大的眼睛。

短暂的沉默后，教室里骤然爆发出一阵惊呼。

"真的有锦旗啊！"

"见义勇为，人帅心美！"

"盛衍，你真是太棒了！让我从此尊称你一声'衍哥'！"

"就是！成绩是衡量一个男人的标准吗？不是！像我们衍哥这种正直、善良、勇敢的男人去哪里找啊？"

"我们衍哥成绩进步也很快好不好？只要稍微学习一下不就突飞猛进了吗？"

"就是，衍哥！我们看好你哦！"

"衍哥！能把你的锦旗挂在讲台上让我们看看吗？"

教室里的同学们七嘴八舌，虽然浮夸又做作，但看得出是很努力地在夸奖盛衍了，丝毫没有恶意和嘲讽，全都在表达着最真诚的善意和鼓励。

盛衍再傻也知道，这是因为今天晚上黄书良当众伤了他的自尊，所以这群和他平时不熟，甚至不太认识的人，就用这种方式来表达对他的肯定，但是挂锦旗就不必了。他有点不好意思，红着脸把那面锦旗卷好，塞进桌肚里。

讲台上讲考点的张老师看出盛衍有些不好意思了，笑着推了推眼镜，帮他解围："行了，你们安静点，小心黄主任又杀回来。"

教室里的同学们才安静下来。

张老师又看向盛衍："还有，盛衍，你先把你会改的错题改完，实在不会的，就来找我，我给你把一些基础题再仔细讲讲。"

"哦，好的。"

盛衍虽然觉得秦子规给自己讲也行，但是并不想耽误秦子规太多时间，秦子规又要学习，又要准备竞赛，太忙了。于是，他点了点头，坐回座位，翻出数学卷子，准备抓紧时间再改一遍。

刚打开笔盖，陈逾白就回过头，好奇地说："盛衍，具体说说你是怎么见义勇为的呗？"

坐在旁边的林缱也很好奇，凑过来小声说："我听说，你当时还拿了枪对着歹徒，跟他在暴雨里追逐、扭打了半个小时，把歹徒打了个半残，才制服他的。真的假的？"

好像是真的，但又不完全是真的，盛衍有些无法理解这些谣言是怎么传出来的。

盛衍无语地说："不是歹徒，就是一个小偷。追着他跑了几条巷子，最后堵在死胡同里，就拿着手里的假枪吓唬一下。"

陈逾白瞪大了眼睛，问道："假枪？你骗我的吧？"

"我骗你干什么？"盛衍一边看着错题一边漫不经心地把那天晚上的事情讲了一遍，然后回头指了指秦子规桌上的水晶球，说，"喏，就是那个，当时我给秦子规打的。"

林缱抬眼一看,是一个做工精致的水晶球,并不是小王子和玫瑰,而是小王子和狐狸。

《小王子》里的狐狸一直是林缱的心头好和意难平,忍不住说:"很好看啊。"

好看吗?水晶球不都长这样?

盛衍随口说:"你要是觉得好看,下次我也给你打一个就是了。"

盛衍的话音刚落,气氛瞬间凝固起来。

林缱感受到低气压的来源,小心翼翼地往后面看了一眼,秦子规的脸肉眼可见地冷了下去。

林缱觉得自己就不该多嘴,便默默地回头,正准备用学习来岔开话题,前面的陈逾白却突然一拍大腿,说:"那敢情好啊!"

林缱和盛衍都不太明白陈逾白是什么意思。

陈逾白兴致勃勃地问:"那你要不二十一号跟我们一起去游乐园?"

盛衍问:"哪个游乐园?"

"就是新开的那家,是我们部一个学妹家开的,送了我和林缱两张双人套票。二十一号正好是林缱的生日,我们本来就计划要去的。我那张带林缱一起,林缱的那张就便宜你们了。"陈逾白觉得这个安排简直是完美,至少值得他们的热烈掌声。

然而,话音落下的那一刻,教室后门的角落陷入了一片沉默……